바다 도시의 아이들

바다 도시의 아이들

글 | 스트루언 머레이 그림 | 마누엘 숨베라츠 옮김 | 허 진

ШВ
위니더북

성 바르톨로뮤 성당

성 코리건
천문대

천사의 해안

천사의 시장

재판소 별관

셀레스티나의
희망 요새

지붕 다리

판자촌

대학교

성 에프
광장

고아원 거리

구원의 시장

이름 없는
성인의 시장

뱀 탑

구원의 해안

굴 양식장

성 엡스타인 첨탑

최후의 도시

N

W   E

S

소 부두

부활의 해안

저지대

종교 재판소

성 셀레스티나
대성당

법원

앙겔로스
시계탑

대 부두

아처 성당

랭커스터
방죽

불변의 해안

마지막 노래

도시는 가파른 산 위에 세워졌다. 산이 있을 법하지 않은 바다 위에 우뚝 솟은 산이었다. 바다는 끈질기게 산을 돌려달라고 요구했다. 밀물에 도시의 저지대를 집어삼켰다가 썰물에 토해내기를 반복했다. 물이 쓸려 내려가고 나면 흔적이 남았다. 살아있는 홍합이 창턱에 줄줄이 매달리고 물고기가 자갈 바닥에서 파닥거렸다. 어느 흐린 날 아침, 썰물이 도시를 빠져나갔을 때 고래 한 마리가 바다에 잠긴 성당 지붕 위에서 버둥거렸다.

마을 사람들이 방파제 위에 모여 성당 지붕을 내려다보며 입을 떡 벌렸다.

"불길한 징조야."

나이 많은 신부가 소리쳤다. 신부의 입에서 하얀 김이 뿜어져 나왔다.

"악마의 짓은 아닐 겁니다. 보아하니 만조에 떠밀려왔다가 꼼짝 못 하게 된 것 같은데요."

선원이 시큰둥하게 말했다.

"이미 죽은 것 같은데 고기로 팔아도 될까요?"

옆에 선 상인이 눈을 굴렸다.

고래는 지붕 이쪽 끝에서 저쪽 끝까지 배를 깔고 축 늘어졌다. 성 바르톨로뮤 성당의 지붕이었다. 성당은 평상시에는 바닷물에 잠겼다가 썰물에만 뾰족하게 지붕이 드러났다. 지붕의 네 귀퉁이에는 네 개의 괴물 석상이 섰는데 두 개가 고래의 피부를 날카롭게 파고들었다. 굶주린 갈매기들이 고래 위를 빙빙 돌며 울어댔다.

사람들이 고래에 정신이 팔렸을 때, 한 여자아이가 방파제에 나타났다. 간밤에 잠을 설쳐 옅은 금발이 헝클어진 채로 아이는 방파제에 기대 입술을 깨물었다.

"너무 커서 물 밖에서는 살지 못 할 거야. 저대로 있다간 폐가 짓눌리고 말겠어."

아이가 게슴츠레한 눈으로 혼잣말을 웅얼거렸다.

여자아이 옆에서 이 광경을 지켜보던 한 꼬마 남자아이가 눈이 휘둥그레졌다. 꼬마는 엄마 옆에 바짝 붙어 경계의 눈초리로 여자아이를 쳐다보았다. 여자아이는 얼굴이 창백하고 뺨에는 불그스름한 상처가 세 개나 나 있었다. 몸에서는 희미하게 폭죽 냄새가 났다. 옷차림은 소년 같고 자세가 구부정했다. 해지고 빛바랜 다홍색 목도리를 두르고 모자가 달린 긴 코트를 입었다. 코트에 군데군데 물개 가죽을 덧대 꿰맨 자국이 있었다.

8

"너는 누… 누구야?"

꼬마가 떨리는 입술로 물었다.

"나? 엘리."

여자아이는 코트 주머니를 뒤적이느라 정신이 없었다. 주머니에서 돋보기와 양파와 날카롭게 벼려진 주머니칼을 꺼냈다. 꼬마가 엄마의 손을 꽉 잡았다.

"저 고래의 배를 갈라야 해. 그렇지 않으면 고래가 폭발하고 말 거야."

엘리가 칼을 들어 올렸다.

꼬마가 훌쩍거리기 시작했다.

"말도 안 되는 소리 마."

꼬마의 엄마가 엘리를 향해 쏘아붙였다.

"아니요, 사실이에요. 죽은 고래는 내장부터 썩거든요. 곧 독한 가스가 뿜어져 나올 거예요."

꼬마의 엄마는 손등으로 입을 가리며 고개를 돌렸다.

"썩은 내장이 온 사방에 튈 거예요. 냄새는 상상도 못 할걸요."

엘리가 주머니칼을 내려다보며 덧붙였다.

"이럴 게 아니라…."

엘리가 고개를 돌렸다. 뒤에는 열두 살 혹은 열세 살의 엘리 또래로 보이는 여자아이가 서 있었다. 품이 큰 청색 스웨터를 걸치고 두꺼운 검정 부츠를 신은 아이는 붉은 곱슬머리가 잔뜩 엉켰고 표정이 뚱했다.

"안나, 작업장에 가서 플렌싱 좀 가져와 줄래?"

엘리가 말했다.

9

"플렌싱?"

안나가 하품을 쩍 했다.

"고래 가죽 벗기는 칼. 날카로운 날이 달린 기다란 막대기 있어. 다락방에 가봐. 책꽂이 옆에 있을 거야. 망원경과 소총 아래 걸려 있어."

"소총이 있어? 총알도?"

갑자기 안나가 눈을 반짝이더니 몸을 곧추세웠다.

"일단 다녀와."

안나는 엘리에게 눈을 흘기며 구부정하게 걸어갔다.

엘리가 방파제 위로 껑충 뛰어올라 반대편으로 뛰어내렸다. 반대편은 삼 미터 아래 성당 지붕이었다. 주변 사람들이 헉하고 숨을 멈췄다.

"저 애 뭐 하는 거야?"

한 부인이 외쳤다.

엘리는 줄타기 곡예사처럼 지붕 꼭대기를 따라 고래 옆으로 다가갔다. 고래는 눈을 감고 있었다. 눈꺼풀이 노인처럼 주름져 있었다. 고래의 옆구리를 손으로 어루만졌다. 고래 가죽은 단단했고 하얀 따개비로 뒤덮여 있었다. 십자 모양의 흉터가 군데군데 보였다.

"여기 무슨 일이죠?"

위쪽에서 누군가 외쳤다. 엘리는 고개를 들어 위를 흘깃 보았다. 젊은 경비병 하나가 인파를 헤치며 방파제 쪽으로 다가왔다. 귀가 크고 인상은 어수룩하며 검정 모자를 쓰고 남색 제복 코트를 입은 경비병이었다.

"성당 지붕에 고래가 떠밀려 왔어요."

한 여자가 말했다.

"어떤 여자아이가 그리로 뛰어내렸고요."

다른 누군가 덧붙였다.

"뭐라고요?"

경비병이 즉시 아래를 살피더니 성당 지붕의 엘리를 발견했다.

"거기서 뭐하는 거니? 조심해! 고래에게 잡아먹힐 수도 있어!"

경비병이 양손으로 머리를 감쌌다.

"고래는 사람을 먹지 않아요."

엘리가 한숨을 쉬었다. 하지만 사람들은 자기들끼리 떠들기 바빠 아무도 엘리의 말을 듣지 못 했다.

고래의 육중한 몸이 엘리의 손바닥 아래서 꿈틀거리며 거친 숨을 몰아쉬었다.

아직 살아 있었다.

엘리는 주위를 둘러보았다. 고래를 다시 바다로 돌려보낼 수 있을지 궁리했다. 썰물에 바다로 나가는 큰 배가 있다면 고래를 싣고 나갈 수 있을 것이다. 하지만 그러려면 몇 시간을 기다려야 한다.

"미안해. 널 돕고 싶은데 당장은 방법을 모르겠어."

엘리가 속삭였다.

그때 엘리의 귓가에 희미한 소리가 스쳤다. 고래에게서 들리는 소리였다. 주변이 소란스러워서 확신할 수는 없었지만.

"당장 올라와!"

경비병이 소리쳤다. 하지만 굳이 방파제 아래로 뛰어내릴 생각은 없어 보였다.

"내려가서 아이를 데려와야 하지 않을까요?"

"누가 종교재판소에 신고해요!"

"저기, 조용히 좀 하세요!"

엘리가 큰소리로 외쳤다.

"신부님이 고래는 불을 뿜을 수 있다고 했어."

"저기요!"

엘리가 다시 소리를 꽥 질렀다. 하지만 아무도 엘리의 말을 귀담아듣지 않았다. 엘리가 주머니에서 누런 종이에 싸인 구슬 같은 것을 꺼내 방파제 쪽으로 휙 던졌다. 펑 터지는 소리와 함께 불꽃이 번쩍 일었다. 갈매기들이 혼비백산하며 날아올랐다. 사람들은 눈을 가린 채 뒷걸음질 쳤다. 충격 속에 정적이 흘렀다.

엘리가 손을 들었다.

"잘 들어 보세요."

이번엔 모두 숨을 죽였다.

침묵 속에 멜로디 하나가 사람들 사이를 떠다녔다.

고래였다.

고래가 노래를 하고 있었다.

슬픔에 찬 노래가 고래의 배 속 깊은 곳에서 울려 퍼졌다. 엘리는 이전에도 고래의 노래를 들어본 적 있지만 물 밖에서는 처음이었다. 고래의 노래는, 뭐랄까 짝짓기 의식의 하나쯤으로 여겼다. 하지만 죽어가는 고래의 노래는 무엇을 의미하는지 알 수 없었다.

모두가 가슴 졸이며 고래의 노래에 귀 기울였다. 꽤 긴 노래였다.

그때 고래가 눈을 떴다.

"믿을 수 없어."

엘리가 중얼거렸다. 눈동자는 차가운 바다의 검푸른 빛이었다. 눈동자가 엘리를 향했다. (엘리는 맹세할 수 있었다.) 고래의 눈빛과 노래는 엘리가 잘 알았다. 잠깐의 그 경이로운 순간에 엘리는 마음속 고통이 모두 사라지는 것 같았다.

노랫소리는 차츰 잦아들었다. 마치 바다 끝까지 닿은 노래가 수평선에 기대 잠이 든 듯했다. 고래의 눈이 감겼다. 꼬리도 더는 꿈틀대지 않았다.

사방이 고요해졌다. 바다까지도 잠잠해졌다.

"찾았어!"

안나가 머리 위로 장대를 흔들며 방파제로 달려왔다. 사람들의 시선이 일제히 안나에게 향했다.

"왜요?"

안나가 사람들을 흘깃 본 후 엘리에게 플렌싱 막대의 뭉툭한 쪽을 내밀었다.

"뭘 어쩌려는 거야?"

경비병이 소리쳤다.

엘리가 고래의 옆구리를 가리켰다.

"배를 갈라야 해요. 여기 아랫부분이요. 그래야 죽은 고래의 배 속에 독가스가 차지 않아요."

엘리가 고래의 하얀 배를 따라 길게 패인 홈에 칼날을 대고 잠시 숨을 골랐다. 그리고 꾹 눌렀다. 가죽은 단단하고 두꺼웠다. 엘리의 이마에 땀이 맺혔다. 마침내 고래의 뱃가죽 깊숙이 칼날이 쑥 들어갔다. 가죽 바로 아래의 어떤 부드러운 장기를 뚫었을 때 엘리는 균형을 잃을 뻔했다. 지독한 악취가 코를 찔렀기 때문이다. 숨을 참고 계속해서 고래의 옆구리를 갈랐다. 살덩어리가 벌어지면서 보랏빛 내장이 쏟아져 나왔다.

"세상에, 온통 피바다야. 나도 한번 해봐도 될까?"

안나가 물었다.

"냄새가 말도 못 해. 하지만 할 수 있을 거야. 그냥… 안나, 왜 그래?"

안나를 보던 엘리가 말을 멈췄다.

안나의 얼굴이 일그러지고 있었다. 도저히 믿을 수 없다는 표정이었다.

"오, 신이시여."

경비병이 손으로 입을 가렸다.

몰려든 사람들 사이에 낮은 탄식이 흘러나왔다. 중년 부인은 비명을 질렀다.

엘리의 몸이 뻣뻣하게 굳었다. 소동의 이유가 짐작되었다. 엘리가 칼을 떨어뜨렸다. 시선이 아래로 향했다.

고래 옆구리의 갈라진 틈에서 나온 무언가가 엘리의 발목을 잡고 있었다. 피가 잔뜩 묻은 채 떨고 있는 가느다란 손이었다.

고래 배 속에서

나이든 신부가 하늘을 향해 두 손을 번쩍 쳐들었다.

"물러서십시오. 악마예요. 악마가 틀림없어요."

신부는 방파제를 따라 윗길로 달아나며 계속 소리를 질렀다.

"말도 안 돼, 말도 안 돼, 말도 안 돼."

중년 부인이 묵주 목걸이를 꽉 움켜쥐며 중얼거렸다. 젊은 남자는 자갈길에서 졸도했다.

"여… 여러분, 일단 진… 진정하세요. 동요하지 마세요."

경비병이 더듬더듬 외쳤다.

엘리는 손을 멍하니 보았다.

발목을 움켜쥔 손 밑으로 냉기가 스며들었다. 다리를 흔들고 돌바닥에 탕탕 내리쳤다. 핏자국을 남긴 채 손이 떨어져 나갔다. 엘리는 마른침을 삼키며 무릎을 꿇고 앉아 손을 뚫어져라 보았다. 손은 더듬거리며 움켜쥘 만한 다른 것을 찾았다. 뒤쪽으로 매끈하고 단단한 팔이 보였다. 손은 고래 배 속으로 돌아가 이내 보라색 두툼한 장기들 사이로 사라졌다.

"내가 갈게."

안나가 방파제 위로 기어오르며 외쳤다.

"멈춰! 당장 내려와!"

경비병이 소리치며 달려왔다. 그는 사람들 사이를 간신히 뚫고 안나의 스웨터를 잡았다.

엘리는 손끝으로 고래 배 속에 숨은 손을 슬쩍 건드렸다. 그 손은 마치 겁 많은 동물처럼 움찔했다. 숨을 깊이 들이마시고 피 묻은 손을 잡았다. 손가락에 닿는 감촉이 끈적끈적하고 단단했다. 엘리는 발뒤꿈치를 지붕 위에 단단히 딛고 손을 쑥 잡아당겼다.

손은 저항을 멈추고 엘리의 손에 그대로 붙들려 있었다. 아주 세게 당길 생각은 없었다. 만약 손의 주인이 고래 배 속에서 무언가에 잡혀 있다면 끔찍한 상황이 벌어질 수 있었다. 하지만 팔이 어렵지 않게 고래 배 밖으로 나왔다.

이어서 어깨가 나왔다. 뼈만 앙상한 피투성이 어깨였다.

그리고 엉킨 까만 머리카락이 보였다. 다음은 머리. 그리고 얼굴.

남자아이였다. 숨을 헐떡이고 있었다.

사람들은 비명을 질렀다. 안나가 경비병의 팔을 뿌리치고 방파제에서 뛰어내려 엘리에게 다가갔다.

"이게 뭐야?"

안나가 경악스러운 표정으로 외쳤다.

소년의 몸이 고래 바깥으로 완전히 뚝 떨어졌다. 고래의 창자가 밧줄처럼 같이 끌려나왔다. 소년은 완전히 벌거벗고 있었다.

"너 살아있니?"

엘리가 소년의 어깨를 흔들며 말했다. 소년은 눈을 감고 있었다. 숨을 쉬는 것 같지 않았다. 벌어진 입으로 공기가 흘러 들어갈 뿐이었다. 숨을 쉬는 법도 모르는 것 같았다.

"곧 죽을 것 같아."

안나가 말했다.

"눈 떠봐. 날 봐."

엘리가 외쳤다.

소년은 팔과 다리가 뒤엉킨 채 앞뒤로 몸부림쳤다. 엘리는 소년이 진정할 수 있도록 어깨를 눌렀다. 소년의 피부는 끈적하고 쇳가루 냄새가 났다.

"다리 좀 잡아봐!"

엘리의 말에 안나가 경련하는 듯한 다리 옆에 앉았다. 엘리는 소년의 가슴 위에 앉았다. 소년이 손톱으로 무작정 엘리의 코트를 할퀴었다. 엘리는 얼굴을 찡그린 채 아이의 눈꺼풀을 벌려 눈을 들여다보았다. 눈동자가 위로 향해 있었다. 마치 피 냄새에 환장해 뒤집힌 상어 눈깔 같았다.

"나 보이니?"

소년이 끙끙거렸다.

"나를 봐!"

18

소년의 눈이 번쩍 뜨였다. 엘리는 숨이 턱 막혔다.

회색빛이 도는 푸른색 눈동자였다. 차가운 바다의 색이었다.

엘리가 소년의 눈에 초점을 맞추며 눈을 깜빡였다.

"잘 들어. 날 잘 보고 따라해."

엘리가 간신히 마음을 가라앉히며 말했다.

그러고는 천천히 코로 숨을 들이쉬었다. 숨을 들이마실 때 가슴이 어떻게 솟는지 보여주려고 소리를 내며 한 손을 가슴 위에 올렸다. 그다음엔 입으로 부드럽게 숨을 내쉬었다. 소년이 어설프게 엘리를 흉내냈다. 하지만 콧구멍만 벌름거릴 뿐이었다. 효과가 없었다.

"얘 좀 잡아봐."

엘리가 안나에게 말했다. 엘리는 아이 옆에 무릎을 꿇고 앉아 소년의 코를 잡았다. 소년이 고개를 흔들며 마구 발버둥쳐도 놓지 않았다. 엘리는 입을 벌려 소년의 입에 대고 깊이 숨을 불어넣었다.

방파제 위에서 비명이 들려왔다.

"뭐하는 짓이야!"

경비병이 외쳤다.

그는 마침내 성당 지붕 위로 뛰어내렸지만, 두려움에 한 발자국도 떼지 못 했다. 엘리가 숨을 크게 들이쉬고 다시 소년의 입에 숨을 불어넣었다. 소년은 눈을 크게 뜨고 엘리를 가만히 볼 뿐이었다. 세 번, 네 번, 다섯 번 엘리는 계속 인공호흡을 이어갔다.

엘리가 일곱 번째로 숨을 들이마셨을 때, 소년의 입이 벌어지면서 스스로 숨을 쉬기 시작했다. 엘리는 안도하며 활짝 웃었다. 소년은 깊이 숨을 들이쉬었다. 처음엔 몸이 떨려 잘 되지 않았지만, 차츰 속도가 붙자 주린 배를 채우듯 게걸스럽게 숨을 들이마셨다.

"천천히. 이렇게."

엘리가 다시 시범을 보였다.

"이제 몸을 일으켜봐. 나처럼 손을 엉덩이에 얹고. 어때, 가슴이 열리는 느낌이 들지?"

소년이 엘리에게 시선을 고정했다. 눈빛이 강렬했지만, 표정은 장난꾸러기 같았다. 소년은 엘리의 말이 이해되는지 손을 엉덩이에 걸쳤다. 엘리는 소년이 제대로 숨을 쉬는지 확인하려고 고개를 숙였다가 그만 눈을 꼭 감았다.

"미안! 음, 으흠… 여기 누가 담요 좀 가져다줘요!"

소년이 벌거벗고 있다는 걸 깜빡한 것이다.

구경하던 사람들이 술렁이며 뒷걸음질 쳤다. 경비병은 당장이라도 기절할 듯이 창백한 얼굴로 피에서 눈을 떼지 못 했다. 엘리가 한숨을 쉬며 목도리를 풀었다.

"여기. 일단 이거라도 둘러. 거기, 그러니까, 음… 허리에."

소년은 목도리를 보더니 어리둥절한 표정으로 눈만 껌뻑였다.

"내가 해줄게!"

안나가 엘리의 손에서 목도리를 낚아채 소년 가까이 성큼 다가갔다.

"안나, 조심해!"

소년이 눈빛을 번득이며 안나에게 달려들었다. 안나의 어깨를 붙잡고 뒤로 밀쳤다. 안나는 엘리 쪽으로 굴렀다. 소년이 비틀거리며 고래 쪽으로 물러섰다. 다리가 안 좋아 보였다.

"가까이 오지 마!"

소년의 목소리가 갈라졌다.

"말을 할 수 있구나!"

엘리가 안나를 일으켜주며 말했다.

소년은 엘리의 목도리를 집어 들었다. 잠시 망설이다 목도리를 허리에 두르고 한쪽 끝을 묶었다.

"그런데, 어쩌다…."

엘리는 주저했다.

"아니, 고래 배 속에서 뭘 한 거야? 도대체 어떻게 들어간 거야?"

소년은 들은 척도 하지 않고 고개를 돌려 고래를 보았다. 지독한 냄새는 아랑곳하지 않았다. 자신을 향한 사람들의 경악스러운 시선을 의식하고 있었다. 소년은 몸을 떨었다. 엘리는 소년이 옷을 입지 않았다는 사실을 한 번 더 떠올렸다.

색이 바랜 제복 코트가 쿵 하고 엘리의 발 앞에 떨어졌다. 젊은 경비병이 다섯 걸음 떨어진 곳까지 다가와 있었다. 그는 손으로 입을 가린 채 소년 쪽으로 눈을 돌리지 않으려고 애썼다.

"고마워요."

엘리가 눈을 찡긋했다. 엘리는 소년에게 다가갔다. 소년이 경계하며 주먹을 꼭 쥐었다. 엘리가 코트를 손에 들고 몇 걸음 더 갔다. 소년의 몸은 말랐지만, 근육이 붙어 있었다. 숨을 쉴 때마다 몸이 들썩였다. 엘리가 조심스럽게 소년 옆에 서서 코트를 어깨에 걸쳐주었다.

21

"이름이 뭐니?"

엘리가 물었다.

소년이 입을 열었다 닫았다. 잠시 입을 연 찰나에 무슨 말을 해야 할지 몰라 당황한 것 같았다.

"세스라고 부를까?"

안나가 말했다.

"쟤가 강아지도 아니고."

"난 그 이름 좋던데. 내 친구 중에도 있어."

엘리는 잘 모르겠다는 듯 어깨를 으쓱했다.

"그래, 어쨌든 네가 이름을 기억해낼 때까지만 세스라고 부를게. 내 이름은 엘리야. 엘리 랭커스터."

엘리가 소년에게 손을 내밀었다. 소년은 엘리의 손을 보기만 할 뿐 잡지 않았다.

"여기, 몸에 묻은 고래 피는 좀 닦는 게 좋겠어. 괜찮니?"

엘리가 주머니에서 손수건을 꺼내 물통에 든 물로 적셨다.

"닦아주어도 될까?"

엘리는 손수건을 소년의 얼굴 가까이 가져갔다.

소년은 가만히 서 있을 뿐이었다. 엘리는 싫지 않은 거라고 생각하며 조심스럽게 소년의 이마와 뺨과 턱을 닦았다. 엘리와 안나의 또래로 보이는 소년의 얼굴이 드러났다. 눈꼬리 옆 작은 주름을 빼고는 매끈한 얼굴이었다. 눈 옆 주름은 많이 웃어서 생긴 것 같았다. 이마에도 주름이 한 줄 있었는데 찌푸리기도 많이 한 것 같았다. 코가 유난히 오똑하고

22

광대뼈가 넓으며 피부는 옅은 갈색이었다. 소년은 바다처럼 푸르고 큰 눈으로 엘리를 보았다. 엘리도 소년에게서 눈을 떼지 않았다.

안나가 어깨로 엘리를 툭 쳤다.

"아, 맞다! 따뜻한 데로 데려가 줄게. 가자."

엘리의 말에 소년이 손을 내려다보며 물었다.

"여긴 어디야?"

소년의 목소리는 사포처럼 까칠했다.

"천사의 해안."

엘리가 대답했다.

"해안…. 어디에 있는 해안?"

소년은 혼란스러워 보였다.

"도시에 있는 해안이지."

"어떤 도시?"

엘리가 당황스러운 눈으로 소년을 보았다. 도시는 딱 하나뿐이었다.

엘리가 손가락으로 위쪽을 가리켰다. 아이들의 머리 위로 우뚝 솟은 도시가 보였다. 도시. 거대한 잿빛의 오래된 건물들, 끼룩끼룩 우는 갈매기 떼. 소년의 눈이 굴뚝과 괴물 석상 사이를 오갔다. 눈은 지그재그로 난 길과 도시의 꼭대기에서 바다로 향하는 절벽 계단을 따라갔다. 쇠고리에 매인 작은 배 세 척과 잔잔하게 흔들리는 물결에 머무르다 이윽고 수평선까지 닿았다. 갑자기 소년이 움찔했다.

"이게 무슨 소리야? 이 소리가 어디서 나는 거지?"

소년이 귀를 막으며 물었다. 이도 꽉 물었다.

안나와 엘리는 의아한 표정으로 마주보았다.

"내 동생들은 어디 있어?"

소년이 또다시 물었다.

"음… 그건 잘… 모르겠어."

엘리가 머리를 긁적였다.

방파제 위에서 웅성거리는 소리가 들렸다. 윗길에서 다시 돌아온 노신부가 몹시 흥분한 목소리로 외쳤다.

"저 아이입니다. 재판관님도 아시다시피 오늘 성 호레이스 성당에서 장례미사가 있었죠. 미사를 집전하고 있는 와중에 이 사달이 벌어진 겁니다."

"이게 다 무슨 일이야?"

세스가 물었다.

"재판관이 왔나 봐. 걱정하지 마. 별일 없을 거야. 만약…. 흠, 그런 일은 없을 거야."

엘리가 코트 소매에 난 구멍을 초조하게 쑤셔대며 말했다.

방파제 앞에 모인 군중이 반으로 쫙 갈라졌다. 사람들은 지금 막 도착한 누군가에게서 멀찍이 떨어지고자 서로를 밀쳤다.

"오, 이런."

엘리가 혼잣말을 했다.

주위 사람들보다 머리 하나는 더 크고 건장한 남자가 다가오고 있었다. 발목까지 오는 까만 물개 가죽 코트를 입고 가슴에는 은 목걸이가 쩔렁거렸다. 목이 두껍고 어깨가 떡 벌어졌으며 얼굴은 창백하게 부어 있었다. 그동안 처형시킨 자들의 환영에 시달려 늘 잠을 설치기 때문이다. 눈은 깊이를 알 수 없는 검은 구덩이 같았다. 죽음은 사소한 불편에 불과하다고 말하는 그는 살아있는 송장과 다를 바 없었다.

"저 사람은 누구지?"

세스가 눈썹을 치켜올렸다.

"하그레스 재판관…."

엘리의 입이 바짝 말랐다.

"저도 조금 전에 막 도착했습니다. 저 소년이 고래 배에서 불쑥 튀어나왔을 때 말이죠. 악마가 아니고서야 어떻게 이런 일이 가능하겠습니까."

노신부는 하그레스 재판관에게 마치 일러바치듯이 지껄였다.

"입 다무시오. 판단은 내가 직접 하겠소."

하그레스가 버럭 소리를 질렀다.

키가 작은 대머리 남자가 앞에 나와 무릎을 꿇었다.

"하그레스 성인이시여! 우리를 구해주십시오!"

남자의 목소리가 간절했다.

"일어나시오. 난 아직 성인이 아니오. 성인은 오직 죽은 자에게만 붙이는 칭호라는 걸 모르시오?"

하그레스는 남자를 뒤로하고 방파제를 훌쩍 뛰어넘었다. 성당의 슬레이트 지붕에서 으드득 소리가 났다. 그는 세스의 얼굴부터 고래의 옆구리에 난 칼자국까지 눈으로 천천히 훑었다.

하그레스가 세스에게 두 걸음 다가갔다. 하지만 잠시 멈췄다가 뒷걸음질 쳤다. 인간 괴물 같은 그가 깡마르고 몸에 제대로 걸친 것도 없는 소년 앞에 서길 주저하는 것이 이상했다. 엘리는 하그레스의 텅 빈 눈에 두려움이 스치는 걸 보았다. 하그레스가 오른손으로 무심코 왼쪽 코트 속 횅한 소매를 만지작거렸다. 왼쪽 소매는 몸통 쪽으로 반으로 접힌 채 은색 옷핀으로 고정되어 있었다. 소매 속에 있어야 할 팔은 언젠가 떨어져 나갔다.

"원하는 게 뭐죠?"

세스가 어른처럼 목소리를 낮춰 진지하게 물었다.

"고래 배 속에서 무엇을 했는지 말해."

하그레스가 명령하듯 말했다.

"재판관님, 이 아이는 나쁜 짓을 한 게 아니에요. 고래 배 속에 갇혔던 것 같아요. 제가 구조한 거고요."

엘리가 세스와 하그레스 사이에 끼어들었다.

하그레스는 엘리의 말을 들은 척도 하지 않았다. 얼굴조차 보지 않았다. 하그레스의 눈은 세스에게 고정되었다. 냉담한 눈으로 세스를 뚫어져라 보았다. 마치 도살한 고기를 어떻게 자를까 고심하는 도축업자 같았다.

"넌 그것을 보느냐?"

하그레스가 목소리를 낮춰 물었다.

"뭘요?"

세스가 얼굴을 찌푸렸다.

"악마."

"누구요?"

"온갖 잡신들을 호령하는 악신. 너에게 말을 걸었을 거야. 널 이 고래에게서 구했을 거고."

"얘를 고래에게서 구한 건 저예요."

엘리가 외쳤다. 여전히 하그레스는 듣지 않았다.

"오직 화신만이 고래 배 속에서 살아남을 수 있지."

하그레스가 말했다.

"화신이 뭐죠?"

세스가 물었다.

"바로 너다."

"말도 안 돼요. 화신이 도대체 고래 배 속에서 뭘 한다는 말씀이시죠?"

엘리가 목소리를 높였다.

하그레스의 손이 칼집 쪽으로 향했다. 엘리는 숨을 죽였다. 세스가 주먹을 꼭 쥔 채 몸을 부르르 떨었다.

하그레스의 손은 칼집을 지나 코트 주머니로 들어갔다. 그의 손에 작은 총이 들렸다. 엘리가 비명을 지를 새도 없이 하그레스는 총을 세스에게 겨누고 방아쇠를 당겼다.

"안 돼요!"

총성은 울리지 않았다. 다만 쉬익 하는 날카로운 소리가 새어 나올 뿐이었다. 세스의 목에 무엇인가 박혔다. 세스는 목을 와락 움켜잡았다. 검지 손가락만한 쇠 화살이 꽂혀 있었다. 앞으로 고꾸라지는 세스를 엘리가 황급히 잡았다. 하지만 세스는 눈을 감은 채 축 늘어졌다. 세스의 몸은 엘리의 손을 빠져나와 슬레이트 지붕에 고꾸라졌다.

"도대체 무슨 짓을 한 거죠?"

엘리가 소년의 턱 아래에 손가락 두 개를 갖다 대고 맥박이 뛰는지 살폈다.

"진정제다. 네 어머니가 만든 최고의 발명품. 만약 녀석이 의식을 잃으면 악마에게 구해달라고 부탁하지 못할 거야. 활활 타오르는 제단 위에서라도 말이지."

하그레스가 총을 다시 주머니에 넣었다.

"저 아이는 화신이 아니에요. 지금 엄청난 실수를 하는 거예요."

엘리는 속이 울렁거렸다.

"내 인내심을 시험하지 말거라, 엘리 랭커스터."

하그레스는 세스가 쓰러진 자리에서 엘리를 뒤로 확 밀쳤다. 안나가 엘리를 붙잡으려고 쫓아갔다. 하그레스는 한 손으로 세스를 들어 올려 어깨에 메고는 방파제 쪽으로 성큼성큼 걸어갔다. 엘리가 하그레스를 뒤쫓았다. 가슴이 터질 것 같았다.

"재판관님, 이건 완전히 잘못된 거예요! 그 아이는 화신이 아니에요. 그냥 어린 남자아이일 뿐이에요. 재판관님은… 재판관님은 그저 작은 아이를 겁내는 거라고요! 이 겁쟁이!"

하그레스가 멈췄다. 손으로 입을 가린 채 떨고 있는 사람들을 둘러보며 세스를 바닥에 내동댕이쳤다. 사람들은 세스가 폭탄이라도 되는 양 뒤로 물러섰다. 하그레스가 엘리 쪽으로 향했다. 불쑥 손을 내밀어 엘리의 목덜미를 움켜쥐고 지붕 난간 쪽으로 끌고 갔다.

"꼬마야, 악마를 본 적 있니?"

하그레스는 엘리를 들어 올려 얼굴을 마주보았다.

"나는 보았다. 화신의 몸을 찢고 튀어나오는 악마를 보았어. 내 왼쪽 팔을 그에게 잃었어. 나의 칼이 악마의 목구멍을 관통하는 순간 팔을 뜯겼지. 그 자리에 있던 나의 동료들은 모두 목숨을 잃었다. 여전히 눈을 감으면 악마가 보여. 더 최악인 것은… 그 화신이라는 자가 아는 자였다는 사실이다. 선하고 인정이 많은 사람이었어. 그런 자에게서 악몽에서나 볼 법한 생명체가 기어 나왔지."

하그레스가 엘리의 목덜미를 세게 조였다. 엘리는 숨이 넘어갈 듯 캑캑거리며 필사적으로 몸부림쳤다.

"화신은 누구나 될 수 있어."

하그레스가 말했다.

안나가 하그레스에게 달려들었다. 하그레스는 안나를 어깨로 밀쳤다. 안나는 바닥을 뒹굴었다. 엘리의 시야가 뿌옇게 변했다. 머릿속도 하얘졌다.

"누구든. 남자아이든 여자아이든. 그리고 화신을 제거해 도시의 안전을 지키는 게 나의 임무다."

하그레스는 슬쩍 얼굴에 미소를 띠더니 엘리를 그대로 바다에 빠뜨렸다.

클로드 헤스터메이어의 일기에서

장례식을 마친 오후, 나는 뭘 해야 좋을지 알 수 없었다. 성 호레이스 성당을 나와 대학교의 칙칙한 연구실로 돌아왔다. 피터와 함께 쓰던 연구실이었다. 책상에 앉아 피터의 빈 의자를 멍하니 바라보았다. 가슴속에 작고 단단한 사과 같은 응어리가 느껴졌다.

연구실에 한 남자가 찾아왔다. 정신이 없어서 남자가 들어온 것도 한참만에야 알아차렸다. 얼굴은 알아볼 수 없었다. 무슨 이유에선지 까만 복면을 쓰고 있었다.

"안녕하세요. 찾아와주셔서 감사드립니다만 할 말은 피터의 장례식에서 모두 했습니다. 지금은 혼자 있고 싶군요."

"클로드 헤스터메이어 교수."

남자가 상당히 낮은 목소리로 내 이름을 불렀다.

"네, 저를 아시는군요. 하지만 무턱대고 연구실에 찾아오는 무례는 곤란합니다."

"내 목소리 모르겠소?"

알 턱이 없었다. 하지만 내 손가락이 미세하게 떨리고 있다는 건 알 수 있었다. 뒷덜미가 서늘해졌다.

"선생님, 죄송하지만 그만 나가주시겠습니까."

나는 언짢은 마음을 숨기지 않았다.

"이런 식의 응대는 당황스럽군요."

남자가 말했다.

"이런 식의 응대요? 도대체 무슨 대접을 바라시는 겁니까. 오늘은 피터 램버스를 화장한 날입니다. 제 사정을 좀 헤아려주시죠."

뜨거운 눈물이 뺨을 타고 흘렀다. 자리에서 일어서서 책상 주변을 빙 돌았다. 필요하다면 남자와 몸싸움도 마다하지 않을 작정이었다. 하지만 내가 가까이 다가가기 전에 남자가 복면을 벗었다.

나는 쥐고 있던 연필을 뚝 하고 부러뜨렸다.

내 앞에 서 있는 남자는 나의 벗이자 동료 피터 램버스였다.

초록 벨벳 조끼를 입은 소년

엘리는 멀리서 사람들이 비명을 지르는 소리를 들었다. 바닷물이 입으로 밀려 들어왔다.

바다로 떨어지면서 다리가 성당 지붕의 모서리에 쓸렸다. 바지와 바지 바로 아래 살갗이 같이 찢어졌다. 엘리는 소금기 가득한 바닷물이 피부에 닿자 괴로움에 몸부림쳤다.

바다 속은 깊고 어둑했고 기괴한 첨탑과 지붕들이 우뚝 솟아 있었다. 마치 물 아래 스카이라인 같았다. 도시의 대부분은 이미 오래 전에 물에 잠겼다.

엘리는 물 위로 허우적거리며 올라갔다. 하지만 코트가 자꾸 엘리를 끌어내렸다. 입에서 욕이 튀어나왔다. 주머니가 이렇게 가득 차 있으니 그렇지, 제기랄! 엘리는 스패너와 나침반, 망원경, 기름통과 주머니칼, 나사와 성냥을 주머니에 쑤셔 넣고 다녔다. 연막탄과 회중시계가 머리 옆을 스치며 떠내려갔다. 그때 퉁 하는 소리가 들렸다. 엘리는 위쪽을 바라보았다. 가슴이 세차게 뛰었다.

플렌싱 막대의 한쪽 끝이 보였다!

엘리는 힘을 다해 막대를 잡았다. 누군가 막대를 끌어올렸다. 물 위의 소음에 귀가 먹먹했다. 갑자기 쏟아지는 빛에 눈이 멀 것 같았다. 성당 지붕으로 들려 올라가는 동안 엘리는 연신 캑캑대며 기침을 해댔다.

"엘리!"

안나가 엘리 옆에 주저앉았다. 젊은 경비병이 플렌싱 막대를 꼭 쥔 채서 있었다.

"재판관이 결국 세스를 데려갔어?"

엘리는 기침을 하며 물었다. 바닷물이 입에서 흘러나왔다.

안나가 고개를 끄덕였다. 엘리는 끙끙거리며 자리에서 일어섰다.

"엘리, 앉아 있어. 쓰러질 것 같아."

안나가 허둥지둥 따라 일어섰다.

엘리는 고개를 저었다. 손등으로 입을 닦고 비틀거리며 경비병에게 다가갔다. 옷이 젖어 몸이 더 휘청거렸다. 엘리는 경비병에게 손을 내밀었다.

"구해줘서 고마워요."

경비병은 엘리의 손을 보고 우물쭈물했다. 엘리가 막 입을 닦은 손이기 때문이다.

"작업장 가서 옷 갈아입자."

안나가 엘리의 목에 붙은 미역을 떼어내며 말했다.

"코트는 이리 줘."

안나는 엘리의 흠뻑 젖은 코트를 끌어당겼다.

"아냐, 괜찮아."

엘리가 코트를 툭툭 털었다.

"너 그러다 감기 걸려."

안나가 목소리를 높였다.

"알았어, 알았어. 하지만 작업장은 안 가. 바로 종교 재판소로 갈 거야. 세스를 구해야 해. 그 애는 화신이 아니니까."

엘리는 인상을 쓰며 코트를 벗어 안나에게 건넸다.

"엘리, 재판관들이 세스를 처형하기로 결정한다면 우리가 할 수 있는 건 없어."

"하지만 화신은 늘 스스로 화신이라는 걸 안다고 했어. 책에서 읽었어. 세스는 자기 진짜 이름조차 몰라. 또 화신은 병든 것처럼 보인다는데 세스는 건강해 보였어. 물론 오늘은 피투성이였지만. 안나, 네 도움이 필요해. 이 중요한 작전이 성공하려면."

안나의 귀가 쫑긋 섰다. 안나에게 부탁할 때는 두 가지가 중요했다. 첫째, 작전이나 임무 같은 표현을 쓸 것. 둘째, 선원들과 엮을 것. 거기에 싸움 구경 같은 것이 포함되면 금상첨화다.

"안나, 부두에 가서 선원들에게 배에서 떨어진 소년에 대해 들어본 적 있나 물어봐 줘. 있다면 혹시 고래에게 잡아먹혔는지도."

"왜?"

"세스의 정체를 밝히는 게 중요하니까. 하지만 조심해. 오늘 부둣가에서 바다코끼리 싸움이 열린대. 진짜 싸움이 날지도 몰라."

바다코끼리 싸움은 거짓말이었지만 훌륭한 효과가 있었다. 안나는 당장 부둣가로 달려갔다. 엘리가 다리를 절뚝이며 안나를 멀찍이 따라갔다. 젖은 신발이 발을 뗄 때마다 절버덕거렸다. 엘리는 고래 옆을 지났다. 눈을 감은 고래는 평온해 보였다. 석상 중의 하나가 고래의 꼬리에 단단히 깔려 댕강 잘려나가기 직전이었다. 우습게도 그 석상은 고래 모양이었다.

'푸른 눈동자.'

엘리는 세스에게 일어날 일을 떠올리자 가슴이 요동쳤다. 재판관들이 세스를 화신이라고 결론 내리면 어떡하지. 설마 벌써 장작더미 위에 세운 건 아니겠지? 엘리는 서둘러 방파제를 기어올라 사람들 사이를 간신히 뚫고서 자갈길을 향해 달렸다.

아침의 거리는 이미 분주했다. 천사의 시장은 장을 보러 나온 사람들로 붐볐고, 좌판 곳곳에서 흥겨운 흥정이 펼쳐졌다. 진동하는 생선 비린내를 맡으며 굶주린 갈매기들이 지붕 위에 줄지어 앉아 있었다. 한쪽에서는 턱수염이 덥수룩한 첼로 연주자 세 명이 애절한 선율의 곡을 연주했다. 위쪽 창가에서 노부인이 삶은 순무를 던지며 아침부터 궁상떨지 말라고 야유를 퍼부었다. 털모자를 쓰고 기다란 회색 망토를 걸친 거리의 마술사들은 아이들을 모아놓고 눈속임 마술을 펼쳤다. 아이들은 마술이 실패하면 더 크게 환호했다. 모자 속에서 등장하는 것처럼 보여주려던 새끼 물개가 갑자기 튀어 나와 마술사의 손가락을 물기도 했다.

엘리는 다리에 난 상처를 문지르며 속도를 늦췄다. 소금물이 닿은 상처는 여전히 지독하게 쓰렸다.

"엘리!"

누군가 명랑하게 엘리를 불렀다.

엘리는 고개를 들었다가 이내 얼굴을 찡그렸다. 반짝이는 잎사귀 같은 초록 벨벳 조끼를 입고 검정 망토를 두른 한 소년이 활짝 웃으며 엘리에게 다가왔다.

"어쩌다 물에 빠진 생쥐 꼴이 됐니?"

소년이 엘리를 위아래로 훑어보았다. 금발의 짧은 곱슬머리에 주근깨 가득한 양 볼, 빛나는 푸른 눈동자의 소년은 엘리보다 예쁘장하고 어려 보였다. 마치 젖살이 빠진 아기 천사 같았다. 엄마가 애지중지 키운 도련님 혹은 성당의 사제들이 성가대 석의 앞줄에 세우고 싶어 안달이 난 곱상한 소년 그 자체였다.

"수영하고 오는 길이거든."

엘리가 아무 일도 없는 척 무심하게 대답했다.

소년의 눈에 엘리의 찢어진 바지가 보였다.

"괜찮아?"

소년은 걱정스러운 얼굴로 물었다.

"그럼."

엘리가 숨을 깊이 들이마셨다. 그러고는 말을 이었다.

"용건이 뭐야?"

"어?"

소년은 엘리의 퉁명스러운 대꾸에 당황하며 은 목걸이를 만지작거렸다. 목걸이에는 열쇠와 조개껍데기, 앙증맞은 황동 조각상 같은 싸구려 장식품들이 달랑거렸다.

"고래 배 속에서 아이가 나왔다는 이야기를 들었어."

"핀, 나 너랑 그런 이야기 주고받을 시간 없어."

엘리가 소년을 뒤로 한 채 다시 발걸음을 재촉했다. 한 신부가 나무 연단에 검은 가운을 입고 서서 하늘을 향해 큰소리로 외쳤다.

"이웃도 믿지 마십시오! 사악한 악마가 그의 눈동자 뒤에 숨어 있을 수 있습니다. 가족도 아니 자기 자신조차 믿어선 안 됩니다. 하지만 두려워하지 마십시오! 악마는 사라지고 성인이 우리를 굽어 살필 것입니다. 우리에게 보내주신 재판관들, 그 용감한 재판관들이 바로 우리 자신에게서 우리를 구하실 것입니다."

"소년이 거기서 숨을 쉴 수 있었을까?"

핀이 폴짝 뛰며 엘리를 따라왔다.

"어디서?"

"당연히 고래 배 속이지."

"고래의 숨구멍과 연결된 관 속에 있었을 지도 모르지."

"쌀쌀맞게 말하지 않아도 돼. 난 그냥 궁금한 것뿐이니까. 그 애는 지금 어디에 있어?"

"하그레스 재판관이 데려갔어. 재판관은 그 애가 화신이라고 생각해."

"오, 이런. 내가 뭐 도울 거 없을까?"

"없어. 내가 재판관에게 가서 직접 말할 거야."

엘리가 잘라 말했다.

"거기! 거기 여자애! 이리 좀 와봐."

한 노인이 사람들 사이를 헤치고 쌕쌕거리며 다가왔다. 가슴에는 커다란 기계 같은 것을 안고 있었다. 새끼 돼지만한 크기에 마치 게처럼 다리가 달려 있었다. 노인이 엘리를 향해 눈을 부릅떴다. 커다란 안경 때문에 눈이 두 배로 커 보였다.

"이것 좀 봐라. 너희 집에서 사온 굴 따기 기계가 또 말썽이야. 먹통이 된 동안 나는 손해를 본다고."

"죄송하지만, 제가 지금 꼭 가봐야 할 데가 있어요. 조금 전에 고래가…."

엘리는 노인에게 정중하게 말했다.

"고래? 고래 따위 관심도 없다. 굴, 굴 어쩔 거냐! 이 기계는 네가 만들었으니 당장 고쳐와라!"

"제가 만든 게 아니에요."

엘리가 한숨을 쉬었다.

"너 한나 랭커스터 아니냐? 발명가 한나."

"저는 엘리예요. 한나 랭커스터는 제 엄마고요."

"이런. 그래, 내 기억보다 네가 어리긴 했어. 네 엄마는 어디 있냐?"

노인이 안경을 고쳐 썼다.

"아무데도요. 오 년 전에 돌아가셨거든요."

"이런."

노인이 한 번 더 같은 말을 내뱉으며 뒤로 휘청거렸다.

"어쨌거나 이 기계를 꼭 고쳐야 하는데! 네가 한번 고쳐보면 어떠냐?"

엘리가 노인의 말에 도시 꼭대기를 올려다보며 얼굴을 찌푸렸다. 시간이 지체되면 될수록 세스가 위험해진다!

"네 엄마가 세상을 떠난 건 애석하구나. 네 엄마같이 손이 좋은 사람을 또 만날 수 있을는지."

노인이 중얼거렸다.

엘리는 기계를 받아 돌바닥 위에 눕혔다.

"내가 도와줄까?"

핀이 옆에서 말을 걸었다. 엘리는 대꾸하지 않았다. 젖은 바지 주머니에서 드라이버를 찾아 기계의 금속판을 열었다. 내부를 자세히 들여다보고는 톱니들을 하나하나 손으로 확인했다.

"여기가 막힌 것 같군⋯."

엘리가 혼잣말을 뱉었다.

그러고는 주머니를 뒤져 놋쇠로 된 열쇠와 호두 한 알, 기다란 핀셋을 꺼냈다. 입을 앙다물고 기계 부품 사이에 낀 구슬 같은 것을 끄집어냈다. 달빛처럼 은은하게 빛나는 진주였다.

"그거 이리 내. 내 물건에서 나왔으니까 내 거야."

노인이 손을 내밀었다.

"아무렴요."

엘리는 눈을 슬쩍 흘기고는 노인에게 진주를 건넸다.

그러고는 기계의 다리 여섯 개가 딸깍 소리를 낼 때까지 뒷면의 태엽을 감아 바닥에 내려놓았다. 기계는 돌바닥 위를 뒤뚱뒤뚱 움직이며 두 개의 작은 팔로 가상의 굴을 긁어모았다.

"그럼 전 먼저 갑니다!"

엘리가 시장으로 다시 쏜살같이 달렸다. 염소를 모는 여자아이와 신선한 정어리가 가득 실린 손수레 사이를 휙 빠져나갔다. 비록 핀까지 따돌리지는 못 했지만.

"내가 고쳤으면 시간이 반밖에 안 걸렸을 텐데. 배 만들 때 내가 도와줬던 거 기억나? 잠수함 말이야. 우리 정말 하루 날 잡아서 잠수함 손봐야 하는데."

핀이 우쭐댔다.

엘리는 왼쪽 골목으로 방향을 획 틀었다. 건장한 남자 네 명이 나무판자에 죽은 뱀상어를 싣고 내려오고 있었다. 뱀상어는 이빨이 다 드러나게 아가리를 벌린 채 축 늘어져 있었다. 엘리가 핀을 두고 나무 판자 뒤편으로 슬쩍 건너갔다.

"그래서 그 녀석이 할 수 있는 게 뭐야? 똑똑해? 그새 나보다 그 녀석이 더 마음에 든 거야?"

핀이 다시 엘리 옆에 나타났다.

"뭐라고? 넌 나한테 아무것도 아냐."

엘리가 쏘아붙였다.

핀이 고개를 저으며 엘리가 농담이라도 한다는 듯 웃었다.

"그럼 왜 그 녀석을 구해주지 못 해 안달이 난 거야? 너도 지금 정상은 아닌 것 같아. 왜 사서 고생이냐고."

"그 애는 죽을 이유가 없으니까!"

엘리가 돌아서서 길에 잔뜩 모인 사람들 사이를 비집고 들어갔다. 사람들은 한 신부를 둘러싸고 있었다.

"친애하는 신자 여러분, 악마가 언제 돌아오든 용감한 영혼은 일어나 악마를 물리칠 것입니다. 그는 성인들 사이에 마련된 합당한 자리를 얻게 될 것입니다. 아니, 그는 여러분 중 하나일 수도 있습니다."

사람들은 감격에 차서 환호했다.

"저기요!"

키가 큰 청년이 구릿빛 머리카락을 휘날리며 외쳤다.

"그거 아세요? 벌써 찾았다는 거요. 재판관들이 발견했대요!"

청년은 무리의 끄트머리에서 경중경중 뛰었다.

"뭘 찾았다는 거야?"

옆에 서 있던 노부인이 눈을 가늘게 떴다.

"화신이요! 하그레스 재판관이 지금 화신을 잡았대요! 하그레스는 진정한 성인이에요!"

청년은 흥분해서 머리를 헝클어뜨렸다.

사람들이 환호성을 질렀다. 청년은 흥에 겨워 노부인을 끌어안았다. 부인이 인상을 홱 쓰며 청년을 찰싹 때렸다. 엘리는 다시 두려움에 사로잡혔다. 어질어질 현기증이 나 겨우 무리를 빠져나왔다. 핀이 여전히 따라오고 있었다.

"다들 엄청나게 열광하는군. 이쯤에서 손 떼는 게 어때? 이방인을 돕는 게 네 일은 아니잖아."

"내 일이든 아니든 아무 상관없어. 이건 정의에 관한 문제야."

"그래? 진짜 이유는 따로 있는 것 같은데, 엘리."

핀이 엘리를 빤히 쳐다보았다.

"재판관들이 그 애를 처형할지도 몰라, 핀. 그 애는 아무 죄도 없어."

"알겠다. 죄책감 때문이군. 그래서 이러는 거야, 안 그래?"

엘리는 속이 울렁거렸다.

"그만해, 핀."

"내 말 틀렸어? 넌 예전 그 일 때문에 죄책감을 느끼는 거잖아. 그 아이를 구해주면 모든 게 다 괜찮아질 거라고 생각하는 거잖아."

핀이 눈을 부릅떴다.

"핀."

"어떻게 그 애를 구할 수 있다고 생각해? 그런 일에 소질도 없으면서."

"닥쳐!"

엘리는 서둘러 돌계단을 올랐다. 대학교로 연결되는 계단이었다.

"미안. 하지만 이거 하나는 분명히 해 두자. 네가 이렇게 위험천만한 일을 하려는 이유는 죄책감 때문…."

엘리가 핀의 옷깃을 움켜쥐고 벽으로 밀쳤다. 핀의 얼굴에서 웃음기가 사라졌다. 목걸이에 걸린 싸구려 장식만 댕그랑거렸다.

"잘 들어, 핀. 그 이야기 다시는 입에 올리지 마."

"널 도와주려는 거야. 돕고 싶어."

"너에게 도움을 구하는 일은 두 번 다시 없을 거야."

엘리가 핀에게서 손을 떼자 핀은 맥없이 주저앉아 헐거워진 단추를 살폈다. 엘리는 다시 계단을 올랐다.

"가끔은, 엘리. 나에게 좀 다정하게 대해주면 안 될까?"

핀이 뒤에서 외쳤다.

엘리가 뒤를 돌아 핀을 내려다보았다.

"나는 가끔 핀, 널 죽여 버리고 싶다는 생각을 해."

고래잡이 어부들

엘리는 예전에 고래잡이배를 타고 바다로 나가본 적이 있었다. 먼 바다에서 바라보는 도시는 하늘을 향해 날카롭게 솟은 창끝 같았다. 엘리는 지금 오르는 골목길이 얼마나 말도 안 되게 가파른지에 대해 애써 생각하지 않으려 했다. 길은 거의 수직에 가까웠다. 달리느라 숨이 헉헉 차오르고 입에서는 단내가 났다. 재잘거리며 등교하는 아이들 행렬을 재빠르게 지나쳤다.

"너희 그 얘기 들었어? 세상에, 재판관들이 찾았대! 화신을 잡았대!"

한 여자아이가 흥분과 두려움이 섞인 목소리로 외쳤다.

아이의 말은 철제 계단을 오르는 엘리의 가슴을 후벼팠다.

엘리는 무심코 계단의 난간 너머를 흘깃 보았다. 발 아래 온 사방에서 솟아오른 도시를 본 순간 다리의 힘이 풀렸다. 끝이 없는 슬레이트 지붕은 이끼로 뒤덮여 초록색으로 보이거나 갈매기 똥으로 뒤덮여 하얗게 보였다. 회색 천사와 동물 조각상은 수백 년 동안 바람과 비와 물보라에 얼굴이 닳았다. 사람들은 이 도시에 사람 수만큼이나 많은 조각상이 있다는 농담을 주고받았다.

한때 어부 수백 명이 모여 살던 판자촌 거리가 눈에 들어왔다. 집들이 빽빽하게 들어차 미로처럼 좁고 구불구불한 거리였다. 과거 언젠가 악마의 공격에 잿더미로 변한 비운의 동네다.

엘리는 비틀비틀 계속 계단을 올랐다. 어느덧 도시의 가장 꼭대기 성에프램 광장으로 이어지는 마지막 길이었다. 은은하게 빛나는 저택들이 길 양쪽으로 늘어서고, 의회 건물의 금박을 두른 담장은 햇살에 반짝였다. 광장 중앙에서 대리석 돌고래로 장식한 화려한 분수가 위용을 자랑했다. 어느 정도는 아름다운 곳이었다.

광장에는 종교 재판소가 우뚝 솟아 있었다. 뾰족한 검은 첨탑 백 개가 중앙으로 갈수록 높아지며 건물의 몸통을 이뤘다. 마치 거대한 파이프 오르간 같았다. 입구는 아치형이었고, 그 위로 잿빛 조각상들이 늘어섰다. 나란히 손잡은 남자와 여자, 아이 조각상 등이 텅 빈 눈으로 아래를 내려다보았다.

조각상 중 가장 눈에 띄는 것은 흰 대리석을 깎아 만든 젊은 남자 조각상으로 광장 깊숙이 그림자를 드리웠다. 훤칠한 얼굴에 헝클어진 머리, 고래만큼이나 거대한 몸집. 조각상은 품에 안은 무언가를 사랑스럽게 내려다보았다. 아기였다.

조각상 아래에는 다음과 같은 글귀가 금박으로 새겨져 있었다.

그것은 무고한 자를 통해서도 일하리라

엘리는 어린 시절 늘 조각상의 남자가 아기를 다정스레 내려다본다고 생각했다. 사랑스러운 조각상이라 믿어 의심치 않았다. 남자가 악마고 아기는 악마의 화신일 거라고는 꿈에도 상상하지 못 했다.

엘리가 재판소의 양문 앞으로 난 계단을 서둘러 올랐다. 도끼 두 개가 앞을 가로막았다. 엘리는 휘청거리며 뒤로 자빠질 뻔했다.

"재판소는 현재 외부인 출입 불가입니다."

두 경비병 중 하나가 엘리의 얼굴을 보지도 않은 채 말했다.

"재판관을 꼭 만나야 해요."

"재판소는 현재 외부인 출입 불가입니다."

"하지만…."

"엘리, 거기서 뭐하는 거냐? 당장 내려와!"

엘리가 주위를 두리번거렸다. 엘리의 머릿속에는 오직 재판소에 들어가야 한다는 생각뿐이어서 근처에서 한 무리가 웅성거리는 것도 몰랐다.

도시 어디에서도 이렇게 외양이 가지각색인 집단은 찾기 힘들었다. 무리 중 몇몇은 사치스러운 옷을 입었지만 전혀 어울리지 않았다. 그들은 터무니없이 소매가 봉긋한 실크 셔츠와 정교하게 다듬은 콧수염을 뽐냈다. 다른 몇몇은 건장한 체격에 근육질의 몸으로 흩뿌리는 비에도 아랑곳하지 않았다. 단단한 쇠줄 같은 팔은 바다에서 평생을 산 사람들의 분위기를 고스란히 드러냈다. 또 어떤 이들은 러닝셔츠 차림이었고 어떤 이들은 모피를 입었다. 목에는 박제한 장어를 목도리처럼 둘렀다. 또 누군가는 배 모양의 나무 모자를 썼다. 그들은 고래잡이 어부였다.

키가 크고 어깨가 떡 벌어진 남자가 엘리를 향해 계단을 뛰어올라왔다. 진한 구릿빛 피부에 짧고 까만 턱수염과 콧수염, 몸에는 잔뜩 구겨진 붉은 벨벳 코트를 걸쳤다. 외뿔고래의 엄니로 만든 지팡이를 들고 털이 북실북실한 까만 늑대의 생가죽을 목에 두르고 있었다. 늑대의 머리가 한쪽 끝에서 덜렁거렸다.

"제 친구가 재판소에 잡혀 있어요."

엘리가 금방이라도 울음을 터뜨릴 것처럼 다급히 말했다. 하지만 뭐라고 더 말하기도 전에 남자는 엘리를 들어올려 옆구리에 끼고 계단을 내려왔다.

"이거 놔. 이거 놔! 아니, 캐스티언 아저씨 그러니까 제 말은 이거 놓으시라고요."

엘리는 세상이 빙빙 돌았다.

캐스티언이 눈썹을 들어 올리며 엘리를 계단 아래에 조심스럽게 내려놓았다.

"잘 들어. 그 아이는 네 친구가 아니야."

"맞아요. 친구는 아니죠. 하지만 재판관들은 엄청난 실수를 하고 있어요. 그 애는 화신이 아니에요."

캐스티언은 재판소를 흘깃 보더니 손가락을 입에 붙이고 속삭였다.

"엘리, 재판소에서 아니라고 하기 전까지 그 애는 화신이야. 네 친구도 아니고 네 친구였던 적 역시 결코 없어. 알겠니? 넌 화신을 본 적도 없잖아."

"하지만 그 애는 제가 구한 애예요. 고래 배 속에서 제가 구했어요. 숨도 쉬지 못 할 때 제가….”

"엘리."

캐스티언이 무릎을 꿇고 앉아 엘리와 눈을 맞췄다.

"재판관들이 그 애를 심문하면서 몇 가지를 시험할 거야. 만약 화신인 것이 증명되면 산 채로 화형을 당하겠지. 이 광장 바로 이 자리에서. 그리고 누구든 화신을 도운 사람은 감옥에 갇히게 된다. 아니면 더 심한 형벌을 받든지. 그러니 약속해라. 넌 저 아이와 아무 상관도 없는 거다. 알겠니?”

엘리는 캐스티언의 심각한 눈빛에 놀랐다. 평소의 캐스티언은 친절하고 농담을 즐기며 웃기도 잘 하는 사람이었다.

"알았어요."

잠시 망설이던 엘리가 마음에도 없는 말을 대충 얼버무렸다. 캐스티언은 손가락에 낀 반지 중 하나를 빼서 엘리에게 보여주었다. 엘리의 엄마를 상징하는 스패너가 새겨져 있었다.

"만약 네게 무슨 일이 일어나면 내 자신을 용납할 수 없을 거야. 악마는 지난 20년 이상 화신을 선택하지 않았어. 그러니 넌 화신이 어떤 건지 모를 수밖에. 화신이 활개를 치기 시작하면 불신이 서서히 퍼져나가고 친구가 친구를 이간질해. 도시는 아주 다른 곳이 되어버리지.”

캐스티언이 엘리의 눈에서 눈을 떼지 않자 엘리는 마지못해 고개를 끄덕였다.

"아저씨, 저 거리의 부랑아같은 차림의 어부들과 꼭 몰려다녀야 해요?"

엘리가 얼굴을 찡그렸다. 떠들석하던 고래잡이 어부들이 잠시 입을 닫았다. 머리에 배 모양 모자를 쓴 어부가 엘리를 노려보았다.

캐스티언이 한숨을 쉬며 지팡이를 붙잡고 몸을 꼿꼿이 세웠다. 그는 젊은 시절 왼쪽 다리를 잃었다. 상어에게 물렸다는 소문이 있었다. 엘리의 엄마가 그에게 인공 다리와 발을 만들어 주었다. 다리에서는 걸을 때마다 시계태엽처럼 딸깍거리는 소리가 났다.

"진정하게, 아처. 한나 랭커스터의 딸 아닌가. 자네의 작살포를 2년 동안 손봐주었지."

"그러면 뭐하나. 저 아이는 솜씨가 영 신통치 않아. 작살포가 망가져서 내가 본 손해가 얼마인지 아나? 제 엄마 따라가려면 멀었어."

엘리는 얼굴이 화끈거렸다. 캐스티언의 코트 소매를 잡고 그의 뒤로 몸을 숨겼다. 캐스티언이 엘리의 팔을 꽉 잡았다.

"이상하군. 나는 한번도 그런 적이 없었는데."

캐스티언이 덤덤하게 말했다.

"아까 우리는 중요한 문제를 의논하고 있었네. 자네는 듣고 있지도 않았는지 자리를 떠버렸지만."

아처가 쏘아붙였다.

"미안하게 됐네. 머리에 배를 얹고 있는 사람이 하는 말을 진지하게 듣는 게 쉬운 일은 아니야."

캐스티언이 비꼬듯 말했다.

아처가 입술을 비죽였다. 그때 쾅 하는 소리가 났다. 모두 재판소 쪽으로 고개를 돌렸다.

하그레스가 문을 박차고 나왔다.

"아, 하그레스 재판관님! 뵙고 싶었습니다. 성 바르톨로뮤 성당 꼭대기에 걸린 고래를 우리가 포획하는 것을 금지하셨다고요."

아처가 외쳤다.

하그레스는 들은 척도 않고 그들을 지나쳐 곧장 앞으로 걸어갔다. 지치고 혼란스러워 보였다.

"저기, 하그레스 재판관님? 이유를 알 수 있을까요?"

하그레스가 잠시 걸음을 멈추더니 마치 끈질긴 아이들에게 시달린 부모처럼 대꾸했다.

"그 고래 속에는 악마의 화신이 있었습니다."

"그러니까 재판관님 말씀은 고래가, 악마의 '통로'로 쓰인 인간의 '통로'가 되었다는 뜻입니까?"

고래잡이 중에 가장 어린 자가 눈치를 보며 낄낄거렸다. 그는 다른 어부들과 비슷하게 보이려고 콧수염을 기르다 실패한 듯했다. 콧수염이 아니라 개털을 붙인 것 같았다. 다른 어부들이 눈을 부라리자 얼굴이 붉어졌다.

"던컨, 이게 지금 웃을 일인가?"

아처가 그를 노려보았다. 그러고는 하그레스 쪽으로 고개를 돌렸다.

"재판관님, 고래의 몸통에서 이미 화신이 제거되지 않았습니까. 귀한 고래 고기를 그냥 버리시겠다는 건 아니죠?"

"화신이 배 속에 있었기 때문에 고래는 이미 부패했어요. 먹을 수 없는 상태입니다."

하그레스가 이를 꽉 깨물었다.

"하지만 생각해 보세요. 이렇게 큰 고래는 엄청나게 돈이 된다고요. 기름만 해도 20배럴은 나올걸요. 이 도시에 있는 모든 동물들 먹이로 쓸 수도 있어요. 우리는 고래잡이들이에요. 고래를 잡는 게 우리 일이라고요."

아처가 하그레스에게 한 걸음 다가섰다. 아처는 재판관보다 훨씬 작고 말랐다. 엘리는 아처가 매우 용감하든 매우 어리석든 둘 중 하나라고 생각했다.

"당신들이 잡은 고래가 아니지요. 성당 지붕이 잡았지."

하그레스가 비아냥거렸다.

"재판관님, 이러나 저러나 고래가 잡힌 건 사실이지 않습니까."

아처는 더 할 말이 남은 듯 했으나 갑자기 입을 다물었다. 하그레스가 아처의 머리에 비스듬히 손을 올렸다.

"그럼 어떻게 생각이…."

아처는 다시 입을 열었다.

하그레스가 손을 잽싸게 놀려 아처의 머리에서 배 모양 모자를 낚아챘다. 그러고는 두툼한 손으로 모자를 으스러뜨렸다. 아처가 경악스러운 표정으로 입을 떡 벌렸다.

"잘… 잘 들어요, 재판관님. 제게도 히… 힘 좀 꽤나 쓰는 친구들이 많습니다."

아처는 길길이 날뛰며 말까지 더듬었다.

"재판관입니까?"

하그레스가 물었다.

"재판관은 아닙니다. 하지만…."

"그럼 힘 좀 쓰는 친구는 없군요."

"저, 실례합니다만 여기서 이럴 이유가 없습니다."

캐스티언이 하그레스와 아처 사이로 끼어들었다. 그러고는 하그레스 재판관의 어깨에 손을 얹었다.

"손 치우시오."

하그레스가 눈 하나 깜빡하지 않고 말했다. 당장 칼을 꺼내 휘둘러도 이상하지 않을 분노가 하그레스의 눈에서 이글거렸다.

"왜 이렇게 날이 서 있죠? 화신은 이미 잡혔어요. 그냥 축하하면 안 될까요?"

캐스티언이 물었다.

"대재판관께서 심문 중이십니다. 화신인 것이 증명될 때까지, 그래서 그의 더러운 몸이 장작더미 위에서 한 줌 재로 사라질 때까지 축하할 이유 따위 없습니다."

하그레스가 눈을 부라렸다.

"하지만 다시 악마가 나타난다고 해도 재판관께서 해치우시면 되는 것 아닙니까? 지난번처럼요."

캐스티언이 미소를 띠며 말했다.

하그레스가 눈을 똑바로 뜨고 캐스티언을 노려보았다. 그의 눈빛은 혐오라는 단어가 아니고서는 설명할 길이 없었다.

"맞아요. 재판관님이 악마를 또 때려눕히면 되잖아요! 우리는 아무 걱정이 없습니다."

콧수염이 듬성듬성 난 어린 어부 하나가 생글거리며 외쳤다. 하그레스는 얼굴을 일그러뜨리며 그에게 다가갔다. 어부의 얼굴이 하얗게 질렸다.

캐스티언이 다급하게 하그레스의 어깨를 두드렸다.

"말이 좀 과한 것 같긴 하지만 그뿐이에요. 이제 그만 진정하시죠. 재판관의 명령대로 고래에 손끝 하나 대지 않을 테니."

캐스티언이 고개를 숙였다. 도시의 모든 사람이 사랑하는 환한 미소가 얼굴에 스쳤다.

"고래잡이 조합은 시민들에게 봉사하기 위해 존재하죠. 우리는 항상 시민들의 안전을 지켜주는 재판관들에게 감사할 뿐입니다."

캐스티언이 말했다.

"봉사는 무슨. 밥그릇 지키려고 조합 만든 것 아닙니까. 그마저도 재판관이 허락하니 가능할 뿐이지. 다음 만조에 고래를 끌고 나가서 그대로 바다에 떠내려가게 두시오. 만에 하나 꼬리 가죽을 벗겨 외투를 만들었다는 등 따위의 소리가 들리면 외딴 감방에서 썩을 줄 아시오. 당신 가족이 당신의 이름을 잊어버릴 때까지."

하그레스는 캐스티언을 노려보았다.

"엘리, 그만 돌아가라. 이렇게 젖은 옷을 입고 계속 밖에 있다간 얼어 죽고 말 테니. 물론 여기서 조금 더 기다리면 뜨거운 불을 쬘 수도 있겠지만."

하그레스가 걸어나가며 엘리를 향해 말했다. 그는 입술을 비죽거리며 고약한 미소를 지었다. 그러고는 광장을 가로질러 성큼성큼 걸어가 거리 속으로 사라졌다.

어부들은 누가 고래를 바다로 끌고 갈 것인가를 두고 옥신각신하기 시작했다. 어부들이 다투는 동안 엘리는 심문을 받고 있을 세스를 떠올리며 재판소를 올려다보았다. 뾰족한 톱니 모양의 날이 달린 고문 기구를 상상하며 몸서리쳤다. 세스를 재판소에서 몰래 데리고 나오는 것 말고는 방법이 없었다. 하수도나 터널을 통해 재판소로 진입할 비밀 통로가 있을 수도 있다는 데까지 생각이 미쳤다. 엘리는 서재에 있는 재판소 설계 도면을 찾아보기로 했다. 캐스티언이 정신없는 틈을 타 광장을 조용히 빠져나왔다.

길모퉁이에서 핀이 엘리를 기다리고 있었다. 엘리가 못 견뎌하는 예쁘장하고 천사 같은 미소를 띤 채 손을 흔들었다.

"일이 잘 안 된 것 같네."

"그래, 안 됐어."

엘리는 핀의 얼굴을 보지도 않고 대답했다. 핀이 엘리의 뒤를 쫄랑쫄랑 따라갔다. 발을 뗄 때마다 목걸이 장식이 짤랑거렸다.

"재판관들이 그 녀석을 죽일까?"

핀이 물었다.

"아직 심문 중이라고 했어. 하지만 아마 그렇겠지."

"끔찍하다."

핀이 고개를 저었다.

아침나절의 시장은 부자들의 차지였다. 귀족과 사업가, 의사와 법률가들이 고급스러운 벨벳 조끼와 물개 가죽이나 붉은 여우의 털을 안에 덧댄 코트를 입고 시장 거리를 활보했다. 진주로 장식한 옷을 입고 굽이 높은 부츠를 신은 아내들이 그 옆에서 나란히 걸었다. 핀은 그들의 손을 잡고 가는 부잣집 아이와 별반 다르지 않았다. 통통한 장밋빛 뺨과 잘 빗어 넘긴 금빛 머리카락, 행복으로 반짝이는 눈빛은 누가 봐도 그렇게 느낄 법했다.

"이럴 때 의지할 수 있는 사람이 있으면 좋을 텐데. 현명하고 믿을 만한 사람. 안나는 별로 도움이 되지 않을 것 같고. 저번에 보니까 넌 친구도 없는 것 같더라."

"상관 마, 핀."

"너 혼자 힘으로 그 애를 구할 방법을 알아내기라도 했다는 말이야?"

핀이 풀죽은 얼굴로 물었다.

"알아낼 거야."

"그래, 넌 영리한 아이니까 방법을 찾을 수도 있겠지. 비록 이 도시에서 가장 경비가 삼엄한 건물에 갇히긴 했지만."

핀이 고개를 끄덕였다.

"그 애가 내내 재판소에 갇혀있진 않을 거야. 재판관들이 처형하기로 결정하면 광장으로 데리고 나올 테니까."

"흥미진진한데? 그럼 넌 최대한 재빠르게 그 애를 휙 데려오면 되겠다. 만 명의 구경꾼이 너를 지켜보는 동안. 쉽네!"

핀이 돌바닥에 발을 세게 굴렀다.

엘리가 다시 속도를 높여 걸었다. 맞은편에서 생선 장수 두 명이 수레에 푸른 빛이 반짝거리는 고등어를 잔뜩 싣고 내려왔다. 엘리는 잽싸게 몸을 피했다.

"재판관들이 그 녀석을 좀 봐줄까? 난 잘 모르겠어. 그들은 모든 사람이 화신의 비참한 최후를 생생히 목격하길 바랄 테니까. 미안하지만, 엘리 넌 차마 보지 못 할 거야. 정말 유감스럽지만 스물아홉 번째 화신이 어떻게 죽었는지 너도 알잖아. 재판관들이 그 녀석에게도 똑같은 형벌을 내릴까? 갈고리와 쥐로? 아니면 돼지 피에 담근 다음 상어에게 던질까?"

"화형이 될 거야."

"그래, 그건 재판관이 내리는 최악의 형벌은 아닌 게 분명해. 아니, 최소한의 형벌에 가깝겠지. 그러니 너무 절망하지는 마."

핀이 한숨을 쉬었다.

엘리가 의기양양한 귀족들 사이로 파고들었다. 그 중 몇몇이 엘리를 보고 미간을 찡그렸다. 도시의 위쪽 지역은 최상류층 부자들의 거주지였다. 젖고 찢기고 페인트와 기름으로 얼룩진 옷과 긁히고 멍든 상처투성이 손은 그곳과 어울리지 않았다.

바로 그때, 얼굴이 시뻘겋게 달아오른 여자가 시장으로 급히 달려왔다. 목에는 진주목걸이가 피부가 보일 틈도 없이 칭칭 감겨 있었다.

"재판관들이 찾았답니다! 화신을 잡았대요!"

여자가 큰소리로 외쳤다. 귀족들이 마음의 평정을 잃었다. 누군가는 여우 가죽을 공중으로 던지고 누군가는 노래를 부르기 시작했다. 엘리가 움찔하며 살그머니 인적이 드문 아래쪽 골목으로 빠져나왔다. 핀이 꿍 소리를 내며 재빨리 엘리를 쫓아갔다.

"솔직히 넌 꼭 나를 따돌리고 싶어 하는 것 같아."

핀이 가쁜 숨을 내쉬며 말했다.

"맞아."

엘리가 허리춤에 찬 작은 가방에서 알밤만한 구슬을 꺼내 핀 발밑으로 힘껏 던졌다. 쉬익 하는 소리가 나더니 짙은 회색 연기가 구름처럼 피어올랐다. 코를 찌르는 매캐한 냄새가 온 골목에 퍼졌다.

엘리는 다시 자갈길을 가로질러 달렸다. 뒤에서 핀이 고래고래 소리를 질렀다.

"날 골탕 먹이시겠다? 이런다고 내가 널 못 찾아낼 줄 알아? 좋아, 한 번 해봐! 날 또 버려봐! 나만 남겨두고 어디 또 떠나봐. 너 그거 잘 하잖아. 안 그래? 하지만 곧 내가 필요할 거야. 곧 알게 될 거야!"

클로드 헤스터메이어의 일기에서

나는 벽으로 물러섰다. 무슨 말이든 하려고 했지만 입이 떨어지지 않았다.

"클로드, 나일세."

피터가 말했다.

"아니, 그럴 리 없소. 피터는 죽었어요. 내가 보는 앞에서 죽었다고."

"그래, 죽었지."

피터가 고개를 끄덕였다.

"나가주시오."

"클로드…."

"나가라고요! 당신이 누구건 간에 당장 나가요!"

나는 소리를 질렀다.

눈에 보이는 물건을 마구잡이로 잡았다. 잉크병을 피터를 향해 던졌다. 하지만 피터를 맞히지 못 했다. 잉크병은 피터를 관통한 것 같았다. 까만 잉크가 책과 책장과 바닥에 흩뿌려졌다. 왜 그런지 모르겠지만 피터의 빳빳한 회색 셔츠에는 한 방울도 튀지 않았다.

도무지 아무것도 믿을 수 없었다. 책상에 기대 겨우 몸을 가눴다.

"안 되겠어. 좀 쉬어야겠어. 헛것이 보이는 군…."

"클로드, 날세. 진짜 나라고. 가까이 와보게. 증명할 테니."

피터가 날 향해 손을 버밀었다. 한참을 망설이다 피터의 손을 잡았다. 피터가 버 손을 꽉 움켜쥐었다. 그의 손은 따뜻했다.

"하지만 잉크병은 어떻게 된 거지?"

버가 물었다.

"잉크병은 그냥 잉크병이지."

피터가 다른 손을 버 손 위에 포갰다. 그는 말을 이었다.

"우리는 이렇게 서로를 느끼고 있지 않나. 자네와 나."

"하지만… 자네는 환상이야. 버가 헛것을 보는 거야. 자네는 실제가 아니야."

"아니, 나는 실제야. 하지만 동시에 자네의 머릿속에도 존재하지. 나를 그곳에도 두었으니까."

피터가 나를 보았다.

"좋아. 그렇다면 이제 너 머릿속에서 나가주게!"

나는 손을 빼면서 외쳤다. 차마 얼굴을 볼 수 없었다. 그의 눈빛은 차갑고 초점이 없었다. 생전의 피터 눈빛은 다정하고 따뜻했다.

"아무래도 내가 너무 무리를 했나보군."

책상 서랍을 뒤져 보관해둔 술을 꺼냈다. 머리가 어지러웠다.

"위스키나 한 잔 하겠나. 아, 술도 자네 몸을 그냥 빠져나가려나?"

나는 자리에 앉아 몸을 기댔다.

"유감스럽지만 잔조차 들지 못 할 걸세. 하지만 자네가 내게 부탁을 한다면 무슨 일이든 할 수 있지."

피터의 말에 나는 얼굴을 두 손에 파묻었다. 가슴이 뻐근할 정도로 심장이 세게 뛰었다.

"자네는 실제야. 하지만 내 머릿속에도 존재하지. 연구실에 있으면서 이곳에 없기도 해. 오직 내가 부탁을 할 때만 물건을 움직일 수 있어."

피터가 고개를 끄덕였다.

"클로드. 자네는 그게 무엇을 의미하는 지 알 거야."

그렇다. 누구보다도 잘 알았다. 이 운명적인 날이 오기 전, 내 연구의 주제는 악마의 역사였다.

위스키를 한 모금 들이켰다. 그리고 한때 나의 가장 가까운 벗이었던 이를 물끄러미 바라보며 말했다.

"바로 내가 악마의 화신이라는 의미지."

엘리의 작업장

엘리는 엄마의 작업장에서 자랐다. 작업장은 도시의 상류층 거주 지역에 있었다. 하지만 엘리가 여덟 살 때 엄마가 세상을 떠나면서 엘리와 남동생은 아랫동네의 고아원에서 지내게 되었다. 엘리가 열 살이 되던 해 남동생마저 영영 눈을 감았다. 엘리는 고아원에서 나와 버려진 대장간 맞은편에서 혼자 살기 시작했다. 작업장을 이어나가기로 한 것이었다.

캐스티언의 생각이었다. 도시는 엘리 엄마의 작업을 이을 누군가가 필요했다. 엄마 한나 랭커스터는 발명품으로 도시를 탈바꿈시킨 천재였다. 도시는 한나가 만든 고래잡이 도구, 굴 따기 기계, 바닷물 여과기 등 수많은 발명품에 의지했다. 엘리는 엄마의 발명품에 대해 잘 알지 못 했다. 하지만 다른 사람보다는 아는 게 많았다. 캐스티언은 시의원들을 만났다. 엘리가 엄마의 발명품을 수리하거나 새 발명품을 만들면 적은 금액이라도 급여를 주자고 설득했다. 엘리의 첫 발명품은 화약이 든 폭죽이었다. 발명품을 처음 선보이는 날, 엘리는 작업장에서 캐스티언과 안나를 앞에 두고 창문 밖으로 폭죽을 던졌다. 엘리의 두 번째 발명품은 자동 소화 장치가 되었다.

작업장은 건물 일 층에 있었다. 다락에는 서재가 있고 지하에는 자그마한 금속 작업실이 있었다. 작업장은 어지럽고 정신없었다. 엘리의 분주하고 산만한 마음이 고스란히 드러나 보이는 듯했다. 높은 천장까지 책장이 들어차 있었다. 바닥과 벽은 널빤지가 덧대어졌지만 사람들이 알아차리긴 힘들었다. 온통 무언가가 쌓였거나 붙어 있었다. 작업장은 실제보다 더 좁아 보였다. 곰팡이가 여기저기 피고 눅눅한 냄새가 났다. 페인트통과 오래된 책이 작업장 가득 쌓여 있었다. 바닥은 그 무게를 이기지 못 하고 곳곳이 삐걱거렸다.

작업장이 말끔하게 정돈된 적은 단 한 번도 없었다. 구석에는 버려진 재료들이 쌓였고, 엘리의 널뛰는 기분에 따라 이 구석에서 저 구석으로 옮겨졌다. 몇 달 후 부활하는 재료도 있었으나 얼마 못 가 다시 구석행이었다. 판판한 작업대 아래에는 금속 조각들과 페인트 통이 굴러다니고 책들도 펼쳐진 채로 널브러졌다. 날씨를 기록하는 데 쓰는 섬세한 기구는 아무데나 처박혔다. 패이고 갈라진 선반에 유리병들이 줄지어 놓였는데 노란 액체가 든 유리병 속에 죽은 것들이 둥둥 떠 있었다. 돌돌말린 농어의 창자와 노랑가오리의 가시 돋친 꼬리 같은 것이었다. 벽에는 잉크 얼룩이 묻은 종이가 바닥까지 길게 늘어졌다. 사람들의 몸과 얼굴과 손, 고래와 빙산과 배 그림이 잔뜩 그려져 있었다. 그리고 엘리가 구상한 각종 기묘한 장치들 그림도 있었다. 이미 만들었거나 만드는 중이거나 앞으로 만들 것들이었다.

길 쪽으로 난 현관문은 커다란 떡갈나무 판을 덧댄 덧문이었다. 문 위에는 박제된 개복치가 걸려 있었다. 개복치의 입은 알파벳 O자 모양으로 벌어졌고, 움푹 들어간 눈은 유리알로 만들어졌다. 천장에는 대왕자라의 뼈대가 황동 수도관에 쇠사슬로 매달렸고, 뒤쪽 오른편에 다락으로 향하는 나선형 계단이 있었다. 작업장과 다락 사이에 중층을 지어 엄마가 남기고 간 수많은 책들을 진열할 작은 도서관을 만들었다. 오래된 책들은 뻣뻣해져 원래 두께보다 두꺼웠다. 책장은 곧 터져나가기 직전이었다.

1층 중앙의 가장 눈에 띄는 작업대 위에 고래잡이용 작살포가 놓였다. 다른 작업대에는 황동 망원경과 화학 실험 도구들, 전기를 일으키는 장치 등이 있었다. 바닥에는 폭죽이 담긴 상자가 열린 채로 덩그러니 놓였고, 태양계 모형도 굴러다녔다. 그리고 그 옆에는 지도 더미 위에서 웅크린 채 잠든 엘리가 있었다.

누군가 문을 두드렸다. 잠에서 깬 엘리가 얼굴에 엉겨 붙은 머리카락을 손으로 떼어냈다. 머리카락에 스민 소금기에 얼굴이 따가웠다.

"잠시만요!"

엘리가 소리쳤다. 엘리는 도시의 하수도 구획을 찾아보다 옷을 입은 채로 까무룩 잠이 들었다. 비틀비틀 발을 절뚝이며 문 쪽으로 향했다. 창밖이 이미 어두웠다. 도움을 간절히 기다리는 소년이 있는데 잠이나 잔 자신이 한심했다.

노크 소리는 점점 커졌다. 마치 문에 머리를 쾅쾅 박고 있는 것 같았다.

"엘리! 나야, 안나!"

엘리가 빗장을 풀었다. 금속 바퀴가 달린 문을 한쪽으로 밀자 문이 삐걱거리며 열렸다. 어둠속에서 킥킥거리는 소리와 함께 꼬맹이 세 명이 작업장으로 우당탕탕 들이닥쳤다. 안나를 따라온 아이들이었다. 뒤에서 안나가 구부정하게 서서 엘리를 향해 건들건들 고개를 끄덕였다.

"안녕."

안나가 말했다.

프라이, 이브넷, 세라 고아원에 사는 꼬맹이 셋은 엘리의 작업대를 보고 눈이 휘둥그레졌다. 그리고 얼마 안 가 아이들 발아래서 뭔가가 우두둑 깨지는 소리가 났다.

"잘 보고 다녀!"

엘리가 도끼눈을 떴다.

"가끔이라도 정리를 했으면 이런 일 없을 거 아냐."

안나가 말했다.

"시비 걸지 마. 네 방도 만만치 않으면서. 그리고 누굴 데려올 거면 미리 말하면 좋잖아."

엘리가 눈을 흘겼다. 그러고는 박제 고슴도치로 머리를 빗고 있는 이브넷에게 다가가 고슴도치를 확 낚아챘다.

"부둣가에서 들은 것 좀 있어?"

엘리가 물었다.

"응, 다리우스라는 선원을 만났는데 갈매기 잡는 법을 알려주겠대."

"아니, 세스 이야기 한 거야."

엘리가 우물거리며 이름을 작게 말했다.

"아, 그 애. 아니, 전혀. 세라, 그거 건드리면 안 돼."

꼬맹이들은 까치발로 유리병에 담긴 기괴한 것들을 보고 있었다. 엘리는 눈에 힘을 주고 안나를 쏘아보았다.

"애들을 실망시킬 수 없었어. '미친 과학자' 큰 언니 엘리에 대해서 어찌나 궁금해 하던지."

안나가 작업대에서 사과 하나를 집으며 눈을 찡끗했다.

"큰 언니는 또 뭐냐? 너랑 나랑 나이도 같은데. 얘, 그거 조심해!"

프라이가 바닥에서 검정색 피리를 집어 들었다. 옆면에는 고래가 새겨져 있었다. 프라이는 피리에 입을 대고 불었다. 피리의 끝에서 소름끼치는 쇳소리가 울려 퍼졌다. 다른 두 꼬맹이가 귀를 막았다.

"저기, 내가 지금 좀 바빠. 이럴 시간이 없다고."

엘리가 프라이의 손에서 피리를 빼앗았다.

"양말은 왜 머리에 달고 다니니?"

안나가 엘리의 머리에서 양말을 끄집어냈다.

"그래, 세스를 구할 방법은 생각해냈어?"

안나가 말을 이었다.

"내가 세스를 구할 계획이라고 누가 그래?"

"네 얼굴에 써있어. 눈빛이 사나워졌거든. 넌 새로운 일을 시작할 때늘 눈빛이 달라져."

안나는 사과를 한 입 베어 물었다.

엘리가 꼬맹이들이 듣고 있지 않는지 흘깃 둘러보았다.

"그래, 그 궁리를 하고 있었어."

엘리는 바닥에 펼쳐진 지도를 가리켰다.

"하그레스 재판관의 말에 의하면 성 에프램 광장에서 처형이 있을 거래. 그 광장 바로 아래에 하수도 터널이 있어. 터널로 들어가 화형대 쪽으로 올라갈 수 있다면 세스를 구할 수 있을지도 몰라."

안나가 엘리를 물끄러미 보더니 사과 씨를 뱉었다.

"넌 확실히 미친 엘리가 맞아. 성공 가능성 제로야. 도대체 왜 그렇게까지 그 아이를 구하려는 거니? 뭐 때문에 그 애에게 그렇게 꽂힌 거야?"

"그 애는 고래 배 속에서 나왔어. 그것보다 더 꽂힐 만한 게 있어? 재판관들은 그 애를 죽일 거야. 만약 고아원 꼬맹이 중 하나가 물에 빠지면 너도 그 애를 구하러 물속으로 뛰어들 거잖아."

"그래. 하지만 꼬맹이들은 내 동생들이야. 그 녀석은 너와 아무 상관이 없어. 네가 책임지지 않아도 된다고. 그 애가 잡힌 건 네 잘못이 아냐."

"아니, 내 잘못이야! 그 애가 잡혀가지 않도록 뭐든 더 했어야 해."

엘리의 말에 안나는 표정이 확 굳어졌다.

"거기서 뭘 더 할 수 있어? 심지어 하그레스는 널 바다에 집어 던졌어. 정신 차려."

하지만 엘리는 이제 아무 말도 들리지 않았다. 머릿속에는 세스 생각밖에 없었다. 감옥에 갇혀서 재판관들에게 발로 차이고 얻어맞는 모습이 자꾸 떠올랐다. 엘리는 속이 탔다.

"내가 나서지 않으면 그 아이는 죽을 거야."

"그 아이 화신이라던데?"

프라이가 우쭐대며 말했다.

"나도 들었어. 곧 처형당할 거래."

세라가 옆에서 거들었다.

"아싸! 화신이 잡혔다! 화신은 사망이다!"

이브넷이 키득거렸다.

"아니, 진짜 화신은 너야!"

프라이가 이브넷을 가리키며 소리를 빽 질렀다. 프라이와 세라는 작업장을 사방팔방 휘저으며 이브넷을 잡으러 쫓아다녔다. 두 책장 사이 구석에 이브넷을 몰아넣었다.

"물러서. 이제 곧 악마가 내 몸에서 폭발해 나올 테니까!"

이브넷이 외쳤다.

이브넷은 소름끼치는 가르랑 소리를 내며 무릎을 꿇고 쓰러지면서 섬뜩한 연기를 했다. 마치 가슴이 부풀어 터질 것 같다는 듯 가슴을 쥐어뜯었다. 세라와 프라이가 배를 잡고 굴렀다.

"입 닥쳐! 이게 지금 장난 같아? 그 애는 진짜로 죽는다고!"

엘리가 고함을 쳤다.

"누나, 그 아이에게 키스했다며? 악마가 옮은 건 아니길 바랄게."

프라이가 책장에서 해부도감을 꺼내더니 휙 넘겨보며 깐죽거렸다.

"그건 키스가 아냐. 인공호흡이지. 게다가 그런 방식으로 악마를 옮아 올 수 있는 것도 아냐. 악마는 한 번에 한 화신 속에만 들어가니까. 그렇게 사람 사이를 마음대로 오가지 않는다고. 일단 한 사람을 화신으로 삼으면 화신이 형장의 이슬로 사라지거나 악마가 자기 육체로 화신 밖으로 나갈 때까지 그 사람 속에 있는 거야."

엘리가 고개를 절레절레 흔들며 말했다.

"우리도 알거든."

프라이가 눈을 흘겼다.

"그나저나 물에서 헤엄치는 배를 만들었다는 게 사실이야? 물고기처럼?"

이브넷이 황동 망원경을 덜거덕거리며 귀에 대고 물었다.

"헤엄을 치긴 하지. 그러니까 음, 물속에 잠겨서."

"우리 좀 태워주라. 아무것도 손 안 댈게."

그때 망원경이 이브넷의 손에서 미끄러지면서 바닥에 쿵 떨어졌다.

또 다시 문 두드리는 소리가 들렸다. 엘리가 끙 하고 한숨을 쉬었다. 엘리는 작업장에 사람이 많은 것을 불편해했다.

"또 누굴 초대한 거니?"

엘리가 안나를 쏘아보았다. 안나는 작업대 하나를 깨끗이 치우고 그 위에 벌렁 드러누웠다.

"나는 모르는 일이야."

안나가 입 안 가득 사과를 우물거리며 말했다.

엘리는 문을 열었다. 캐스티언이 다리를 절뚝거리며 어둠속에서 나타났다. 턱수염에 빗방울이 맺혀 있었다.

"엘리, 들어가도 될까. 안나도 있었구나."

캐스티언이 고개를 살짝 숙여 인사했다.

"오, 그리고 이 무시무시한 용사들은 누구지?"

그는 세 꼬맹이를 향해 웃으며 덧붙였다. 아이들은 입을 꾹 다물고, 눈만 말똥말똥하게 뜬 채 캐스티언을 쳐다보았다.

"다리에 문제가 생겼나봐요."

엘리가 물었다.

"그렇구나."

캐스티언이 한숨을 쉬었다.

캐스티언의 왼쪽 인공다리는 엘리 엄마의 역작이었다. 엘리는 인공다리의 정교함에 놀라움과 괴로움을 동시에 느꼈다. 다리의 내부는 작은 톱니와 평형추와 움직이는 막대로 이뤄졌는데 그 구성이 말도 못 하게 복잡해서 수리할 때마다 눈물이 쏙 빠졌다. 최선을 다했지만 결과는 늘 좋지 못 했다. 캐스티언은 엘리의 엄마가 세상을 떠난 이후 제대로 걸어본 적이 없었다.

캐스티언이 부츠를 벗고 한쪽 다리의 바지를 걷어 올렸다. 갑옷 같은 황동 인공다리가 드러났다. 캐스티언은 잠금장치를 풀고 거리낌 없이 인공다리를 휙 잡아당겨 어디에 둘지 두리번거렸다. 엘리는 작업대에 대자로 뻗은 안나에게 다른 데로 가라고 손짓했다. 그리고 캐스티언의 다리를 조심스럽게 넘겨받았다.

꼬맹이들이 눈망울을 소리없이 반짝이며 캐스티언에게 쭈빗쭈빗 다가갔다. 엘리는 아이들이 고래잡이 어부를 이렇게 가까이에서 본 적이 있을까 궁금했다. 세라가 캐스티언 어깨에 걸쳐진 늑대 머리를 신기한 듯 관찰하며 코를 만졌다. 캐스티언은 외투 주머니에서 범고래 이빨을 꺼내 세라의 손에 쥐어주었다.

"선물이다."

꼬맹이들은 범고래 이빨이 성스러운 유물이라도 된다는 양 입을 벌리고 멍하니 보았다.

"아저씨, 아저씨는 혹시 물에 빠져 죽을 뻔한 적 있어요?"

세라가 궁금증을 참지 못 하고 물었다.

"폭풍우 칠 때 바다에서 배를 탄 적은요?"

이브넷이 세라를 옆으로 밀쳤다.

"대왕오징어를 맨손으로 잡았다는 소문이 사실인가요?"

이번에는 프라이가 이브넷을 밀었다.

캐스티언은 손을 들어 아이들을 조용히 시켰다. 그러고는 천천히 미소 지으며 몸을 앞으로 숙였다.

"물론이지. 너희들은 내가 어쩌다 다리를 잃었을 것 같니?"

아이들은 입을 다물고 두근거리는 표정으로 캐스티언을 보았다. 하지만 고요한 분위기는 금세 깨졌다. 아이들은 범고래 이빨을 뺏고 뺏으며 몸싸움을 벌이기 시작했다.

"상어에게 먹힌 거라고 생각했어요."

엘리가 인공다리의 바깥쪽 판을 떼어내며 무덤덤하게 말했다. 엘리는 캐스티언이 세스를 구하는 데 도움을 주지 않은 것에 여전히 화가 나 있

69

었다.

캐스티언이 삐걱 소리를 내며 나무의자를 끌어당겼다.

"아까는 내가 좀 심했던 것 같아. 다치지는 않았니?"

"아저씨, 재판관들이 그 아이를 죽일 거예요."

엘리의 말에 캐스티언이 인상을 찌푸렸다.

"화신이 아니라는 결론이 나올 수도 있지. 엘리, 그 아이를 오늘 처음 본 게 맞니?"

"네."

"그럼 왜 그렇게 그 아이를 구하지 못 해 안달이 난 거지?"

"아무래도 엘리가 첫눈에 반한 것 같네요."

안나가 끼어들었다. 이번에는 마루에 대자로 누워 있었다. 엘리가 안나의 얼굴을 담요로 덮어버렸다.

"아저씨, 그 아이는 그냥 아이예요. 화신이 아니에요. 억울한 죽음을 못 본 척 하는 건 정의롭지 않아요."

안나가 담요 아래서 큭큭거렸다. 담요가 위아래로 들썩였다.

"안나, 그만해. 진짜 그런 거 아냐."

엘리가 안나를 발로 툭 찼다.

"모두 잘 들어라!"

캐스티언이 작업대를 꽝 내리쳤다.

순간 정적이 흘렀다. 안나는 담요를 얼굴에서 내리고 가슴 앞에 담요를 쥔 손을 모았다. 금방이라도 꺼질 듯이 깜빡이는 램프 불빛 아래 캐스티언이 눈에 힘을 줬다.

"이 일의 심각성을 깨닫기 바란다. 만약 그 아이가 화신이라면 너희는 그 아이를 만났다는 사실을 기억에서 지워야 해. 그 아이를 조금이라도 도와선 안 돼. 화신에게 협력한 사람은 재판관이 결코 가만두지 않아."

캐스티언이 깊은 한숨을 내쉬었다.

"열두 번째 화신이 처형을 당하고 나서 그의 가족 역시 교수형에 처해졌어. 그들은 화신을 집 지하실에 숨겼거든. 화신의 온 가족이 목숨을 잃었지. 여덟 살짜리 딸만 빼고."

"너무 어려서요?"

안나가 물었다.

"아니, 화신이 숨은 곳을 재판관에게 밀고한 사람이 바로 그 딸이기 때문이야."

캐스티언이 고개를 떨궜다.

엘리는 가슴이 꽉 조여 오는 것 같았다. 안나가 아이들의 표정을 살폈다.

"정말 끔찍하네요."

안나의 얼굴이 일그러졌다.

"하지만 그래야만 했을 거야. 넌 악마의 힘을 모르니 이해되지 않겠지. 악마를 본 적 없으니까."

캐스티언이 지팡이를 손에 쥐고 돌렸다. 그는 한참동안 말이 없었다.

엘리가 조심스럽게 캐스티언에게 다가갔다.

"아저씨, 그럼… 아저씨는 악마를 본 적 있나요?"

캐스티언은 외뿔고래 엄니로 만든 지팡이를 내려다볼 뿐 아무 대답도 하지 않았다. 엘리는 캐스티언의 손이 떨리고 있다는 걸 눈치챘다. 캐스티언은 문 쪽을 향해 자세를 고쳐 앉았다.

"무슨 소리지?"

캐스티언이 말했다.

엘리도 들었다. 사람들이 밖에서 소리를 지르고 있었다. 엘리는 갑자기 오싹한 기분이 들었다. 서둘러 문을 열었다. 환호성과 차가운 밤공기가 함께 밀려들었다.

"잡았다!"

아이들이 거리를 따라 소리치며 뛰어다녔다. 머리 위 창문과 발코니를 향해서도 크게 외쳤다. 멀리서 장엄한 종소리가 울리기 시작했다.

"잡았다! 잡았어!"

한 여자아이가 친구들을 따라 자갈길을 뛰어가며 소리쳤다. 엘리가 아이의 팔을 붙잡고 다급히 물었다.

"무슨 일이니?"

"고래 배 속에서 나온 아이 있잖아. 그 아이가 화신이래! 대재판관이 발표했대. 이제 화신이 처형만 당하면 우리는 다시 오랫동안 평화롭게 살 수 있어."

엘리는 창자가 뒤틀리는 느낌이었다. 고통스러워서 한 마디도 할 수 없었다. 세스는 이제 죽을 것이다. 세스가 이대로 죽는다면 엘리는 죄책감에서 벗어날 수 없을 것이다. 엘리는 무슨 일이든 해야 했다. 바로 다음 날 아침 처형을 당한다 해도 세스를 구해야 했다.

"언제라고 하니? 언제 처형을 한다고 하니?"

여자아이가 어룽거리는 램프 불빛 뒤에서 환하게 웃었다.

"바로 지금."

형장의 환희

엘리의 얼굴에 빗방울이 떨어졌다. 아이는 다시 달려갔다. 엘리는 지금 일어나고 있는 일을 도저히 믿을 수 없어 멍하게 서 있었다.

캐스티언이 엘리의 어깨를 꽉 잡았다.

"유감이구나, 엘리. 하지만 어쩔 수 없는 일이다. 화신은 반드시 죽여야 해. 악마가 화신 안에서 자기 육체를 얻어 세상에 모습을 드러내기 전에. 화신이 죽으면 악마가 다른 화신을 취하기까지 몇 십 년은 안전하지. 평화로운 세상이 오는 거야."

"가봐야겠어요!"

엘리가 자리를 박차고 나가 뛰기 시작했다.

"엘리, 보지 않는 게 좋을 거다!"

캐스티언이 뒤에서 소리쳤다.

엘리는 고아원 거리를 달렸다. 사람들이 외투와 목도리를 걸친 채 집

앞에 나와 웃고 있었다. 구름 낀 밤하늘에 불꽃이 펑펑 피어올랐다. 엘리는 그 광경에 할 말을 잃었다. 엘리가 직접 만든 폭죽이었다. 소용돌이치며 폭발해 금빛과 은빛 불꽃이 쏟아져 내리는 폭죽.

"야, 잠깐만!"

안나가 엘리를 뒤쫓아 왔다.

"이거 입고 가."

안나는 엘리의 어깨에 코트를 걸쳐 주었다. 증기 가마 옆에서 하루 종일 말려 코트는 거의 다 말라 있었다.

"어떻게 해야 할까, 안나? 지금 처형을 한대. 세상에, 열쇠를 깜빡했어."

엘리가 바지 주머니를 더듬으며 말했다.

"자, 여기."

안나가 열쇠를 달랑거리며 내밀었다.

"이게 어디 있었어?"

엘리는 안도의 한숨을 쉬었다.

"네 바지에. 오 분 전에, 뭐 아무튼."

"안나! 남의 주머니에 손대지 말랬잖아! 그리고 히죽히죽 웃지 마. 이 상황이 장난 같아? 죄도 없는 아이가 곧 죽게 생겼는데 웃음이 나오니?"

엘리는 다시 뛰기 시작했다. 아찔하게 높은 첨탑과 부러진 뼈처럼 뾰족한 굴뚝. 어두운 거리는 평소보다 더 으스스했다. 아이들은 가랑비 사이로 팔짝팔짝 뛰며 춤을 췄다. 엘리는 골목을 가득 메운 자욱한 연기에 숨이 턱 막혔다. 노점상들이 펄펄 끓는 기름에 생선을 튀기면서 나오는 연기였다. 엘리와 안나는 속도를 높여 재빨리 골목을 벗어났다. 성 에프램 광장 가까이 왔을 때, 구름떼 같은 군중이 보였다. 엘리는 간신히 사람들 틈을 파고들었지만 계속해서 누군가의 발을 밟았다.

"발 조심해!"

"지금 뭐 밟고 있는지 좀 봐라!"

엘리는 까치발로 섰다. 하지만 앞뒤 좌우 어느 곳도 사람들의 어깨 너머가 보이지 않았다.

사람이 얼마나 많은지도 전혀 감이 잡히지 않았다. 끝없는 인파에 발이 묶인 느낌이었다. 사방에 담배와 술 냄새가 진동했다. 엘리는 조금씩 앞으로 나아갔다. 높은 연단 위에 어느새 장작더미가 놓였다.

장작불.

엘리는 머리가 핑 돌았다. 장작불 앞까지 갔을 때 뭘 어떻게 해야 할지 아무것도 떠오르지 않았다. 그저 계속 사람들 틈을 헤치고 갈 뿐이었다. 흥분한 선원과 미소 짓는 노부인과 어깨 위에 아이를 목말 태운 부모 사이를.

"엘리! 엘리! 천천히 좀 가."

안나가 숨을 헉헉거렸다.

안나는 엘리보다 키가 컸다. 사람들 틈을 파고드는 게 엘리보다 힘들었다. 또 앞뒤 가리지 않고 돌진하는 엘리에 비해 안나는 마음이 덜 급했다. 엘리의 두 뺨은 사람들과 부딪치며 이미 벌겋게 타올랐지만, 안나는 사람들을 밀치고 바로 고개를 수그리느라 속도가 더뎠다. 그러는 사이 장작더미는 점점 더 높아졌다.

"안녕."

핀이었다. 얼굴에는 숯검정이 묻고 손에는 스패너가 들려 있었다. 장밋빛으로 물든 얼굴은 어느 때보다 의기양양했다.

"여기서 뭐하는 거야?"

엘리가 속삭였다.

"널 돕고 있었지! 널 위해 아주 치밀하게 작전을 꾸몄어. 어휴, 저 흥분한 얼굴들 좀 보라지. 곧 흥이 깨질 텐데 어쩌나."

핀이 명랑하게 말했다.

"핀, 말했잖아. 네 도움은 필요 없어."

"도대체 왜?"

"넌 공짜로 도와주는 법이 없으니까. 늘 더 큰 대가를 요구하잖아."

"어쨌든 지금은 선택의 여지가 없지 않아?"

핀이 눈썹을 치켜 올렸다.

"거절한다면… 저 아이는 곧 장작더미에 오를 텐데. 잘 들어. 저들이 단을 쌓을 때부터 난 지켜보고 있었어. 그리고 방법을 생각해냈지. 곧 네가 본 가장 믿을 수 없는 마법보다 더 마법 같은 일이 벌어질 거야."

핀이 스패너를 돌리며 씩 웃었다.

"핀, 말했잖아."

"내 도움 필요 없다고?"

핀은 어린애 같은 목소리로 엘리를 흉내 냈다.

"지겹군. 그래, 그만 두자. 생각 바뀌면 찾아오든지."

핀이 돌아서서 달려갔다. 엘리는 핀의 뒷모습을 지켜보았다. 웬 남자

두 사람이 손을 잡고 신나게 뛰어오다가 엘리와 퍽 하고 부딪쳤다. 핀을 바라보느라 남자들이 오는 것도 모르던 엘리는 그만 자빠지고 말았다. 마침 지나가던 사람의 무릎에 머리를 부딪치기도 했다.

"엘리!"

따뜻한 손이 엘리를 잡아 일으켰다. 익숙한 냄새가 코끝을 스쳤다. 안나의 푸른색 스웨터에서 나는 냄새였다. 엘리는 가슴이 두근거렸다.

"이러다가 네가 먼저 죽겠어."

안나가 엘리를 다시 도망가지 못 하게 꼭 끌어안았다.

"안나, 가만히 있으면 안 돼!"

"우리가 할 수 있는 게 없어!"

갑자기 사방에서 귀가 멍멍해질 정도로 큰 함성이 들렸다. 함성의 의미는 하나였다. 세스가 단 위에 모습을 드러낸 것이다.

"안나, 등 좀 빌려주라."

엘리가 다급히 말했다. 안나는 툴툴거리면서도 무릎을 꿇고 등을 평평히 만들었다. 엘리는 비틀거리며 안나의 등을 밟고 올라섰다.

"야, 머리. 머리. 머리카락 밟았어!"

안나가 비명을 질렀다.

엘리는 몸을 곧추세웠다. 앞 사람들의 어깨 너머가 보이기 시작했다. 송곳 같은 바람이 뺨을 후려쳤다. 불꽃이 광장을 환하게 비추자 사람들이 얼마나 모였는지 한눈에 보였다. 적어도 만 명은 될 것 같았다. 광장 사방에서 사람들이 계속 쏟아져 들어왔다. 엘리는 속이 메스꺼웠다. 마치 찬장을 열었을 때 쥐며느리 떼를 목격했을 때처럼.

그때 재판소 문이 열렸다. 줄지어선 재판관들이 보였다.

맨 앞에는 북치는 사람이 섰다. 피부가 까무잡잡한 남자가 북을 앞으로 멘 채 대장장이의 쇠망치만한 북채를 양손에 들었다. 그 뒤로 기다란 검정 가운을 입은 나이든 대재판관이 모습을 드러냈다. 이어서 하그레스 재판관을 포함한 여러 재판관이 등장했다. 그리고 경비병 네 명이 철창을 들고 나왔다. 군중들이 환호성을 질렀다. 또 침을 뱉으며 야유했다.

철창 안에 세스가 있었다.

엘리는 주먹을 입에 물었다. 세스의 온몸이 멍과 상처투성이였다. 손은 쇠막대기에 단단히 묶였고 누더기 같은 바지를 입고 있었다. 옷이 고래 피에 흠뻑 젖어 있었다. 세스는 가까스로 의식의 끈을 잡고 있었다. 마치 꿈인 듯 반쯤 눈을 감고 군중들을 보았다. 석궁 스무 대가 일제히 세스를 겨눴다.

철창은 단의 계단을 올라 장작더미로 향했다. 북소리가 계속 둥둥 울려 퍼졌다. 군중은 숨을 죽였다.

세스가 눈을 깜빡거렸다. 정신이 번쩍 든 것 같았다. 자리에서 일어서서 궁지에 몰린 동물처럼 팔을 쭉 뻗어 철창을 잡았다. 횃불 아래 세스의 뺨에 눈물이 하염없이 흐르는 게 보였다. 세스는 광적으로 흥분한 사람들에게 둘러싸인 것을 깨달은 것 같았다. 지금 이 순간 혼자라는 것을 절절히 느끼는 듯했다.

세스가 위협적으로 이를 드러내며 앞으로 고꾸라질 듯 휘청거렸다. 사람들이 비명을 질렀다. 하그레스 재판관이 침착하게 주머니에서 화살총을 꺼내 세스를 향해 발사했다. 세스의 머리가 앞으로 기울며 쿵 소리

가 났다. 사람들이 안도의 한숨을 내쉬었다.

대재판관이 단 위에 올라 장작더미 앞에 섰다. 대재판관은 몹시 연로하여 피부가 마치 해골을 감싼 가면처럼 늘어져 있었다. 그는 잠시 숨을 멈췄다가 입을 열었다. 광장 곳곳에 그의 쉰 목소리가 울려 퍼졌다.

"스물여섯 명의 성인과 그들의 가장 신성한 재판소의 이름으로 너를 화신으로 선언한다. 인류의 대적 악마를 품은 사악하고 더러운 숙주여, 우리는 오늘 너를 화형에 처한다."

엘리의 몸이 고꾸라졌다. 손가락이 무섭게 떨려왔다. 어떤 생각이 번개처럼 뇌리를 스쳤다. 참을 수 없는 충동이 일었다. 엘리는 생각을 떨치려는 듯 머리를 세차게 흔들고 주위를 둘러보았다. 금발의 소년이 눈에 띄었다. 핀이었다. 핀은 광장 끝에 있는 천사 조각상에 매달려 있었다.

핀도 엘리를 보고 있었다.

엘리가 코트 소맷자락에 난 구멍을 초조하게 만지작거렸다. 숨을 깊게 내쉬었다. 끈질긴 의심은 모른 체했다.

엘리가 고개를 끄덕였다.

핀은 씩 웃으며 조각상에서 폴짝 뛰어내렸다. 그러고는 군중을 향해 쏜살같이 달려갔다.

엘리는 고통스럽게 울리는 심장의 고동 소리를 들으며 기다렸다.

하지만 아무 일도 일어나지 않았다. 경비병이 타오르는 횃불을 들고 장작더미 앞으로 걸어 나왔다. 장작 끄트머리에 서서 횃불을 불쏘시개 삼아 장작에 댔다. 불이 붙었다. 오렌지색 불의 요정들이 연기 자락을 후불어 날려 보내며 장작 위에서 춤판을 벌였다. 엘리가 손톱으로 손바닥을 긁었다. 군중은 기대에 차서 숨을 죽였다.

그때 쉬익 하는 소리가 나더니 펑 하고 대포를 쏘아 올리는 듯한 굉음이 울렸다. 불꽃이 세스의 철창 위에서 번쩍이더니 사람들 머리 위로 소나기처럼 쏟아졌다. 펑 소리가 너무 커서 귀가 멀 지경이었다. 순간적으로 번쩍이는 빛은 마치 별이 태어나는 것처럼 강렬한 빛기둥을 만들었다.

빛 때문에 세스의 철창이 보이지 않았다. 핀은 폭죽을 장작더미 안에 슬쩍 던졌다. 젊은 남자가 안나를 밀치며 줄행랑을 치는 바람에 엘리까지 미끄러져 넘어졌다.

아무런 낌새도 없이 갑자기 모든 빛이 사라지고 암흑이 광장을 뒤덮었다. 짙게 드리운 연기만이 군중들 틈으로 퍼져나갔다. 광장은 사람들의 기침과 비명으로 가득했다.

"철창! 철창을 지켜!"

하그레스 재판관이 철창 근처에서 소리쳤다. 엘리는 매캐한 연기를 손을 휘저어 쫓았다. 얼굴은 눈물범벅이었다.

'제발, 제발, 사라졌길.'

"저길 봐!"

누군가 외쳤다.

핀이 던진 폭죽 때문에 장작에 불길이 퍼져나가고 있었다. 하그레스가 장작더미 뒤쪽으로 달려갔다. 엘리는 이를 악물었다. 하그레스가 장작더미 꼭대기에 간신히 기어 올라간 순간, 연기가 걷혔다.

철창 문이 열려 있었다.

안은 텅 비어 있었다.

엘리가 안나의 품에 쓰러지듯 안겼다. 온몸의 힘이 한순간에 쑥 빠져나간 것처럼 기진맥진했다.

"화신이 탈출했다!"

누군가가 소리 질렀다.

"안 돼!"

다른 누군가가 비명을 질렀다.

엘리 옆에 있는 여자는 겁에 질려 울부짖는 아이를 안고 뒤에 서있는 선원에게 지나가겠다고 눈인사를 했다. 빈 병이 날아들었고 바닥에 떨어져 산산조각 났다. 광장은 공포에 사로잡힌 사람들의 비명과 울부짖는 소리로 아수라장이었다. 사람들은 놀란 양떼처럼 동요했다.

겁먹은 안나가 엘리 옆으로 바짝 붙었다. 엘리는 안나의 손을 잡고 힘을 꼭 주었다.

"괜찮아. 괜찮을 거야. 가자."

엘리가 숨을 깊게 들이마셨다.

사방에서 아이들이 부모에게 안겨 울었다. 한 노인은 발을 헛디디는 바람에 밀려오는 군중의 행렬에 깔렸다. 얼굴이 새파랗게 질린 재판관 세 사람이 즉각 쫓아왔다. 엘리와 안나는 광장을 빠져나가 좁은 골목으로 들어섰다. 너무 좁아서 팔이 벽에 닿았다. 얼빠진 채 화형대를 멍하니 보고 있는 사제 옆을 간신히 지나갔다. 그는 마치 백일몽에 빠진 사람 같았다. 머리는 쑥대밭이고 눈은 공포에 사로잡힌 채 외쳤다.

"악마! 악마가 우리 중에 있다!"

클로드 헤스터메이어의 일기에서

오늘 밤 도시에 큰 소동이 있었다. 폭죽 소리와 사람들의 함성이 들렸다. 성당 꼭대기에선 연기가 피어올랐다. 나는 연구실 밖으로 한 발자국도 나가지 않았다. 조용히 쉬고 싶었다. 문득 화신으로 사는 경험을 기록으로 남겨야 한다는 생각이 들었다. 나는 어쨌든 학자고 화신 경험은 매우 희귀한 기회이며 더 나아가 악마에 대한 학계의 이해를 증진시킬 수 있기 때문이다.

악마와의 첫 만남 이후 무척 혼란스러웠다. 여느 선량한 시민들과 마찬가지로 일평생 화신을 두려워하며 살았다. 하지만 지금, 내가 바로 화신이다. 화신이 되고 보니 사람들이 왜 날 두려워해야 하는지 전혀 납득이 되지 않았다. 나는 강하지 않았다. 스물다섯밖에 되지 않았지만 지금 내 건강 상태가 전성기에 있다고 말할 수 없다. 똑똑한 척하지만 실은 그렇지도 못 하다.

장례식 이틀 후, 성 에프램 광장의 분수 옆에 앉아 종교 재판소 꼭대기에 있는 악마상을 올려다보았다. 그때 진짜 악마가 내 바로 옆에 앉아있다는 것을 깨달았다.

"자네는 내 눈에만 보이는 건가?"

악마에게 물었다.

"그렇네."

악마는 피터의 모습 그대로였다. 지난 일기를 다시 보니 그의 눈빛을 차갑고 초점이 없다고 기록했지만 그건 당시 내가 충격을 받았기 때문인 것 같다. 지금 내 옆에 앉은 피터는 기억 속 피터와 마찬가지로 눈빛이 따뜻했다.

우리는 슬렁슬렁 화재로 폐허가 된 판자촌 지역까지 걸었다. 누더기를 걸친 아이들이 잿더미 위에서 싸움 놀이를 하고 있었다. 대화재가 있던 날, 판자촌의 상황을 상상해보았다. 악마가 고래 기름 통에 불을 붙여 온 거리로 불이 옮겨 붙었고, 수백 명의 사람들이 집에서 뛰쳐나와 목숨을 잃었다.

"자네는 늘 나에게 과분할 정도로 잘 해주었지. 하지만 우리의 새로운 관계가 어떻게 끝날지 알고 있네. 자네는 버 머릿속에 영원히 머물지 않을 테지. 결국은 자네만의 몸을 입게 될 거야. 그리고 버 몸을 뚫고 나가겠지. 그 과정에서 나는 살아남지 못 한다는 것도 잘 알고 있네."

나는 우리 두 사람의 머리 위에서 빙 도는 갈매기 떼를 쳐다보며 말했다.

"어떻게 그렇게 잘 알고 있지?"

악마가 물었다.

"항상 그래왔으니까! 악마는 기생충이야. 다른 곤충의 몸에 알을 낳는 기생 말벌 같은 존재지."

"상상력이 풍부하군."

"알이 부화해 애벌레가 되면 숙주인 곤충의 영양분을 야금야금 훔쳐 먹다가 결국 숙주까지 먹어치우지. 그러고는 날개를 펼쳐 날아가 버리는 거야. 하지만… 지금 자네가 나를 먹어치우고 있는 것 같지는 않네."

"그런 이야기는 다 헛소리야. 어쩌면 나는 사람들이 말하는 것처럼 그렇게 흉악하지는 않을지도 몰라."

나는 고개를 저었다. 산산이 부서져 잿더미로 변해버린 작은 집 삼백 채의 잔해를 가리켰다.

"유감스럽지만 증거는 다르게 말하는군."

우리 중에 있다

재판소의 종이 울렸다. 음산하고 장엄한 소리였다. 졸고 있던 갈매기들이 놀라서 푸드덕 날아갔다. 문이 쾅 닫히고 열쇠가 쩔렁거리고 육중한 빗장이 쿵 떨어졌다. 아이들은 숨죽였고 덧문이 닫혔다. 성인을 향한 기도 소리가 곳곳에서 울려 퍼졌다. 하늘 위로 폭죽이 남긴 연기가 구름처럼 지붕을 넘어 흘러갔다. 뿌연 연기에 가려 달도 보이지 않았다. 엘리와 안나는 자갈길을 허겁지겁 달렸다. 물웅덩이의 흙탕물이 사방에 튀었다. 거리는 희뿌연 안개가 자욱하고 비까지 부슬부슬 내렸다.

"그 애가… 사라졌어. 화신이 맞나봐. 어떻게 장작 위에서 갑자기 사라질 수 있지? 그게 아니라면…"

안나가 겁먹은 표정으로 엘리를 힐끔 보았다.

"아니, 아니지. 설마…"

안나는 고개를 저었다.

"당연히 아니지."

엘리가 목이 메어 힘없이 대답했다. 안나는 알 수 없었다. 안나는 모른다.

"혹시 정말 네가 한 거야? 폭죽을 터뜨린 건 네 취향이긴 해. 넌 광장 아래 비밀 통로를 발견했고 폭죽으로 사람들의 주의를 돌려 세스를 철창에서 **빼낸** 거야. 그리고…."

안나의 눈동자가 커졌다.

"쉿!"

엘리가 주변에 **빽빽한** 집들을 보며 검지손가락을 입에 댔다. 문 뒤에서 누가 엿듣고 있을지 누가 아는가?

"난 너랑 내내 같이 있었잖아. 오후에는 작업장에 있었고."

엘리가 속삭였다.

안나는 여전히 미심쩍은 표정이었다. 그러고는 길 건너편 고아원 바로 옆의 비좁고 음울하게 보이는 석탄창고를 바라보았다. 안나의 눈동자가 달빛 아래서 반짝였다.

"무슨 일을 꾸미든 나한테 꼭 말해야 해. 네가 다치는 거 싫어."

엘리가 무거운 마음으로 고개를 끄덕였다. 가슴이 따끔거렸다. 안나는 가장 친한 친구지만 엘리에게는 안나가 절대 알 수 없는 것들이 있었다. 핀도 그 중 하나였다.

"피곤하다. 자야겠어."

엘리가 말했다. 이번엔 진심이었다. 금방이라도 픽 쓰러질 것 같았다.

안나는 엘리를 위아래로 훑어보았다.

"그래, 너 상태가 너무 안 좋아. 벌써 감기에 걸렸을지도 몰라. 바다에 빠지고 나서 몸을 잘 말려야 한다고 했잖아. 고아원에 가서 자는 건 어때? 입김 나오는 네 작업장 보다는 훨씬 따뜻할 텐데."

엘리가 망설였다.

"네 예전 방에서 자지 않아도 될 거야. 엠마 머리에서 이가 나와서 다른 방에서 혼자 지내고 있거든. 그러니까 내 방 옆 침대가 비었다는 말씀이지. 물론 지금은 그 침대에 이 없어."

"고마워. 하지만 그냥 작업장으로 가는 게 좋겠어."

엘리가 고개를 저었다.

안나는 힘이 쭉 빠져 발을 질질 끌며 중얼거렸다.

"머릿니 이야기는 하지 말걸 그랬어."

둘은 포옹하며 인사했다. 엘리가 평소보다 안나를 더 꽉 안았다.

엘리는 작업장 앞에 서서 열쇠를 꺼냈다. 그때 경비병 두 명이 엘리 쪽으로 다가왔다.

"음… 무슨 일이시죠?"

엘리가 불안한 목소리로 물었다.

"엘리 랭커스터?"

"그런데요?"

"캐스티언 경이 오늘 밤 네 작업장 앞에서 보초를 서달라고 부탁했어."

"세상에, 왜요?"

"그건 우리도 몰라."

엘리는 캐스티언에게 도대체 얼마를 받은 건지 의심하며 경비병을 쏘아보았다. 캐스티언은 아마 세스가 엘리를 찾아올 수도 있다고 생각한 모양이었다. 엘리가 작은 목소리로 인사한 뒤 작업장으로 들어갔다. 문을 닫고 나무 빗장을 가로질러 문을 잠갔다.

"세스를 찾아야 해."

엘리는 코트 소매에 난 구멍을 만지작거리며 중얼거렸다. 주머니에서 성냥을 꺼내 문 옆에 걸린 고래 기름 램프에 불을 붙였다. 그러고는 작업장을 뛰어서 가로질렀다. 작업대와 책 무더기와 고철 조각 더미 사이를 이리저리 빠져나가 침실 문으로 향했다. 코트는 의자 뒤에 아무렇게나 걸고 머리를 묶었다. 경비병 모르게 작업장을 빠져나가는 건 식은 죽먹기였다. 작업장에는 하수도와 연결된 지하실이 있었다. 하지만 아무도 모르게 도시를 쏘다니려면 먼저 변장을 해야 했다. 침실 문 옆 또 다른 램프에 불을 붙이고 방으로 들어갔다.

세스가 의식을 잃은 채 바닥에 누워 있었다.

엘리는 한 손으로 입을 막으며 문틀을 짚어 겨우 몸을 가눴다. 세스는 여전히 누더기 바지를 입었고 머리는 마구 헝클어져 있었다. 시커먼 발은 상처투성이였고 가슴과 얼굴에는 멍이 들었다. 가까이에서 본 세스의 얼굴은 처참했다. 검푸르게 곪은 상처로 얼룩덜룩했다. 엘리는 주변을 둘러보았다. 작업장 어딘가에 엘리를 놀라게 하려고 핀이 숨어 있을 것 같았다. 하지만 핀은 보이지 않았다. 엘리는 다시 믿을 수 없다는 표정으로 세스를 가만히 보았다. 그때 문득 직감적으로 마음속에 떠오르는 사실이 있었다.

엘리는 세스를 침실에서 끌어내야 했다.

몸을 구부려 세스를 들어 올리려고 했지만 엘리에게는 버거운 무게였다. 세스를 들어 올리는 순간, 허리가 삐끗할 것 같았다. 하는 수없이 세스를 질질 끌었다. 세스의 머리가 엘리 쪽으로 축 늘어졌다. 엘리는 움찔 놀랐다. 꼭 감은 큰 눈과 넓은 광대뼈가 고양이를 연상케 했다. 엘리는 세스의 바지 아래에 부스럭거리며 손을 넣었다. 세스를 끌고 가려고 안간힘을 썼다. 마침내 침실 밖으로 세스를 빼내는 데 성공했다. 엘리의 이마에 땀이 송글송글 맺혔다. 그 순간, 세스가 번쩍 눈을 떴다.

둘은 서로 빤히 쳐다보았다. 둘 다 악몽에서 깬 듯한 표정이었다. 엘리가 뒤로 자빠지며 엉덩방아를 쿵 찧었다. 세스는 숨을 가쁘게 몰아쉬며 자리에서 벌떡 일어났다. 그러고는 작업장 이곳저곳을 휙 둘러보았다. 대왕자라의 해골과 작업장 가운데 산처럼 쌓인 책 더미와 램프 불빛 아래 날카롭게 번득이는 작살포의 뾰족한 창에 눈길이 머물렀다.

"내 동생들은 어딨지?"

세스가 속삭였다.

"음, 잘 모르겠어. 혹시 사람들 틈에 동생들이 있었어? 이름은 뭐야? 어떻게 생겼니?"

엘리는 세스의 기억이 돌아온 건지 궁금했다.

세스가 이맛살을 찌푸리며 고개를 떨궜다.

"하나도 기억이 안 나. 하지만 내 도움을 기다리고 있을 거야."

세스는 심각한 표정으로 엘리를 보았다.

갑자기 세스가 목을 움켜잡았다. 마치 누가 목을 찰싹 때리기라도 한 것처럼.

"물 좀…. 물!"

세스가 쉰 목소리로 외쳤다.

"목소리 낮춰! 밖에 경비병이 지키고 있단 말이야."

엘리가 손가락을 입에 대며 속삭였다.

"그래서? 경비병이 있으면 어쩔 건데?"

세스가 쌕쌕거리며 고개를 저었다.

"어쩌긴. 널 죽일 수도 있어."

"난 맨손으로 경비병 머리를 박살낼 수도 있어."

"오, 그래. 그럴 수도 있겠지. 정신 차려. 경비병들은 널 체포해서 장작
더미 위에 세울 거라고."

엘리가 혀를 끌끌 찼다.

"진짜 그렇게 할 수 있는지 보고 싶은걸."

"이미 그렇게 했어. 내가 널 구하지 않았으면 넌 지금쯤…."

엘리가 얼굴을 찡그렸다.

세스는 여전히 쌕쌕거리며 목을 매만졌다. 엘리는 세스가 하루 종일
아무것도 마시지 못 했으리라는 생각이 퍼뜩 들었다.

"잠시만 기다려."

엘리가 서둘러 구석의 싱크대로 달려갔다. 쨍그랑 소리가 났다. 엘리
는 뒤를 돌아 세스를 보았다. 세스가 선반에서 노란 용액이 든 유리병을
꺼내고 있었다. 병 안에는 죽은 쥐가 들어 있었다.

"뭐 하는 거야?"

엘리가 소리쳤다. 세스는 유리병의 뚜껑을 열고 입술을 갖다 대었다. 이내 기침을 하며 팔을 쭉 뻗어 유리병을 얼굴에서 최대한 멀리 떨어뜨렸다. 병 안에 든 쥐가 한쪽으로 쏠리며 용액이 흘러넘쳤다.

"이게 뭐야, 도대체?"

세스가 침을 뱉었다.

"보존액이야, 멍청아! 지금 물 가지러 왔잖아."

"저 죽은 동물들은 다 뭐니? 저런 걸 왜 갖고 있어?"

"연구용이야. 당연히."

엘리는 큰 컵 가득 물을 담아 세스에게 부리나케 가져다주었다. 그러고는 죽은 쥐가 든 병을 조심히 다시 선반에 올렸다.

"내 보물들이야…"

"물 조금만 더 주라."

"물을 어떻게 그렇게 빨리 마시니?"

엘리는 믿기지 않는다는 표정으로 텅 빈 컵을 내려다보았다.

"너야. 오늘 아침에 네가 거기 있었어. 지붕 위에."

세스가 엘리의 눈을 빤히 쳐다보았다.

"그래, 내가 거기 있었지."

엘리가 퉁명스레 말했다. 고래 배에서 꺼내 인공호흡으로 살려놓은 사실을 이제야 기억해내다니.

"네가 내 목숨을 구했어. 고마워, 엘리."

세스가 엘리의 손을 꼭 잡고 흔들었다.

엘리는 고개를 끄덕였다. 세스가 엘리를 확 끌어당겼다. 세스의 입술이 엘리의 귀 바로 옆에 놓였다.

"난 이 섬을 떠나야 해. 이곳 사람들은 모두 내가 죽길 바라는 것 같아. 솔직히 말해서 내가 그들을 막을 수 있을지 모르겠어."

세스가 엘리의 귀에 대고 속삭였다.

"막기 힘들지."

엘리가 세스를 뒤로 밀쳤다. 엘리는 이 소년을 구하기 위해 너무 많은 것을 무릅쓴 것을 후회하기 시작했다. 소년은 어디로 튈 지 모르는 거친 공 같았다.

"넌 이 도시를 벗어날 수도 없을 거야."

"어째서?"

"벗어나서 갈 수 있는 곳이 없으니까."

"다른 도시가 있을 것 아냐?"

"다른 도시?"

엘리가 깜짝 놀라며 뒤로 한 발자국 물러났다.

"다른 도시 같은 건 없어! 이곳이 유일한 도시야."

엘리는 벽에 붙은 빛바랜 누런 지도를 가리켰다. 지도의 삼분의 일만 한 크기의 단 하나의 삐죽삐죽한 모양의 땅에 '최후의 도시'라는 단순한 이름표가 붙어 있었다.

"이 도시는 이름이 없니?"

세스가 고개를 갸웃거렸다.

"옛날에는 있었을지도 몰라. 수천 년 전쯤. 지금보다 훨씬, 훨씬 땅덩이가 넓었을 때. 지금은 그때 땅의 대부분이 물에 잠겼지."

"이 점들은 뭐야?"

세스가 도시 주변에 흩뿌려진 점을 가리켰다. 도시보다 훨씬 작은 말 그대로 점만한 크기였다.

"경작 섬과 사냥 섬들."

"그럼 저런 곳으로 가면 되겠네. 난 사냥을 잘 하니까."

"하루도 버티지 못 할걸. 경작 섬에는 농부들이 살아. 여기 사람들처럼 농부들도 널 두려워할 거야."

세스가 실눈을 뜨고 지도를 유심히 보았다.

"그런데 이 작은 섬들에서 도시 사람들을 먹여 살릴 만큼 많은 식량을 수확할 수 있어? 광장에 모인 사람들을 보니 수천 명은 되겠던데."

"고래잡이 어부들이 식량 대부분을 조달해. 그들에게는 물고기도 잡고 고래도 잡는 어마어마하게 큰 배가 있거든. 이 말은 고래잡이 어부들에게 강력한 힘이 있다는 뜻이지. 사실상 도시를 다스리는 건 그들이야. 그들을 부르는 칭호도 귀족과 같은 '경'이고."

"날 철창에 가둔 사람들이… 고래잡이 어부들이야?"

엘리가 고개를 저었다.

"그들은 재판관이야. 악마로부터 도시를 지키지. 겉으로 보면 도시를 다스리는 역할이야. 얼굴을 자주 볼 수는 없지만. 뭐, 지금까지는. 솔직히 아무 상관없어."

"이게 무슨 소리지? 도대체 이 소리가 어디서 나는 거야?"

갑자기 세스가 귀를 막고 주위를 둘러보았다.

"무슨 소리가 난다고 그래?"

엘리가 얼굴을 찌푸렸다.

"이 소리 안 들려? 잘 들어봐. 소리가 커졌다 작아졌다 해."

세스가 눈을 동그랗게 뜨고 천장을 가리켰다.

"소리가 어떻게 들려?"

"꼭 사람 목소리 같아. 비명을 지르는 것 같기도 하고. 무슨 말을 하는지 알아들을 수는 없지만. 잘 들어봐, 정말 안 들려?"

엘리는 귀를 기울였지만 아무것도 들리지 않았다.

"안 들려. 음, 세스. 혹시 재판소에서 이런 소리가 들린다고 말했니?"

엘리가 세스의 눈치를 보며 물었다.

"뭐? 아니. 음, 아마도? 실은 기억이 잘 안 나. 재판소에 갇힌 시간 대부분은…."

세스의 얼굴에 잠시 수치스러운 표정이 스쳤다.

"재판관들에게 맞았거든. 팔이 하나만 있는 남자. 그 남자가 날 때렸어."

세스의 기억이 갑자기 되살아나기 시작한 것 같았다. 세스는 소리를 지르며 부들부들 떨었다.

엘리가 세스를 팔꿈치로 쿡 찔렀다.

"조용히 해. 이러다 우리 둘 다 잡히겠어."

"어쨌든 난 여기서 나가야 해. 지금 당장."

세스는 문 쪽으로 달려갔다. 하지만 세 걸음도 못 가서 발을 헛디뎠다.

"악!"

"쉿!"

세스가 발을 잡고 높이 들었다. 피가 철철 흘렀다. 세스는 옆에서 뾰족한 금속을 집었다. 한쪽 끝에 피가 묻어 있었다. 그러고는 눈을 치켜뜨고 작업장을 둘러보았다.

"여기 한번도 청소 안 했지?"

세스는 페인트가 묻은 채 널브러진 옷을 가리켰다. 엘리의 옷은 여기저기 널려 있었다. 반쯤 먹다 남은 물이 든 컵과 찻잔, 오렌지 껍질, 사과 찌꺼기도 나뒹굴었다. 근처에 있는 종이 한 장이 세스 눈에 들어왔다. 숯이 종이 위에 놓여 있었는데 누가 밟았는지 숯가루가 온 사방에 묻어 있었다.

"넌 이런 쓰레기장에서 어떻게 참고 사니?"

엘리는 상관없다는 듯 어깨를 으쓱했다.

"세스, 잘 들어. 지금 그게 문제가 아냐. 작업장에서 나가면 넌 죽어."

"화신이라서?"

세스는 작업대 모서리에 앉아서 발을 들여다보았다. 세스의 기억이 돌아오고 있었다.

"재판관들이 그러더라. 내 안에 악마가 산다고. 악마가 도대체 뭐니?"

"마지막 남은 신."

엘리가 한숨을 쉬었다.

"그럼 나머지 신들에게는 무슨 일이 있었던 거야?"

"신들은 세상을 물에 잠기게 했어. 그런데 악마가 신들을 속여 신들마저 수장시켜 버렸지. 남은 건 이 도시뿐이야. 바다 위에 솟은 유일한 뭍인, 가장 높은 산 위에 지어진 도시."

"그럼 악마는 지금 어디에 있어?"

세스가 물었다.

"글쎄, 그때그때 달라. 어떤 때는 그저 아무에게도 해를 끼치지 않는 심령으로 공중에 떠다니지만 결국 화신을 선택해. 화신의 마음속에서 살지. 악마는 점점 더 힘이 강해지고 더 강해지다가 자신의 진짜 몸으로 화신을 뚫고 나오지. 이것을 '현시'라고 불러."

엘리가 책장에 기댔다.

"어떻게 뚫고 나오는 거야?"

"나도 직접 본 적은 없어. 마지막 현시가 일어난 게 23년 전이니까. 듣자하니 악마의 진짜 모습은 상상초월이래. 힘은 장정 열 명보다 세고 빠르기도 비교할 수 없대. 그래서 재판관들은 악마가 현시하기 전에 눈에 불을 켜고 화신을 찾아 죽이려는 거야. 하지만 만약 악마가 자기 몸으로 세상에 나타난다면 재판관은 악마와 싸워서 물리쳐야 해. 악마는 수많은 사람들의 목숨을 빼앗거든. 악마를 물리친 재판관은 사후에 성인으로 칭송받지."

"그럼 악마는 어떻게 돼?"

"그건 아무도 몰라. 악마는 한동안 자취를 감춰. 어떤 때는 수년 동안. 하지만 결국엔 다시 돌아오지. 언제나."

엘리가 어깨를 으쓱했다.

"그럼 저 사람들은 내 몸 안에 악마가 있다고 생각하는 거군."

세스가 가슴에 손을 얹었다. 처음으로 자기 자신을 의심해 보는 것 같았다.

"그래서 그 많은 사람들이 내가 죽는 것을 보려고 몰려와서 환호한 거야?"

"유감스럽지만, 그래."

"하지만… 내가 화신이 아니라는 걸 어떻게 확신하지?"

"만약 네가 화신이라면 넌 이미 알 거야. 악마를 볼 수 있을 테고. 그게 바로 화신의 '능력'이지."

세스는 잠시 생각에 빠졌다.

"그래. 이제 내가 뭘 해야 할지 알겠어."

세스가 말했다.

"뭘?"

"진짜 화신을 찾는 것. 그리고 없애는 것."

엘리는 숨이 턱 막혔다.

"뭐라고? 안 돼. 그건 어리석은 생각이야."

"그래, 너에게는 말이 안 되는 생각일 수도 있겠지. 너에겐 죽이려고 달려드는 도시가 없잖아. 난 떠날 거야. 막을 생각 마."

세스는 문을 향해 걸어갔다.

"기다려!"

엘리가 세스를 붙잡으려고 달려갔다.

"만약 밖에 있는 경비병들이 널 본다면, 재판관들은 내가 널 도왔다는 사실을 알게 될 거야. 그럼 나도 산 채로 불에 타 죽게 된다고. 하루에 두 번이나 네 목숨을 구해준 대가치고 좀 잔인하지 않니?"

"두 번?"

세스가 미간을 찌푸렸다.

"그 장작더미 위에서 누가 널 끌어내렸다고 생각하니?"

엘리는 팔짱을 끼고 약간 꺼림칙한 표정으로 물었다.

"날 구한 게 너야?"

"그러니까 내가… 데려온 친구가. 그 애가 널 구했어."

"어떻게? 사람들이 그렇게 많았는데."

"그런 일에 좀 능한 친구야."

엘리는 못마땅한 듯 입을 삐죽거렸다. 핀 이야기를 입에 올리는 것이 영 탐탁지 않았다.

"천재구나."

"그냥 남자애야. 똑똑하긴 하지. 하지만 좋은 녀석이라고 말할 순 없어."

엘리의 얼굴이 어두워졌다.

"그럼 난 왜 구해준 거야?"

"내가 부탁했으니까. 우린 오래 알아온 사이야. 나보다 자기가 잘났다는 걸 보여주고 싶어 하기도 하고."

"이름은?"

"음… 핀. 핀이야."

엘리가 마른침을 꿀꺽 삼켰다.

"날 구하려다 목숨이 위험했을 지도 몰라. 그 애를 만날 수 있을까?"

"아니."

엘리가 단박에 거절했다.

"그 애는, 음 뭐랄까. 성질이 좀 고약해. 안 엮이는 게 좋을 거야."

엘리는 세스가 계속 물어볼까 걱정했지만 세스는 곧 흥미를 잃은 듯 보였다. 작업장 이곳저곳을 둘러보더니 위쪽 창턱에 올라가 걸터앉았다. 경사진 지붕에 난 창문은 사다리를 타고 올라갈 수 있었다.

"아무리 봐도 경비병이 없는 것 같은데."

세스가 짓궂게 웃었다.

"나가기만 해봐."

엘리는 눈을 흘겼다.

하지만 세스는 이미 문으로 향했다. 작업대 사이를 후다닥 지나 화학 실험 도구와 가루 병이 진열된 선반 사이를 뛰어서 사다리 앞까지 갔다.

"거기 서!"

엘리가 소리를 질렀다.

"너 뭐하는 거야?"

세스는 뒤를 돌아보며 말했다. 엘리가 작살포를 잡고 세스를 정조준하고 있었다.

"랭커스터 양? 거기 무슨 일 있나요?"

밖에서 낮은 목소리가 들렸다.

"전혀요. 걱정 마세요. 음… 쥐! 쥐가 귀찮게 해서요. 돌봐준 은혜도 모르고 말이에요!"

엘리가 시선을 세스에게 고정한 채 외쳤다.

"그건 뭐냐?"

세스가 물었다.

"고래 잡는 작살포. 엄마가 만들었어. 고래잡이 어부들이 이걸로 너보다 훨씬 크고 덜 성가신 것들을 잡지."

"그래봤자 넌 못 쏠 거야."

"쏠 수 있어."

세스가 궁금하다는 듯 엘리의 눈을 빤히 보았다.

"아니, 넌 못 쏴. 내가 알아."

세스는 사다리를 기어오르기 시작했다. 작살포를 잡은 엘리의 손이 떨렸다. 하지만 그 이상의 움직임은 없었다. 옆을 둘러보던 엘리는 발 옆에서 황동으로 만든 괴상한 기계를 발견했다. 태엽이 옆에 달린 작은 대포처럼 생긴 기계였다.

"그럼 대신 이걸 쏘지."

엘리가 세스를 겨냥했다.

"그것도 네 작품은 아니겠지?"

세스는 비웃었다.

"아니, 이건 내가 만들었어. 아주 기발한 물건이지. 발사하면 커다란 그물이 튕겨 나가거든. 곰이나 여우를 잡는 데 쓰는 거야. 하지만 너도 잡을 거야."

"못 믿겠어. 넌 그렇게 똑똑해 보이지 않는데?"

"겉으로는 어떻게 보일지 몰라도 나도 발명가야. 이건 몇 달 만에 만들었다고. 혼자 힘으로. 심지어 엄마의 책도 보지 않았어!"

엘리가 씩씩거렸다.

세스는 코웃음 치며 사다리를 계속 올라갔다. 엘리가 욕을 몇 마디 시부렁거리더니 그물포를 발사했다.

펑 하는 소리와 금속이 끼익 하는 소리가 나더니 무언가 세게 엘리의 코를 때렸다. 통증이 온 얼굴로 순식간에 퍼졌다.

"아악!"

엘리가 그물포를 떨어뜨렸다. 두 손으로 코를 꼭 움켜쥐었다. 사다리가 크게 흔들리는 소리가 들렸다. 세스는 도망친 게 틀림없었다. 망할 발명품 때문에!

누군가 엘리의 어깨를 툭 쳤다. 엘리는 깜짝 놀라서 비명을 질렀다. 고개를 들자 세스의 짙은 눈동자가 눈앞에 있었다.

"오, 이런. 괜찮아?"

엘리가 깜짝 놀라 세스를 빤히 바라보았다. 세스는 엘리에게 조금 더 가까이 다가가 얼굴을 조심스럽게 어루만졌다.

"다쳤어?"

엘리가 고개를 끄덕였다. 세스의 손가락에 피가 묻어 있었다.

"너 코뼈가 부러진 것 같은데."

"설마."

엘리는 손가락으로 코를 살살 건드렸다. 신음소리가 절로 나왔다.

"코가 약간 비뚤어졌어."

"원래 그렇거든."

"아, 그럼 부러진 건 아닌가보다."

세스가 바닥에 떨어진 황동 실린더를 주웠다.

"그 그물포인지 뭔지에서 발사된 건가봐."

"왜 도망가지 않았어?"

엘리가 옷을 주워 코를 누르면서 넌지시 물었다.

"모르겠어. 어쩌면 네 말이 맞는 것 같아. 내가 너한테 졌어."

세스가 창문을 바라보았다. 갑자기 관자놀이를 꾹 눌렀다.

"소리가 또 들려?"

"소리가 계속 귓가를 맴돌아. 요란하게 뭔가에 자꾸 부딪치는 소리야. 넌 정말 안 들리니?"

세스는 눈을 질끈 감았다.

"봐, 넌 밖으로 나갈 수 없어. 네가 이해하지 못 할 일들이 너무 많아."

엘리의 말에 세스가 심란한 표정으로 고개를 끄덕였다.

"코를 꼭 쥐어봐. 코피를 멈추는 데 도움이 될 거야."

"그런 건 어떻게 알아?"

세스가 잠시 생각에 잠겼다.

"글쎄, 나도 잘 모르겠어."

세스는 지쳐보였다. 눈이 붓고 이마에는 끈적한 땀이 배어났다. 그대로 털썩 주저앉아 작업대에 등을 기댔다.

"세상에 어떤 도시가 살아있는 아이를 불에 태우지 못 해 안달일까, 엘리?"

거리에서 사람들이 웅성거리는 소리가 들렸다. 두려움에 잔뜩 흥분한 소리였다. 엘리가 세스를 내려다보았다. 그리고 미안하다는 듯 어깨를 으쓱했다.

"바로 이곳."

클로드 헤스터메이어의 일기에서

속상한 소식을 몇 가지 들었다.

피터, 그러니까 진짜 피터는 도박을 좋아했다. 좀 심하게 좋아했다. 나는 피터가 도박 중독을 조절하는 법을 배워야한다고 생각했고 우리는 함께 열심히 노력했다. 하지만 피터는 나 몰래 도박을 계속 했고 결국 빚더미에 올랐다. 그가 죽었으니 빚쟁이들은 피터의 아버지를 찾아갔다.

오늘 피터의 아버지 집을 방문했다. 장례식 이후 어떻게 지내시는지 들여다보러 간 길이었다. 그는 어떻게 지내고 자시고 할 것도 없었다. 얼굴은 시퍼렇게 멍이 들었고 현관에서 거실까지 가는 데도 내 부축을 받아야 했다. 걸음을 내딛을 때마다 움찔하며 옆구리를 움켜잡았다.

"도대체 누구 짓이에요?"

피터의 아버지를 만나는 일은 고통스러웠다. 장례식 날도 그리고 오늘도. 피터가 자기 문제에서 헤어나도록 돕지 못 한 것이 어쩐지 다 내 잘못 같았다.

힘이 쭉 빠진 채 밤에 연구실로 향했다. 빚을 해결할 돈을 마련할 방법이 없을지 머리를 싸맸다.

"내가 도울 수 있네."

같이 학교로 향하던 악마가 말했다.

"그래?"

나는 건성으로 대답했다.

"내가 누군지 잊은 건 아니지?"

악마가 웃었다.

"하지만 자네가 어떻게 돕겠나. 위스키 잔도 못 드는데."

"클로드, 자네는 평생 악마 연구로 밥벌이하지 않았나. 자네가 내게 부탁하기만 하면 나는 뭐든지 할 수 있네. 한번 시험해 보겠나? 내게 저기 있는 불가사리를 주워오라고 말해보게."

물끄러미 길바닥을 보았다. 아니나 다를까 자갈밭 위에 불가사리 한 마리가 널브러져 있었다. 말라비틀어진 길쭉한 잿빛 불가사리였다.

"좋아. 불가사리를 가져다주겠나."

놀랍게도 그는 몸을 굽혀 죽은 불가사리를 집어서 내 손 위에 올려놓았다. 불가사리는 환영이 아니었다. 분명히 무게가 느껴졌다. 갑자기 머리가 어찔어찔했다.

"그럼 이번엔 좀 더 큰 걸 부탁해보게. 더 큰 것."

잠시 생각에 잠겼다. 비록 마음 한 쪽에서는 안 된다고 소리쳤으나 피터 아버지의 멍든 얼굴이 뇌리를 떠나지 않았다. 피터를 돕는 데는 실패했지만, 피터의 아버지는 도울 수 있었다.

"빚을 청산할 만한 돈을 구해주게. 자네가 할 수 있다면."

성 셀레스티나 대성당

다음 날 아침, 엘리는 침대에서 겨우 몸을 가누며 일어났다. 창밖에서 햇살이 쏟아지고 투명한 빛 사이로 먼지가 둥둥 떠다녔다. 지하는 잠잠했다. 엘리는 세스가 잘 수 있도록 지하 골방을 정리하고 오래된 매트리스와 베개를 내어주었다. 감자 자루 안에 스웨터를 꾹꾹 뭉쳐 넣어 만든 베개였다.

엘리는 밤사이 핀이 몰래 기어들어오지 않았길 바라면서 주위를 둘러보았다. 핀의 흔적은 보이지 않았다. 식물에 물을 주려고 지붕으로 막 올라가려는 참이었다. 누군가 문을 두드렸다.

빗장을 풀고 손가락 길이 정도로 문을 빼꼼히 열었다. 경비병이 아직 밖에 있을지 걱정스러웠다. 안나였다. 늘 입는 파란 스웨터와 검정 스커트 차림에 짝 안 맞는 양말을 신고 있었다. 안나는 칼을 휘두르는 것처럼 팔을 앞뒤로 흔들며 쉭쉭 소리를 내고 있었다. 안나가 엘리를 위아래

로 훑어보았다:

"어째서 아직도 잠옷 바람이야?"

엘리가 헛기침을 했다.

"아, 그게… 어제 늦잠을 잤거든."

"네가 늦잠을?"

"밤새 잠을 설쳤어. 너도 알다시피 어제 세스가 죽을 뻔하기도 했고."

안나는 계속 쉭쉭 소리를 냈다.

"그것 때문에 괴로워서 잠을 못 잤구나. 그래서 오늘은 우리 뭐해?"

"글쎄, 괜찮으면 음… 부탁 하나 들어줄 수 있을까?"

엘리가 횡설수설 말했다.

안나는 눈썹을 들어 올리더니 주머니에서 사과를 꺼냈다.

"어떤?"

"응, 그러니까 어… 십자나사못이랑 사과 좀 사다줄래?"

엘리가 작업실 바닥을 흘깃 보며 떠오르는 대로 말했다.

"좋아."

"정말?"

"그렇다니까."

안나가 사과를 크게 한 입 베어 물었다.

"그럼 이제 세스를 어디 숨겼는지 말해."

"뭐?"

"너 지금 문 앞에 떡 버티고 서서 내가 못 들어가게 막고 있잖아. 오늘 평소랑 많이 다른 거 알아?"

"피곤해서 그래. 그뿐이야."

안나가 엘리의 어깨 너머로 작업장 안을 들여다보았다. 안나는 엘리보다 키가 컸지만, 발끝으로 겨우 서야 했다.

"저 바닥에 핏자국은 뭐야?"

안나가 미간을 찌푸렸다.

엘리는 놀라서 뒤돌아보았다. 그 틈을 타 안나가 엘리의 팔 아래로 잽싸게 들어갔다.

"세상에, 온통 핏자국이잖아."

안나는 소리를 지르며 핏자국을 따라가다 세스의 발을 찌른 금속 조각을 발견했다. 바로 바닥에 쭈그리고 앉아 엘리의 발바닥을 살펴보았다.

"안나, 하지 마."

"다행히 여긴 아니네."

안나는 여전히 미심쩍은 표정이었다.

"페인트 흘린 거야."

"너 내가 피랑 페인트도 구별 못 할 거라고 생각하니?"

안나가 도끼눈을 뜨고는 자리에서 벌떡 일어섰다. 작업장을 가로질러 엘리의 침실 문 앞에 서서 엘리를 돌아보았다.

"들어가지 마."

엘리가 단호하게 말했다. 안나는 머뭇거렸다. 엘리의 인내심을 시험하고 있음을 잘 알았다.

"여기 있니?"

안나가 물었다.

"누가?"

"세스."

안나는 눈을 흘겼다.

"아니!"

"여기 있잖아."

"아니라고 했지!"

엘리는 자기도 모르게 지하실 문을 흘깃 보았다. 안나가 엘리의 시선을 쫓았다.

"안 돼, 안나. 내려가지 마."

하지만 안나는 엘리의 말을 듣지 않았다. 지하실 문 앞 바닥을 보고 나서야 얼굴을 찡그리며 멈췄다.

"여기 왜 이렇게 물이 한가득 있어?"

안나는 조심스럽게 물을 건너 문 안으로 고개를 내밀었다.

"안나, 좋은 말로 할 때 당장 나와."

엘리가 씩씩거렸다.

"그럼 말해. 세스를 어디 숨겼는지."

안나가 고개를 문 밖으로 빼며 엘리를 노려보았다. 엘리의 눈동자가 흔들렸다. 엘리는 급히 지하 골방으로 내려갔다.

매트리스가 텅 비어있었다.

"사라졌어."

엘리가 혼잣말을 중얼거렸다.

"그럼 여기 있었던 거야? 하지만 세스를 구한 건 네가 아니라며! 왜 거짓말을 했어!"

안나의 말이 채 끝나기도 전에 엘리는 이미 작업장으로 부리나케 올라가 식탁 아래와 책꽂이 뒤를 살폈다.

"내가 구하지 않았어. 어젯밤에 세스가 내 방에 누워있었고 난 지하방에서 자게 해준 것뿐이야. 근데 세스가 날 속였어! 이 괴물 같은 녀석을 믿는 게 아니었는데!"

엘리가 목소리를 높였다.

"아무래도 그 애가 네 혼을 쏙 빼놓았나보네. 화신이라면 충분히 가능한 얘기지."

안나가 생각에 잠긴 채 말했다.

"세스는 화신이 아냐."

엘리가 잘라 말했다.

"아차, 어젯밤에 세스가 진짜 화신을 찾으러 가겠다고 했어. 그래서 떠난 게 틀림없어."

엘리는 한숨을 쉬었다.

"그런가보네. 그럼 그 아이는 이제 여기 없는 거지? 너 아침은 먹었어?"

안나가 치마에 흘린 사과 과즙을 손으로 문질러 닦았다.

"아니, 우린 당장 세스를 찾으러 나가야 해. 만약 세스가 붙잡혀서 하그레스 재판관에게 우리가 자길 도왔다고 실토해버리면 어떡해? 우리까지 줄줄이 다 죽게 생겼어."

"우리? 난 아무것도 안 했어."

안나가 팔짝 뛰었다.

"그래, 하지만 네가 지금 당장 재판소로 달려가 날 고발하지 않는다면 너도 공범이 되는 거야."

"그러게 진작에 내가 그 애한테 관심 끄라고 했잖아."

안나가 팔짱을 꼈다. 엘리는 선반에서 고래 기름 통을 꺼내 램프에 부었다.

"지금 낮이야. 충분히 환해."

안나가 인상을 썼다.

"쉿. 세스가 줄행랑칠 걸 대비해서 미리 준비해둔 게 있어. 지하실 문 앞에."

엘리는 작업대로 램프를 옮겼다. 작업대 위의 톱과 페인트 묻은 셔츠와 양의 두개골을 한쪽으로 치웠다. 잡동사니 틈바구니에서 보라색 유리 조각을 찾았다. 엘리는 유리 조각을 램프 위에 올렸다. 성냥으로 램프에 불을 붙이자 희미하게 남색 빛이 뿜어져 나왔다. 안나는 눈이 휘둥그레졌다.

"난 진짜 똑똑하다니까. 안 그래?"

엘리가 말했다.

"뭘 하는 건지 알아야 똑똑한지 아닌지 이야길 해주지."

"잘 봐, 나한테 특별한 용액이 있어. 아마 엄마가 발명하거나 사냥 섬에서 발견한 것 같아. 이 용액의 이름은 음, 그러니까⋯."

"그냥 결론만 간단히 말해."

안나가 끙 소리를 냈다.

"아무튼 이 용액은 특정한 색의 불빛 아래서 빛을 내. 세스가 도망갈 걸 대비해 어젯밤에 지하실 문 앞에 이 용액을 부어놓았지. 경비병 때문에 현관문을 열고 도망가지는 않았을 거야. 하지만…."

엘리가 지하실 문 앞으로 달려갔다. 바닥에 램프를 비췄다. 한가득 고인 물이 연보랏빛으로 변했다.

"이게 뭐?"

안나가 얼굴을 찌푸렸다.

엘리는 기대에 차서 입술을 깨물며 램프를 높이 들었다.

바닥에 수많은 연보랏빛 발자국이 보였다. 발자국은 작업장을 가로질러 사다리로 향했고, 사다리 단의 왼쪽과 오른쪽을 번갈아 밟으며 올라 창문에 이르렀다.

"발자국 보이지? 이 발자국이 우리를 세스에게 데려다 줄 거야."

엘리가 발밑에 공이라도 달린 듯 팔짝 뛰었다.

엘리는 안나에게 램프를 맡기고 잠옷 위에 스웨터와 바지를 입었다. 코트를 팔에 걸치고 부츠를 신었다. 둘은 창문을 통해 지붕 위로 기어올랐다.

"여긴 너무 눈부시다."

안나는 보랏빛 발자국을 찾아 두 눈을 찡그렸다.

"잠시만."

엘리가 코트를 벗어 그늘을 만들었다. 지붕 끝까지 걸어간 보랏빛 발자국이 보였다. 엘리와 안나는 발자국을 따라가 아래쪽 거리를 내려다보았다.

"여기서 뛰어내렸을까? 어쩌면 떨어졌을 지도 몰라."

"안나, 세스는 고래 배 속에서도 살아남은 아이야."

엘리와 안나는 작업장에서 나와 거리의 보랏빛 흔적을 따라갔다. 발자국은 아이들을 몇 개의 골목을 지나 비탈길로 이끌었다.

"세스는 바다로 향하고 있어. 도대체 왜?"

엘리가 미간을 찡그렸다.

"고래를 찾고 있나보지. 다시 기어들어가려고."

안나가 비아냥거렸다.

발자국을 따라 가는 동안 바다의 짠 냄새도 점점 진해졌다. 바람결에 오래된 미역 냄새가 함께 풍겨왔다. 모퉁이를 돌자 한 노인이 광적으로 기도를 하고 있었다.

"하느님, 화신을 찾을 지혜를 허락하소서. 오, 하느님. 악마를 물리칠 힘을 주소서."

노인은 엘리와 안나를 보더니 기도를 멈추고 미심쩍은 눈으로 바라보았다. 둘은 코트 아래 몸을 굽혀 길을 더듬거리며 걷고 있었다.

다음 골목길에서는 어린 여자아이가 울고 있었다.

"걱정 마라, 아가. 재판관들이 반드시 화신을 찾을 거야. 찾아서 영원히 추방시켜 버릴 거야."

아이의 아빠가 아이를 꼭 안았다.

"약속할 수 있어요?"

아이는 눈물이 그렁그렁한 채 아빠를 보았다.

다른 골목길로 내려가자 한 재판관이 누군가의 집 대문을 두드리고 있었다. 젊은 남자가 두려움에 휩싸인 채 문을 열었다. 그는 마른침을 삼키더니 재판관을 집 안으로 안내했다. 이웃들은 창문으로 쑥덕대며 그 광경을 지켜보았다.

세스의 흔적은 이따금 급격히 방향을 바꿨다. 벽 사이 움푹 들어간 곳이나 비린내 풍기는 큰 상자 뒤편으로 발자국이 향했다. 엘리는 세스가 사람들의 시선을 피하려고 몸을 숨기는 모습을 상상했다. 그것은 최소한 세스가 조심스럽게 움직이고 있다는 의미였다.

발자국은 엘리와 안나를 시장으로 이끌었다. 시장은 아침 장사를 시작하는 사람들로 활기차고 분주했다. 머리 위에는 부서진 성 앙겔로스 시계탑이 지붕 위로 삐죽 솟아 있었다. 23년 전에 마지막으로 현시한 악마의 공격을 받아 부서진 채로 지금까지 방치된 시계탑이었다. 안나는 사람들이 시계탑 아래를 지날 때 눈을 내리깐다는 사실을 알아챘다. 조각난 시계를 보지 않으려는 것이다.

더 아래로 내려가 지붕에 괴물상이 세워진 우중충한 건물을 지났다. 창문은 판자로 덧대어졌고 지붕은 뾰족한 왕관 같은 모양이었다. 엘리는 항상 그 건물이 버려진 건물일 거라고 생각했다. 하지만 지금 보니 곰팡이로 뒤덮인 정문에 화려한 은 자물쇠가 달려 있었다. 건물로 조금 더 가까이 다가간 순간 쾅 소리가 나며 문이 열렸다. 엘리가 안나를 재빨리 옆으로 끌어당겼다. 문을 박차고 나온 사람은 하그레스 재판관이었다. 뒤이어 재판관 네 명이 허둥지둥 따라나왔다.

지나가던 사람들은 황급히 길 양옆으로 물러서며 재판관에게 길을 비켜주었다. 하지만 한 여자가 재판관들을 향해 외쳤다.

"책임져요! 재판관은 시민의 안전을 지켜야 하잖아요. 이제 어떡할 거예요!"

하그레스가 천천히 고개를 돌려 차갑고 텅 빈 눈으로 여자를 바라보았다. 그러고는 여자에게 성큼성큼 걸어갔다. 여자는 급히 골목으로 도망쳤다.

하그레스가 떠난 후, 엘리와 안나는 길을 건너 다시 세스의 흔적을 쫓았다. 보라색 발자국은 조금씩 희미해졌지만 계속 따라갈 수는 있었다. 아이들은 돌길을 따라 대부두에 이르렀다.

부두는 대부분 도시보다 역사가 짧았다. 아주 오래 전 도시가 세워질 무렵, 바다는 지표면보다 훨씬 아래에 있었다. 지금은 배 수백 척이 건물과 집들이 가라앉은 바다에 정박해 있었다. 도시에서 가장 큰 배인 '정의로운 대천사 호'는 수중의 거대한 교회의 폐허에 닻을 내렸다. 작은 배들은 가라앉은 건물 주변에 모여 있거나 바다로 연결된 수상 플랫폼을 따라 정박해 있었다.

대부두의 배들이 돛대를 높이 올렸다. 선원들의 구령 소리와 배의 삐걱거리는 소리가 부두에 가득했다. 고래잡이 어부들의 배는 화려했다. 그들은 어떻게 해서든 배를 더 돋보이게 장식하고 싶어 했다. 사나운 바다 생물 조각을 새기거나 벽화를 그리거나 금박으로 꾸몄다.

엘리와 안나는 물결을 따라 출렁이는 나무 연단 위를 조심스럽게 걸었다. 간혹 나무가 썩어서 생긴 틈을 피해서 천천히 움직였다.

"미끄러지지 않게 조심해."

엘리가 잔소리하듯 말했다.

"내가 알아서 할게, 엘리. 여긴 늘 혼자서도 지나다니던 곳이야."

안나가 눈을 흘겼다.

선원들의 노래와 웃음소리가 끊임없이 들려왔다. 선원들은 흔들리는 나무 연단 사이를 뛰어다녔고 그들의 젖은 부츠와 바닷물 때문에 연단은 흠뻑 젖었다. 세스의 흔적을 찾을 가능성도 같이 씻겨 내려갔다.

"이제 어떡하지? 어떻게 세스를 찾는담?"

엘리가 말했다.

둘은 부두에 정박한 크고 튼튼한 배 옆에 멈췄다. 선원들이 길고 무거워 보이는 꾸러미를 배에 실었다. 성인 남자 세 명 정도의 길이에 보트 정도의 두께였다. 천으로 감싼 꾸러미는 한쪽 끝으로 갈수록 가늘어졌다. 엘리와 안나는 호기심 어린 눈으로 골똘히 그 광경을 바라보았다.

돛대 옆에 서 있던 캐스티언이 붉은색 긴 외투를 망토처럼 펄럭이며 단번에 달려왔다. 캐스티언은 거칠고 재빠르게 천을 벗겼다. 지느러미가 먼저 눈에 들어왔다. 바로 이어서 짙은 회색의 줄무늬와 새까만 눈이 보였다. 거대한 백상아리의 몸뚱이가 드러나자 캐스티언은 천을 바닥에 팽개쳤다.

"우와, 어마어마하게 크다."

안나는 숨이 턱 막혔다.

백상아리는 한쪽으로 고꾸라져 있었다. 두꺼운 잇몸에는 뾰족한 이빨이 둥글게 열을 지어 박혔고 옆구리에는 날카로운 것에 깊숙이 찔린 자국이 있었다.

캐스티언의 선원들은 모두 환호성을 질렀다. 캐스티언만이 침울하고 정신이 없어 보였다. 선원들은 둥글게 모여 캐스티언의 이름을 연호했다. 캐스티언이 손짓으로 무언가를 자르는 동작을 하며 바로 선원들의 입을 다물게 만들었다.

"오늘 같은 날, 좋아할 거 하나도 없어. 악마가 우리 중에 있을 수도 있어."

캐스티언은 허리춤에서 칼을 꺼내 상어 옆에 무릎을 꿇으며 말했다.

엘리가 안나의 팔을 잡아끌었다. 캐스티언의 눈에 띄기 전에 둘은 다시 도망치는 그림자를 찾아 나섰다.

"저기 봐!"

안나가 들뜬 목소리로 외쳤다.

"왜?"

엘리의 심장이 목구멍까지 튀어 올랐다.

"저쪽에 있는 선원들 너무 잘 생겼지 않아?"

"맙소사. 안나, 지금 그게 눈에 들어오니?"

엘리가 쿵 소리를 냈다.

"꽃이라도 사서 가져다주고 싶다."

안나는 선원들을 물끄러미 쳐다보며 한숨을 쉬었다.

엘리가 안나를 마른 땅 쪽으로 이끌었다. 엘리는 세스의 발자국을 다시 발견하는 희망은 거의 포기했다. 그때 발 옆에 있는 돌에 보라색 작은 얼룩이 보였다.

"찾았어!"

엘리가 소리쳤다. 작은 얼룩은 둘을 부두 밖으로 이끌었다. 좁은 골목을 따라 한쪽으로 기운 거대한 성당 앞에 이르러서야 얼룩이 멈춰 섰다. 성당의 반은 바다 쪽으로 허물어져 있었다. 엘리는 온몸에 소름이 돋았다.

"도대체 저긴 뭐 때문에 간 거지?"

엘리가 말했다.

"그게 중요한 게 아냐. 더는 쫓아갈 수 없다는 게 문제지. 위험한 곳이잖아."

안나가 얼굴을 찌푸렸다.

"지금은 안전해. 악마는 이제 없으니까."

성당은 한때 보는 것만으로 경외심을 불러일으킬 정도로 장엄한 건물이었으나 역사는 혹독했다. 거대한 석상들은 훼손되었고 지붕은 그을린 자국으로 곳곳에 구멍이 뚫렸다. 마치 온천수를 분출하는 간헐천 같은 모양새였다. 정문으로 연결되는 음산한 아치 옆에는 나무 표지판이 서 있었다.

다른 신들을 수장시킨 악마의 첫 번째 현시를
성 셀레스티나와 성스러운 재판관들이 이곳에서 물리치다.

재판소 관계자 외 출입 금지

엘리는 표지판의 내용이 정확하지 않다는 걸 알았다. 첫 번째 현시가 일어났을 때 이곳에 재판관은 한 명도 없었다. 다만 악마의 공격을 피해 필사적으로 도망한 무리가 있을 뿐이었다. 용감했던 셀레스티나가 작살을 악마에게 정확히 조준해 홀로 악마를 물리쳤다. 셀레스티나는 사후에 성녀의 칭호를 얻었다. 엘리도 엄마한테 들은 이야기였다. 엘리는 안나에게 그대로 설명했다.

"이제 그만 으스대."

안나가 하품을 쩍 했다.

엘리는 주변을 조심스럽게 살피며 살금살금 안으로 들어갔다. 보아하니 성 셀레스티나 대성당은 칠백 년 전 첫 번째 전투를 겪은 상태 그대로인 듯 했다. 굵은 기둥이 지붕을 떠받치고 있었다. 비록 두 개는 무너져 조각만이 바닥에 흩어져 있을 뿐이지만. 성당은 한쪽으로 기울었고 바닷물이 벽에 난 구멍을 통해 흘러들어왔다. 바닥의 반이 물에 잠겼다. 거대한 스테인드글라스 창문이 물에서 솟아나 있었다.

"엘리, 우리 여기 있으면 안 돼."

안나가 말했다.

"전에는 꼭 안 와본 사람처럼 왜 그래?"

엘리가 회색 돌 벽을 가리키며 말했다. 벽에는 '안나 다녀가다'라는 글귀가 빨간색 분필로 쓰여 있었다.

"내가 쓴 거 아니야. 내 이름이 좀 흔하니?"

"무서우면 나가서 입구에 서 있어. 망이나 좀 봐줘."

하지만 안나는 눈만 흘겼다. 둘은 희미한 보라색 얼룩을 따라 계속 안으로 들어갔다. 얼룩은 물속으로 이어졌다. 성당 어디에도 세스는 보이지 않았다. 예복을 입은 남자들과 여자들 조각상 옆을 지났다. 조각상 중 세 개는 발과 다리만 남긴 채 부서져 성당 벽 쪽으로 치워져 있었다. 벽에 붙은 알 수 없는 형체의 그늘을 네 번 지났다. 거대한 목탄화 같기도 하고 악마가 던진 돌의 흔적 같기도 했다. 돌에 새겨진 손톱자국 같은 것도 보았다. 마치 손톱으로 돌을 버터인 양 긁은 자국 같았다.

엘리는 악마가 화신의 몸을 뚫고 나와 이곳에 서서 대성당을 무너뜨리고 사람들을 죽이는 장면이 잘 상상이 되지 않았다. 하지만 작살포가 거칠게 내동댕이쳐져 처박힌 것을 보고서는 더 이상 믿지 않을 도리가 없었다. 엘리는 몸이 떨리기 시작했다. 안나가 엘리 옆에 바짝 붙었다. 안나의 손이 엘리의 코트 소매 옆에서 맴돌았다.

엘리가 바닥을 살폈다. 보라색 반점은 이제 거의 보이지 않았다. 빗방울보다도 작은 얼룩만이 간혹 보일 뿐이었다. 엘리는 악마의 공격에서 용케 살아남은 기둥을 빙빙 돌았다. 물속으로 사라지는 얼룩을 또 다시 발견했다.

"세스는 바다로 들어갔어."

엘리가 믿기 힘든 표정으로 말했다.

"아니, 세스는 저 위에 있어."

안나는 얼이 빠져 있었다.

엘리가 고개를 들었다. 그리고 자기도 모르게 뒷걸음질 쳤다.

세스는 바다 위로 우뚝 솟은 파이프 오르간의 망가진 금속 파이프 위에 걸터앉아 있었다. 옆에는 파이프 꼭대기에 세워진 금 천사상이 보였다. 세스는 천사들 사이에 웅크리고 있었다. 마치 덤비려고 준비하는 고양이처럼 발아래 바다를 노려보았다.

"쟤 저기서 뭐하는 거야?"

엘리가 속삭였다. 엘리와 안나는 무너진 기둥 아래서 세스를 유심히 보았다. 왠지 몰래 엿보는 것 같아 마음이 무거웠다. 성당 안은 바닷물이 고요히 철썩이는 소리를 빼고는 적막이 흘렀다. 잠시 후 파도의 우르릉 거리는 소리가 커졌다.

그리고 조금 더 커졌다.

바닷물에 거품이 일었다. 거의 끓는 듯이 보였다. 안나가 엘리의 팔을 움켜잡았다.

세스는 오르간 파이프를 꽉 잡고 바다에서 눈을 떼지 않았다. 그러고 는 머뭇거리며 한 손을 들어올렸다. 바다가 요동치며 솟아오르기 시작 했다. 물기둥이 해수면을 뚫고 용솟음쳤다. 세스의 손가락이 떨리고 눈 이 커졌다. 엘리는 숨이 턱 막혔다. 세스는 물을 자기 쪽으로 끌어당기고 있었다. 물이 거의 손에 닿을 때까지.

"어떻게… 어떻게 저럴 수가 있지?"

엘리가 중얼거렸다.

"원하는 게 뭐야? 제발 내 머리에서 나가!"

갑자기 세스가 소리를 질렀다.

세스는 격분한 듯 몸을 떨었다. 이마의 핏줄이 튀어나왔다. 일순간에 거대한 파도가 밀려와 오르간 파이프를 강타했다. 바닷물이 다시 쓸려 갔을 때 엘리는 세스를 구하려고 뛰쳐나갔다. 하지만 세스는 보이지 않 았다.

"세스!"

엘리가 물가로 달려가며 소리쳤다.

"엘리, 봤어? 세스는 화신이었어."

안나가 쫓아왔다.

하지만 엘리에게는 그저 바다가 세스를 공격한 것처럼만 보였다. 마치 미친개가 주인을 물어뜯은 것 같았다.

"세스 찾는 것 좀 도와줘."

엘리가 소리치며 주머니를 뒤져 직접 만든 특수 안경을 꺼내 썼다. 물속에서도 눈을 뜰 수 있는 안경이었다. 엘리는 코트를 벗고 물속으로 뛰어들었다.

세스는 수면 바로 아래 누워있었다. 의식이 없었다. 부서진 성당 바닥의 잔해 위로 축 늘어져 있었다.

세스의 피부 위에 무언가가 움직였다.

처음에는 그림자라고 생각했다. 지붕을 뚫고 들어오는 희미한 햇빛의 그림자인 줄 알았다. 하지만 곧 그것이 세스의 마음과 연결된 것이라는 걸 깨달았다. 검푸른 거품이 찢어진 셔츠 사이로 보이는 가슴과 팔 위에서 소용돌이쳤다. 엘리는 한 팔로 세스의 목을 감싸고 한 팔로 등을 받쳐 물 위로 데리고 올라갔다.

안나는 세스를 마른 돌 위로 끌어 올렸다.

"도와줘서 고마워, 안나."

"엘리, 세스는 위험해. 세스의 몸에 손대지 않는 게 좋겠어."

안나가 세스의 몸에 나타난 푸른 소용돌이를 공포에 질린 눈으로 쳐다보았다.

"세스는 위험하지 않아."

엘리가 말했다.

그 사이 세스가 의식을 되찾았다. 숨을 헐떡이며 팔다리를 마구 흔들다 그만 엘리의 얼굴을 후려쳤다.

"아악!"

엘리가 뒤로 휘청거렸다. 세스는 앞으로 구르며 기침을 하면서 물을 토해냈다.

"너 괜찮아?"

엘리가 뺨을 문지르며 물었다.

"물을 잔잔하게 하려는 중이었어."

세스가 말했다.

"쟤는 완전히 제정신이 아니야."

안나가 고개를 저었다.

"물을 잔잔하게 하다니 그게 무슨 말이야? 도대체 뭘 한 거야?"

엘리가 세스에게 물었다.

"제발 조용히 해!"

세스는 바다가 마치 자기를 모욕이라도 한다는 듯 바다를 노려보며 소리쳤다. 물 역시 우르릉거리며 대답했다.

"쉿! 우리 이러다 들키겠어."

안나가 입구 쪽을 불안한 눈으로 살폈다.

"세스, 목소리를 낮춰."

엘리가 말했다.

"나? 여기서 지금 시끄러운 게 나뿐이야?"

세스의 눈이 이글거렸다.

물이 다시 요동쳤다.

"그럼 너 말고 누가 떠드는데?"

안나가 쏘아붙였다.

"세스, 진정해."

엘리가 세스 옆에 쭈그리고 앉았다.

"우리가 옆에 있잖아. 일단 심호흡을 좀 해봐."

엘리는 동요하는 물결을 보며 세스에게 말했다. 파도가 또 한 번 덮칠까봐 두려웠다.

세스가 자기 손에 시선을 집중해 세 번 깊이 숨을 들이마셨다. 물이 조금씩 잔잔해지기 시작하다 이내 고요해졌다. 작은 게들이 얕은 물에서 종종걸음 치며 바삐 움직였다.

"여긴 왜 온 거야?"

엘리가 물었다.

"자꾸 내 머릿속에서만 들리는 소리가 어디서 나는지 확인하고 싶었어. 모두 날 죽이려고 혈안이 되어 있으니 숨어서 알아내야 했어."

세스는 두통을 떨치려는 듯 눈을 거의 감고 말했다.

엘리는 더 묻고 싶은 게 있었지만 적당한 표현이 떠오르지 않았다. 생각나는 단어들은 모두 어딘가 이상했다. 엘리는 안나를 슬쩍 봤다가 다시 세스에게 고개를 돌렸다.

"세스, 그러니까 바다를 움직인 거야?"

"말했잖아. 바다를 잔잔하게 하려는 거였다고."

세스는 마치 바다에게 명령하는 것이 전혀 이상한 일이 아니라는 듯이 핀잔을 주었다. 바다가 다시 우르릉거렸다.

안나가 엘리에게 손짓하며 뒤로 물러섰다.

"당장 가서 세스를 고발해야 해. 세스는 화신이야. 우리를 죽일 거야."

안나가 소곤거렸다.

"세스는 화신이 아냐."

엘리가 눈에 힘을 줬다.

"그럼 어떻게 물을 솟아오르게 할 수 있어?"

"안나, 물론 화신이 아니지만 그렇다고 해도 우리가 세스를 고발하면 재판관들은 애초에 그를 도왔다는 이유로 우릴 감옥에 처넣을 거야."

"난 도운 적 없다니까."

안나가 억울한 표정으로 말했다.

"그럼 난 갇혀도 상관없다는 거야?"

엘리가 쏘아붙였다. 안나는 돌바닥에 한쪽 발을 질질 끌었다.

"아니."

안나는 들릴 듯 말 듯 대답했다.

세스는 계속 바다를 주시했다. 바다를 위협하고 있었다. 엘리가 세스의 손목을 잡았다.

"그만둬. 안 보여? 왜 그런지 모르겠지만 네가 화를 내면 바다도 똑같이 화를 내."

불쑥 엘리의 가슴속에 울화가 치밀었다. 세스를 구하기 위해 어떤 대가를 치러야 했는지 떠올랐다.

"난 널 믿을 수가 없어! 내가 분명 위험하다고 경고했는데도 마음대로 작업장을 빠져나갔지. 넌 정말이지 구제불능이야!"

"그런 식으로 말하지 마."

세스가 으르렁거렸다. 바다도 우르릉거렸다.

"이번엔 쟤 데리고 가는 거 반대야. 저 애가 내 동생들 가까이 있는 거 싫어."

안나의 목소리가 확고했다.

"그래도 데려가야 해. 이곳은 위험해."

안나는 넌더리를 내며 고개를 절레절레 흔들었다.

"엘리, 너 저 아이를 연구해보고 싶은 거지? 쟤는 일종의 실험용 생쥐 같은 거지, 안 그래? 네 죽은 쥐들처럼."

"난 쥐가 아냐. 그나저나 넌 누구?"

세스가 안나 주위를 빙빙 돌았다.

안나는 주먹을 꽉 쥐었다.

"계속 까불면 널 재판소에 고발할 사람."

세스가 안나에게 한 발자국 더 가까이 다가갔다. 안나와 세스는 마주 보고 섰다. 엘리가 둘 사이를 비집고 들어갔다. 다시 바닷물이 우르릉거렸다.

"잠시 자리 좀 비켜줘."

엘리가 세스에게 말했다. 놀랍게도 세스가 엘리의 말대로 자리를 떠났다. 조각상 옆에 털썩 주저앉아 눈을 감았다. 한숨도 못 잔 것 같았다.

"아무래도 조심하는 게 좋겠어. 저 아이는…."

안나가 엘리의 팔을 붙잡으며 속삭였다.

"화신이 아니라니까. 내가 증명할 수 있어."

엘리는 이제 지친 듯했다.

"화신이 아니면 뭔데?"

안나의 말에 엘리는 세스를 보았다. 세스는 눈을 감은 채 파도가 밀려올 때 이맛살을 찌푸렸다가 쓸려갈 때 힘을 풀었다.

"화신보다 훨씬 대단한 것."

클로드 헤스터메이어의 일기에서

피터의 아버지는 빚을 갚을 만큼의 돈을 얻었다. 돈은 바로 그날 그의 집 거실에서 발견되었다. 비록 현관문과 창문이 모두 잠겨 있었지만. 처음에는 기뻤다. 피터의 아버지가 더는 빚쟁이들에게 시달리지 않을 테니까. 다음 날 아침, 학교 구내식당에 들어갔다가 이사장과 회계담당자가 함께 앉아있는 것을 보았다. 그들은 어쩐 일인지 얼굴에 수심이 가득하고 정신이 반쯤 나가 있었다.

듣자하니 학교 금고에서 금이 사라진 것 같았다. 엄청난 양은 아니었지만 나를 포함한 동료 교수들은 충격을 받았다.

"자네, 학교 금고에 손을 댔나?"

연구실로 돌아오자마자 악마에게 벌컥 화를 냈다.

악마는 피터의 의자에 편안히 앉아 있었다. 소리치는 날 향해 소름끼치는 표정으로 씩 웃었다. 내 오래된 친구의 얼굴에서는 한 번도 본 적 없는 표정이었다.

"어디에선가는 가져와야 하지 않겠나, 클로드. 고아원에서 훔치지 않은 걸 다행으로 생각하게."

그날 밤은 연구실에서 잠을 청했다. 몸이 천근만근이라 도저히 집까지 운전을 할 수가 없었다. 악마에게 돈을 구해오라고 요청한 후로 몸과 마음이 확연히 지치는 느낌이 들었다. 다음 날 아침 바닥에서 겨우 몸을 일으킬 수 있었다. 거울에 비친 내 모습은 더 창백하고 야위어 있었다. 다리는 부러질 듯 앙상했다.

"자네와 관련이 있는 건가?"

악마에게 물었다. 그는 여전히 피터의 의자에 앉아 있었다. 악마는 얼굴에 윤기가 흐르고 여유로워보였다. 마치 만찬을 즐긴 후 개운하게 자고 일어났을 때의 모습 같았다.

"내 힘을 빌린 부작용일 걸세."

악마가 대수롭지 않다는 듯 어깨를 으쓱했다.

"자네가 도움을 요청하라고 하지 않았나? 자네는 날 차츰 무너뜨리고 있어. 내가 자네를 강하게 만들고 있다고."

나는 악마를 노려보았다.

머리를 빗었더니 빗에 갈색 머리카락이 뭉텅 뽑혀 나왔다.

"나에게 무슨 일이 일어나고 있는 거지? 자네에게 돈을 구해달라는 부탁을 하지 말았어야 했어."

책상에 앉으며 신음하듯 말했다.

악마가 물끄러미 나를 보았다. 내 영혼을 들여다보고 있는 것 같았다. 마침내 그가 몸을 앞으로 숙이며 속삭였다.

"그래, 자네는 절대 그러지 말았어야 해."

바닷물 실험

"화신의 특징 네 번째. 화신은 피부가 창백하고 아픈 기색이 있으며 잘 긁히고 쉽게 멍든다. 피부가 늘 축축하다."

엘리가 소리 내어 책을 읽었다.

"우리 이거 꼭 해야 하냐?"

세스는 작업장 가운데 있는 의자 위에 서서 투덜거렸다. 엘리가 진찰하듯 세스의 몸을 구석구석 살폈다. 안나는 근처 작업대 위에서 작살포로 세스를 정조준한 채 서 있었다. 엘리가 세스를 작업장으로 데려오기 위해 내건 조건 중에 안나가 선택한 방법이었다.

"응, 하지만 그리 오래 걸리진 않을 거야. 캐스티언 아저씨가 곧 물건을 하나 가지고 올 거야."

엘리는 안나에게 고개를 돌려 말을 이었다.

"세스는 아파보이지 않고 몸이 축축하지도 않아."

130

엘리가 세스의 이마에 손을 댔다. 세스가 코를 찡그렸다.

"그럼 피부에 보였던 푸른 반점은 뭐야?"

안나가 물었다.

"그건 아파서 생긴 게 아냐. 단지 좀 특이한 현상이지. 이제 마저 읽을게. 화신의 특징 다섯 번째. 화신은 종종 그의 머릿속에서 들리는 목소리 때문에 산만해 보인다. 그것은 악마의 목소리다."

"세스는 분명 목소리가 들린다고 했잖아."

안나가 눈을 동그랗게 떴다.

"그래, 하지만 세스의 머릿속을 울리는 건 악마가 아니라 바다야."

세스는 의자에서 내려오며 하품을 꾹 참았다. 빵 한 덩이를 집어 들어 우적우적 씹기 시작했다.

"웩, 쩝쩝 소리 좀 내지 마."

안나가 이맛살을 찌푸렸다.

엘리는 계속 책을 읽어나갔다.

"이런 것도 있어. 잘 들어봐. 화신의 특징 열한 번째. 화신은 식욕이 현저히 감소한다."

엘리가 씩 웃었다. 안나는 엘리에게 눈을 흘겼다.

"화신의 징후 열두 번째. 화신은 머리카락이 잘 빠진다."

"아야!"

세스가 소리를 버럭 질렀다. 엘리가 세스의 두껍고 까만 머리카락을 잡아당겼기 때문이다.

"이만하면 됐지 않아?"

세스가 엘리를 밀쳤다.

안나가 여전히 작살포를 잡은 채 한 손으로 엘리에게 와보라고 손짓했다.

"나도 책 좀 보자."

엘리는 주저하며 안나에게 책을 건넸다. 안나가 휙 책장을 넘겨보았다.

"화신은 빵을 게걸스럽게 먹는다."

"안나, 너 책 거꾸로 들었어."

안나는 못마땅한 표정으로 책을 엘리에게 다시 건넸다.

"저 머저리 같은 책이 뭐라고 떠들든 상관없어. 저 아이는 화신이고 여기 머물 수 없어. 길 건너 고아원의 동생들과도 가까이 있으면 안 돼."

그때 누군가 작업장 문을 두드렸다. 세 사람은 모두 신경이 곤두섰다. 안나가 손가락으로 지하실 문을 가리켰다.

"내려간다."

세스가 안나 앞을 지나가면서 작살포를 툭 쳤다.

"엘리! 안에 있니?"

캐스티언이었다.

"그 거미가 다시 집에서 탈출한 건 아니겠지?"

캐스티언이 잠시 머뭇거리다 물었다.

엘리는 문으로 달려가 빗장을 힘껏 밀어 문을 열었다. 캐스티언 뒤에는 선원 네 명이 땀을 뻘뻘 흘리며 서 있었다. 선원들은 거대한 욕조처럼 생긴 들통을 들고 있었다.

"부탁한 물건이야."

캐스티언이 눈을 찡긋했다. 이상한 재료를 더 이상한 시간에 배달 요청을 받아온 지 수년이 지난 후, 캐스티언은 물건의 정체를 더는 묻지 않았다.

"와, 고마워요. 이렇게 직접 오실 필요는 없었는데요."

엘리가 들뜬 표정으로 물건을 바라보았다.

"아니, 네가 잘 있는지도 볼 겸 겸사겸사 온 거야. 화신 때문에 요 며칠 난리였잖아."

"걱정해주셔서 감사해요. 전 괜찮아요."

"집에 있길 바랐는데 다행이구나. 아홉 시에 통행금지령이 내렸거든. 또 그 아이를 찾겠다고 저녁에 나가면 안 된다."

엘리는 얼굴이 화끈거리고 가슴이 답답해졌다. 거짓말을 하는 수밖에 없었다. 안나의 시선이 따가웠지만 엘리는 태연하게 손을 저었다.

"그럼요. 이제 그럴 일 없을 거예요. 그날은 제가 너무 흥분했던 것 같아요. 요즘 내내 작업장에서 일만 했어요. 할 일이 많거든요. 개발할 것들이 잔뜩 쌓였어요."

"그래, 그래. 정신을 차린 것 같아 마음이 놓인다. 하마터면 모두를 위험에 빠뜨릴 뻔했어."

캐스티언이 말했다.

"그럼 난 이만 갈게."

안나가 엘리를 쏘아보더니 자리에서 일어섰다.

"갈 거야, 안나? 백년 된 칼을 입수했어. 네가 보면 좋아할 것 같은데."

캐스티언이 말했다.

"죄송해요, 아저씨. 동생들이 오늘 그림 그리기 대회 같은 걸 하는데 제가 심사를 해주기로 했거든요."

안나가 입술을 깨물었다.

"그건 다음 주 아냐?"

엘리가 눈을 동그랗게 떴다.

안나는 이미 문 쪽으로 걸어가고 있었다. 여분의 작살을 챙겨 엘리에게 건넸다.

"이거 잘 들고 있어. 만약 크고 끔찍한 거미가 다시 돌아오면 누가 다치기 전에 그냥 없애버려."

안나는 지하실 문 쪽으로 의미심장한 눈길을 보내며 속삭였다.

"거미는 잡은 거 아니었어? 설마 먹이를 주고 있는 건 아니지?"

캐스티언이 얼굴을 찌푸렸다.

안나가 작업장 문을 나섰다. 엘리가 쫓아갔다.

"안나?"

안나는 뒤돌아서 희망 섞인 눈으로 엘리를 바라보았다.

엘리가 캐스티언을 흘깃 돌아보고는 안나에게 말했다.

"그럼 이따가 보자."

안나의 환한 얼굴은 사라지고 지치고 실망한 표정이 드러났다. 안나는 길 건너 고아원으로 달려갔다. 그리고 고아원 문을 쾅 닫았다.

"어젯밤 이후로 고아원 아이들이 많이 무서웠을 거야."

캐스티언이 말했다.

"무슨 안 좋은 소식이라도 있나요?"

엘리는 가슴이 따끔거려 손으로 문질렀다.

"어젯밤에 부활의 해안 근처에서 불이 났어. 어떤 여자가 자기 집 다락에 화신이 숨어있다고 생각하고는 집에 불을 질렀지. 또 앵커 여관에 묵었던 사람은 다른 투숙객의 아들을 신고했어. 화신과 인상착의가 비슷하다는 이유로 말이야. 다툼이 벌어졌고 분위기가 점점 험악해졌지. 결국 재판관이 와서야 싸움이 진정되었어. 화신이 안 잡히는 기간이 길어질수록 이런 사건은 더 자주 일어날 거야. 그러니 몸조심해."

캐스티언이 눈을 비비며 선원들을 보았다.

"자, 좀 쉬었나? 제군들."

선원 네 명이 끙 하는 소리를 내더니 작업장 안으로 물건을 옮겼다. 엘리는 후다닥 바닥을 정리했다.

"이건 뭐하는 데 쓰려는 거니?"

캐스티언이 물었다.

"그냥 실험 도구예요."

엘리가 책 몇 권을 발로 밀며 대답했다.

"무슨 실험을 하기에 바닷물이 100리터나 필요한 거지?"

"음, 아주 중요한 실험이요?"

엘리가 어색하게 웃으며 어깨를 으쓱했다.

"자 그럼 천재 소녀의 중요한 실험은 두고 우린 이만 가세."

캐스티언이 웃으며 고개를 숙여 인사하고 작업장을 성큼성큼 빠져나갔다. 선원들이 급히 캐스티언을 뒤따랐다.

엘리는 쏜살같이 지하실 입구로 달려가 문을 두드렸다. 세 번은 빠르게, 세 번은 천천히. 세스가 살금살금 기어 나왔다. 뚜껑이 달린 커다란 욕조 같은 물건을 미심쩍은 눈길로 바라보았다.

"저건 뭐 때문에 여기까지 가져온 거야? 당장 치워."

세스가 툴툴거리며 손을 머리에 얹었다.

"들리는 구나. 꼭 바다가 아니어도 바닷물이기만 하면. 굉장해."

엘리가 폴짝 뛰었다.

"그런데 왜?"

"연습을 할 수 있으니까."

엘리가 뚜껑을 열어젖혔다.

"연습?"

"그래, 연습! 너와 바다의 관계를 이해하기 위해. 우리가 만약 그걸 알 수 있다면 네가 누군지도 알게 될 거야!"

세스가 아마도 바닷물이 들었을 거대한 들통을 물끄러미 보았다.

"머리에 손을 대는 것도 물과 관련 있는 거야?"

엘리가 물었다.

세스는 눈썹을 치켜 올렸다.

"난 그거 안 할 거야."

"왜?"

"그러다 거의 익사할 뻔했으니까!"

"그래, 하지만 여기 있는 물은 익사할 만큼 많지도 않아."

"어쨌든 난 안 해."

세스가 단호하게 말했다. 들통에 든 물에 살짝 거품이 일었다.

"봤어? 바닷물과 너는 하나였어! 엄청나다. 혹시 물에 손만 한 번 대줄 수는 없을까?"

엘리가 회심의 미소를 지으며 박수를 쳤다.

"알았다, 알았어. 네 입만 막을 수 있다면."

세스가 엘리를 살짝 흘겨보았다.

세스는 들통을 향해 쿵쾅거리며 걸어갔다. 물은 여전히 거품이 부글부글 끓었다. 세스가 거칠게 물에 손을 담갔다. 첨벙 하는 소리와 함께 바로 물이 우르릉 거렸다. 물이 팔 위로 솟구치자 세스는 깜짝 놀라 소리쳤다. 물은 마치 소매처럼 팔을 감쌌다.

"이거 놔."

세스가 고함을 질렀다. 물은 더 세게 팔을 조였다. 급기야 물은 세스를 끌어당기기 시작했다. 거의 어깨까지 물에 끌려 들어갔다. 세스는 반대쪽 팔을 들통에 붙이고 끌려들어가지 않으려고 버텼다. 엘리가 달려와 세스의 팔을 붙잡고 반대로 끌어 당겼다. 하지만 차라리 팔이 돌에 끼는 게 나을 정도로 물의 힘은 강력했다. 땀이 세스의 목을 타고 흘러내렸다.

엘리는 마음이 급해졌다. 서둘러 약품을 보관해둔 선반으로 달려가 투명한 액체가 든 병 두 개를 꺼냈다. 세스에게 다시 달려와 병 하나의 마개를 뽑아 코 밑에 갖다 댔다.

"자, 어서 심호흡해봐."

"이게 뭔데?"

"일단 심호흡이나 해!"

세스는 재빨리 숨을 들이마셨다. 세스의 눈에 힘이 풀리면서 팔과 어깨가 축 늘어졌다. 물이 세스를 놓고 스르르 물러갔다. 엘리는 세스를 부축해 의자에 앉혔다.

"뭐냐? 이거 뭐야?"

세스가 몽롱한 눈빛으로 물었다.

"에테르라는 알코올 추출물이야. 진정제. 봐, 바로 진정되었잖아."

엘리가 다시 마개를 병에 끼웠다.

"그런데 물은 왜 날 놓아준 거지?"

"물도 같이 진정된 건 아닐까? 네 마음처럼. 자, 이번엔 이 냄새를 맡아봐."

엘리가 주머니에서 다른 병을 꺼냈다.

세스는 깊이 숨을 들이마셨고 이내 몸을 꼿꼿이 세웠다. 눈도 다시 맑아졌다. 세스는 콜록거리기 시작했다. 물에서도 거품이 일었다.

"암모니아를 알코올에 섞은 거야. 냄새는 웩이지, 안 그래? 이제 잘 들어봐. 저번에 성당에서 물이 공격하기 전까지 넌 물을 통제했어. 기억나지? 그건 어떻게 한 거야?"

엘리가 세스를 간절한 눈빛으로 쳐다보았다.

"잘 모르겠어. 그냥… 마음이 안정되었던 것 같아."

엘리는 고개를 끄덕였다.

"종합해보면 네 마음이 불안정할 때 물이 솟구치고 그러다 널 공격하기까지 해. 만약 네가 마음을 컨트롤할 수 있다면 바다도 통제할 수 있을 거야."

세스는 여전히 수많은 감정이 뒤섞인 표정으로 엘리를 보았다. 엘리는 암모니아가 든 병을 내밀었다.

"연습을 좀 더 해보면 어때?"

세스는 물 위로 다시 손을 내밀었다. 마음이 잘 다스려지지 않을 때마다 뒤로 물러서서 깊이 심호흡했다. 그러면 물도 진정되었다. 바닥이 금세 물로 흠뻑 젖었다.

"하지만 여전히 머릿속에 파도 소리가 들려."

세스는 기진맥진하여 바닥에 벌러덩 드러누워 거친 숨을 몰아쉬었다. 안개 같은 푸른 반점이 피부 위에서 몽글거렸다.

"이건 정체가 뭐니?"

엘리가 세스 옆에 무릎을 꿇고 앉아 돋보기를 갖다 댔다. 반점은 소용돌이치며 마치 겁 많은 물고기처럼 잽싸게 달아났다.

"왜 이 소리가 계속 들리는 걸까. 바다가 무척 화가 난 듯해. 아니면 내가 화가 난 건가?"

엘리는 생각에 잠긴 세스를 보며 턱 아래로 무릎을 끌어당겨 안았다.

"진정제를 조금 더 써보자. 그리고 다시 물을 통제하는 연습을 하자."

"엘리, 너 내 이야기 듣고 있니?"

세스가 목소리를 높였다.

"당연하지. 감정에 휘둘리는 건 아무 도움이 안 돼. 넌 감정을 조절해야 해."

"그래서 지금 이러고 있잖아!"

세스가 소리를 질렀다. 물이 들통 밖으로 튀었다.

"세스, 조금만 힘을 내. 네가 집중할 수 있는 방법을 찾아보자. 난 화가 날 때 그림을 그려. 분노가 가득 담긴 그림이지. 하지만 그림을 다 그리고 나면 화도 가라앉더라."

"넌 몰라."

세스가 일어서서 머리를 쓸어 넘겼다.

"그날 밤 광장에 모인 사람들 생각이 머리를 떠나지 않아. 날 죽이길 원했던 그들의 표정이 날 괴롭혀. 그 자리에서 난 혼자였고 두렵고 외로웠어. 그게 너무 화가 나."

세스가 뒤돌아섰다. 물도 찰랑거렸다.

"나에게도 누군가가 있었어. 남동생과 여동생들. 지금은 아무것도 기억 못 하지만. 그리고 그 생각은 날⋯."

세스의 얼굴이 일그러졌다. 주먹이 떨리고 있었다. 물이 들끓기 시작했다. 들통 밖으로 부글거리며 마구 튀었다.

"그래, 우리 잠시 쉬는 게 좋겠어."

엘리가 걱정스러운 눈길로 세스를 보았다.

"여기, 일단 뭘 좀 먹어."

작업대에서 사과를 하나 집어 세스에게 건넸다.

엘리는 세스가 혼자 있고 싶어 하는 것 같아 멀찌감치 떨어졌다. 수천 장의 그림이 뒤덮인 벽 앞에 섰다. 엘리가 그림 하나를 물끄러미 보았다. 바로 전날 그린 그림이었다. 배 속에 소년이 든 혹등고래 해부도였다.

세스가 사과를 다 먹고 엘리에게 다가왔다. 세스는 아까보다 훨씬 편안해 보였다. 들통에 든 물도 잔잔해졌다. 세스가 몸을 구부려 그림을 유심히 보았다.

"이게 나라고?"

"응."

"머리가 왜 이렇게 커?"

세스가 얼굴을 찌푸렸다.

"고래의 소화기 계통을 연구하려고 그런 거야. 도무지 이해가 안 되는 게 있어서. 네 머리 크기가 중요한 게…."

"내가 어떻게 고래 배 속에서 살아남았는지? 그게 왜 궁금해?"

세스가 말을 잘랐다.

"왜냐고? 불가사의한 일이잖아. 실은 있을 수 없는 일인데 넌 살아남았어. 분명 설명할 수 있는 방법이 있을 거야."

엘리가 눈을 반짝였다.

"하지만 그게 진짜 화신을 잡는 데 도움이 될까? 내가 누군지 밝히는 것에도?"

"어쩌면 아닐 수도 있겠지만 나에겐 흥미로운 주제야. 알다시피 난 발명가잖아."

"넌 네 엄마가 발명한 물건을 고치는 일만 하는 것 같던데?"

"고치는 건 아무나 할 수 있는지 알아? 그리고 나도 발명해. 그물포나 저기 걸린 체리 따는 기계 같은 건 다 내가 만든 거야. 저것만 있으면 높은 가지에 달린 체리도 문제없다고."

엘리가 발끈했다.

"이 섬에 나무가 있어? 한 그루도 못 봤는데…."

"네가 누군지, 너에 대한 연구나 하자."

이번에는 엘리가 말을 잘랐다.

"네가 고래 배 속에서 어떻게 살아남았는지 알아낸다면 애초에 네가 왜 고래 배 속에 들어갔는지도 알 수 있을 거야."

엘리는 벽에서 혹등고래 해부도를 떼어내 세스에게 들이밀었다.

"넌 분명 고래의 위 속에 있었을 거야. 사람의 위는 산으로 가득 차 있어서 그 속에서 하루도 버티지 못 하지만, 고래의 위는 소의 위와 비슷해. 세스?"

세스는 고래 그림 뒤에 가려졌던 누런 종이를 묘한 표정으로 보고 있었다.

엘리는 갑자기 가슴이 얼음 같이 차갑고 뾰족한 것에 찔리는 것 같았다.

"세스?"

엘리가 다시 한번 불렀지만 세스는 미동도 하지 않은 채 그림에서 눈을 떼지 않았다.

여자아이와 남자아이가 노 젓는 배를 타고 먼 바다를 항해하는 그림이었다. 여자아이가 엘리라는 것은 쉽게 알 수 있었다. 폭탄 맞은 듯한 긴 머리, 한쪽으로 살짝 휜 코. 하지만 남자아이가 누구인지는 알 수 없었다.

"얘는 누구야?"

세스가 남자아이를 가리켰다.

엘리는 입이 바짝 말랐다.

"어, 내 동생."

"그런데 얘는 왜 얼굴이 없어? 왜 얼굴 자리를 비워두었어?"

엘리는 뒷목이 서늘해졌다.

"왜냐면… 기억이 안 나."

거짓말이 섞여 있었다.

"동생이 있는지 몰랐네."

엘리가 깊은 한숨을 내쉬었다.

"있었지."

"아, 미안."

세스가 고개를 푹 숙이고 한참동안 발끝만 보았다.

"나도 내 동생들을 기억할 수 있으면 좋겠다."

세스가 눈을 감았다.

"그래."

"동생들을 다시 기억해낼 수만 있다면, 내 마음도 다시 따뜻해질 수 있을 것 같아. 아무것도 날 아프게 하지 못 할 거야. 동생들이 허락하지 않을 테니까."

세스가 천천히 걸음을 떼더니 엘리에게 물었다.

"너도 동생을 생각하면 그런 생각이 드니?"

엘리는 눈물이 뺨을 타고 흘렀다. 얼른 눈물을 닦았다. 그날을 마음속으로 그려보았다. 동생과 배를 타고 낚시를 하러 나간 날이었다. 하지만 떠올리자마자 소름끼치는 냉기가 몸에 스몄다.

"아니, 따뜻함 같은 건 느껴지지 않아. 아무것도 느껴지지 않아."

"동생과 사이가 안 좋았니?"

엘리는 순간 욱했다.

"사이야 당연히 좋았지. 귀여운 아이였어. 단지….”

엘리는 그림을 물끄러미 보았다. 낚싯대를 든 얼굴이 없는 남자아이.

"동생을 지켜주기로 했는데… 그러지 못 했어.”

클로드 헤스터메이어의 일기에서

연구실 문을 24시간 잠그기 시작했다. 누군가 내 방에 들어와 이 일기를 보거나 내가 미처 알아채지 못 한 증거를 발견할까봐 두려웠다. 연구실 문은 자동으로 닫히고 잠겼다. 한나 랭커스터가 발명한 자동 닫힘 장치 일명 도어체크 덕분이다. 삶이 평범했을 때는 연구실 문을 늘 열어두었다. 학생들이 언제든 연구실을 찾아와 나에게 이야기할 수 있었다. 지금의 나는 꼭꼭 숨어 있다. 누가 문을 두드려도 대꾸하지 않는다.

일을 많이 하지도 않는데 짜증이 늘었다. 악마에게 돈을 구해 달라고 부탁한 이후부터 부쩍 그렇다. 나는 지쳤고 스스로를 고립시켰다. 짧은 대화조차 힘에 부친다. 그런 까닭에 연구실은 나에게 피난처나 다름없었다. 아니면 감옥이거나.

화요일, 점심식사 후 연구실로 돌아왔는데 문이 조금 열려 있었다. 문 아래를 보니 못 보던 것이 문 틈에 끼어 있었다.

말라비틀어진 잿빛 불가사리였다.

이 상황이 어떤 의미인지 생각하자 단번에 이맛살이 찌푸려졌다. 문이 활짝 열리는 바람에 옆으로 홱 피해 똑바로 섰다. 연구실에서 나온 이는 청소하는 직원 토마스였다. 얼굴에 주근깨가 많은 젊은 남자였다. 토마스는 연구실 문이 열린 것을 보고 청소를 요청한다고 생각했을 것이다. 그는 버게 가볍게 목례한 후 복도를 따라 힘차게 걸어갔다.

토마스의 뒷모습을 지켜보다 잽싸게 연구실로 들어갔다. 문이 닫히면서 자동으로 잠겼다.

"자네가 좋아할 것 같진 않네만."

악마가 늘 앉던 자리에 널브러져 말했다.

그의 시선을 따라갔다. 가슴 속이 서늘해졌다.

버 책상 위에 금화가 한 무더기 쌓여 있었다.

고아원

고아원은 서른두 명의 아이들의 집이었다. 엘리가 마지막으로 머릿수를 셌을 때는 그랬다. 많은 수는 아니었다. 방도 대부분 비어 있었다. 에버크리치 허리케인 이후로 별다른 폭풍우가 없었고, 악마도 이십삼 년간 도시에 나타나지 않았다.

고아원은 아늑했다. 천장이 낮고 복도는 길고 구불구불했다. 복도에서 방과 화장실, 놀이실, 미술실과 식당이 나뭇가지처럼 갈라져 나왔다. 포근한 담요와 나무 장작 냄새가 났고 작업장보다 훨씬 따뜻했다. 사감 선생님은 엘리가 언제든 돌아올 수 있게 엘리의 방을 비워두었다. 비록 엘리는 두 번 다시 그 방을 찾지 않았지만.

엘리가 복도를 급히 지나가는데 눈이 퀭한 사감 선생님이 작은 남자아이를 쫓아가고 있었다.

"이안, 에드워드가 그러는데 네가 자길 핥았다는데 사실이니?"

"우웩, 내가 그 녀석을 왜 핥아요? 생각만 해도 구역질나요."

남자아이는 돌아보며 얼굴을 찌푸렸다.

엘리는 놀이실에서 안나를 발견했다. 안나는 눈에 눈물이 그렁그렁 맺힌 곱슬머리 여자아이의 머리를 쓰다듬고 있었다. 아이를 끌어안고 귓속말을 속삭이자 아이가 웃음을 터트렸다. 안나는 부드럽게 문을 가리켰고 아이는 방에서 눈물을 닦으며 폴짝폴짝 뛰어나갔다.

안나가 엘리를 보았다. 안나의 얼굴에서 웃음기가 사라졌다. 안락의자에 털썩 주저앉은 안나는 말린 무화과가 든 바구니를 들고 얼굴을 괸 채 왕좌에 앉은 여왕 같은 표정을 지었다.

어린 고아들은 바닥에서 뒹굴며 놀았다. 주사위를 굴리고 서로 속인다고 일렀다. 놀이실에는 엘리의 초기 발명품들이 잔뜩 있었다. 움직이는 기계 고래와 상어, 돌고래, 물고기가 천장에 매달려 있었다. 하나하나 광이 나는 강철 조각으로 만들어서 벽난로 불빛에 반짝반짝 빛났다. 캐비닛에는 엘리가 만든 보드게임이 가득 쌓여 있었다. 엘리는 동생의 아이디어를 참고해 보드게임을 만들었다. 붉은 머리 남자아이와 여자아이가 벽난로 옆에서 '크라켄 죽이기'라는 보드게임을 했다. 엘리는 그 게임을 생생히 기억했다. 게임 참가자는 게임판 위에서 배를 타고 초강력 바다 괴물 크라켄과 싸운다. 여자아이의 배가 크라켄에게 먹히자 남자아이가 승리의 미소를 지었다. 아이들은 옥신각신하다가도 데굴데굴 구르며 웃었다. 엘리는 고개를 돌렸다.

엘리는 작은 장난감이나 어린 꼬마들을 치지 않도록 살금살금 걸어 안나 쪽으로 향했다. 안나는 엘리를 외면한 채 무화과만 씹고 있었다.

"아침에 왜 안 왔니?"

엘리가 물었다.

안나는 두 번째 무화과를 입에 넣었다.

"네 도움이 필요했는데. 메이휴 아저씨네 배수구가 또 말썽이래. 부엌에서 해파리를 잡았다나."

안나가 세 번째 무화과를 입에 던져 넣었다. 주근깨가 많은 꼬마가 장난감 강아지를 안고 엘리에게 다가왔다. 아이가 장난감 강아지의 태엽을 감았다가 바닥에 내려놓았다. 강아지는 힘없이 비틀거리더니 이내 픽 쓰러졌다. 아이가 눈을 크게 뜨고 엘리에게 고쳐달라고 부탁했다. 엘리는 주머니에서 드라이버를 꺼내 강아지의 태엽에 꽂았다. 아이가 설레는 눈으로 유심히 보았다.

"배수구는 나 혼자 못 고쳐."

엘리가 장난감 강아지를 손보면서 안나에게 말했다. 네 손이 필요하다고 말하려다가 말을 바꿨다.

"네 기술이 필요해."

안나는 무화과를 꿀꺽 삼켰다.

"네 새 친구에게 도와달라고 해보지 그래?"

엘리가 놀이실 여기저기서 놀고 있는 아이들을 불안한 눈으로 슬쩍 보았다.

"그 애는 도시 근처에 얼씬도 해선 안 돼. 알잖아. 난 그 애를 보호해야 해."

"보호? 너랑… 그 애는…."

안나는 눈이 툭 불거져 나온 채로 씩씩거렸다. 아이들이 모두 귀를 쫑긋 세우고 안나와 엘리를 보고 있었다. 안나가 바닥에서 장난감 생쥐를 잡아 들고 태엽을 감았다.

"생쥐 잡는 사람 백 원 줄게."

안나는 장난감 생쥐를 바닥에 휙 던졌다.

한바탕 소동이 벌어졌다. 아이들은 장난감 생쥐를 따라 의자와 테이블 사이를 들쑤시고 다녔다. 완전히 흥분한 갈매기 떼 같았다. 엘리는 안나의 의자에 장난감 강아지를 두고 귀를 막았다. 안나가 엘리를 잡고 가까이 끌어당겼다. 엘리가 한숨을 내쉬었다.

"안나, 넌 세스의 목숨에는 아무 관심도 없니?"

엘리가 비아냥거리듯 말했다.

"그 애가 화신일 수도 있다는 데나 관심 가지지 그래? 그 애는 너에게 그저 풀어야 할 퍼즐에 불과하지. 그 애를 통해 네가 얼마나 영리한지 증명하고 싶은 거잖아."

안나는 장난감 강아지를 엘리 손에 내동댕이치듯 던졌다.

엘리는 움찔했다. 눈이 따끔거렸다.

"그렇지 않아."

얼굴이 동그란 여자아이가 장난감 생쥐를 자랑스럽게 들고 와 안나의 손바닥 위에 올려놓았다. 소란도 일순간에 잦아들었다. 안나는 아이에게 약속대로 동전 하나를 쥐어주었다. 그리고는 입을 꾹 다문 채 엘리를 보았다.

"게다가 너는 너 때문에 모두가 위험해져도 상관없다는 듯이 굴고 있

149

어."

안나가 쌀쌀맞게 말했다.

엘리가 드라이버를 집었다.

"좋아, 그럼 돕지 않겠다는 거지? 작업장 일도?"

엘리는 목이 아파 목소리가 갈라졌다.

"그 애가 거기 있는 한."

"안나, 그 애가 화신이 아니라는 거 이미 증명했잖아. 그냥 오면 안 될까? 네가 갖고 싶어하던 소총 줄게."

안나가 엘리를 노려보았다. 그때 문에서 실랑이를 벌이는 소리가 들렸다. 프라이와 이브넷이 휘청거리며 방으로 들어왔다. 둘은 마치 껴안은 것처럼 보였지만 실은 서로 헤드록을 걸고 있었다. 엘리의 시선도 금세 둘에게 옮겨갔다. 그때 주근깨투성이 꼬마 아이가 엘리의 귀를 잡아당기며 장난감 강아지를 가리켰다. 엘리는 다시 장난감 강아지 수리를 계속 했다.

"그거 내 거야. 누나한테 보여줘야 한다고!"

이브넷이 말했다. 프라이가 두 팔로 머리를 조이고 있어 목소리가 제대로 나오지 않았다.

"내가 찾았잖아."

프라이가 소리를 질렀다. 갈색으로 얼룩진 큰 베개를 다른 손으로 들어 올렸다.

"어쨌든 나머지는 내가 다 했어."

이브넷도 소리를 높였다. 프라이의 손아귀에서 벗어나려고 발버둥 쳤

150

으나 잘 되지 않았다. 둘 다 얼굴이 꾀죄죄하고 바지에는 말라붙은 때가 꼬질꼬질하게 끼었다.

"네가 뭘 알아? 물감이나 먹는 주제에."

프라이가 코웃음쳤다.

"물감을 먹은 게 아니라 붓이 내 입에 떨어진 것뿐이라고."

이브넷이 눈을 흘겼다.

안나가 둘을 떼어놓았다.

"프라이, 이브넷. 조용히 해. 그거 이리 내놔봐."

프라이가 지저분한 베갯잇을 허둥지둥 풀었다. 백 개쯤 되는 자질구레한 장신구들이 짤랑 소리를 내며 바닥에 흩어졌다. 엘리가 흘깃 내려다보았다. 고아원 아이들은 조수가 낮을 때 저지대로 보물사냥을 갔다. 아이들이 가장 좋아하는 오락거리였다. 저지대는 도시의 동쪽 해안에 물에 잠긴 지역이 넓게 펼쳐진 땅이다. 조수가 낮아지면 바닷물에 밀려온 온갖 진귀한 물건이 지붕의 굴뚝이며 홈통에 걸렸다. 주로 오래된 신발이나 버려진 담뱃대 같은 물건이지만 어쩌다 한번은 이 지역이 물에 잠기기 전부터 전해 내려오던 오래된 유물이 발견되기도 했다. 보물을 찾은 아이는 고아원의 전설이 되었다.

프라이가 끝이 둥근 나무 막대를 잡았다.

"이건 고대 왕자가 쓰던 거울이야."

"그건 빗이거든. 여기 머리카락이 붙어 있잖아. 안나, 내가 발견한 시계 좀 봐."

이브넷이 비웃으며 반짝거리는 체인에 매달린 황금빛 회중시계를 내

151

밀었다.

"그거 네가 발견한 거 아냐. 내가 부잣집 할아버지에게서 훔친…."

프라이의 목소리가 점점 기어들어갔다. 안나가 눈썹을 치켜올렸기 때문이다.

"그러니까 내 말은, 음… 그게 말이야. 어, 엘리 안녕? 언니가 만든 잠수함 우리도 탈 수 있어?"

"나도 바다 속 구경해보고 싶어! 보물을 발견할 수 있을 거야."

이브넷이 소리쳤다.

엘리가 안 된다고 말하려는 찰나, 안나가 아이들에게 속삭였다.

"너희 둘이 청소하는 동안 나한테 맡기면 어때? 사감 선생님이 보시기 전에."

프라이와 이브넷이 열성적으로 고개를 끄덕였다. 그리고 방에서 쏜살같이 나갔다. 엘리는 주머니에 드라이버를 넣고 장난감 강아지의 태엽을 감은 후 바닥에 내려놓았다. 강아지는 완벽하게 일자로 종종걸음을 치며 움직였다. 주근깨투성이 꼬마가 손뼉을 치며 좋아했다. 안나가 아이에게 고개를 끄덕여 주었다. 그러고는 엘리에게 고개를 돌렸다.

"만약 네가 그 녀석을 지키겠다면 이 아이들을 다 위험으로 몰아넣는 거야. 네 그 잘난 머리는 뽐낼 수 있겠지만."

안나가 태엽 생쥐를 손바닥 위에서 굴리며 말했다.

"아무도 위험해지지 않아. 너도 꼬맹이들도 절대 위험하게 만들지 않을게. 잘못된 걸 바로잡으려는 것뿐이야. 할 수 있을 거야."

엘리가 손가락을 손바닥에 대고 눌렀다.

안나의 얼굴이 일그러졌다.

"이번에는 이백 원이다!"

안나가 우렁차게 외치고는 태엽을 감은 생쥐를 다시 한번 힘껏 던졌다.

아이들은 아까보다 더 크게 소리 질렀다. 엘리는 고개를 절레절레 흔들며 놀이실을 나왔다. 소란스러운 소리에 놀라 사감 선생님이 달려올지도 모를 일이었다. 엘리는 몸을 벽 쪽으로 바짝 붙여 걸었다.

엘리가 복도 바닥에 떨어진 박제 물개 장난감을 발로 찼다. 소리를 지르고 마구 욕을 하고 아무거나 주먹으로 치고 싶었다. 마음을 가라앉히려고 지나던 아무 문에 몸을 기댔다. 그러다 문득 그 문이 어떤 문인지 깨달았다. 숨이 턱 막혔다.

고래가 새겨진 나무문이었다. 작은 배에 노 두 개가 걸쳐진 그림도 새겨져 있었다. 그리고 한 여자아이와 남자아이도.

엘리가 떨리는 손으로 손잡이를 잡았다. 하지만 가슴이 꽉 조여오고 얼음물을 가슴속에 들이붓는 것처럼 한기가 느껴졌다. 엘리는 문에서 손을 떼고 도망치듯 고아원을 나왔다.

협박

안나는 한동안 작업장에 코빼기도 보이지 않았다. 엘리는 혼자 일을 하느라 눈코 뜰 새 없었다. 온 도시를 종횡무진하며 배수펌프와 고래 뼈로 만든 톱과 생선 내장을 제거하는 기계를 수리하러 다녔다. 금세 지치고 자주 딴 생각에 빠졌다. 일에서도 자꾸 구멍이 뚫렸다. 전날 수리한 기계를 다음 날 다시 손보러 가기도 했다.

도시의 분위기는 엘리의 초조함을 돋우었다. 사흘 전에는 한 부유한 상인이 포도주 저장고에 화신을 숨겼다며 고발 당하는 일이 있었다. 상인과 그를 고발한 사람은 벌건 대낮에 큰길에서 치고받고 싸우다 둘 다 재판소에 붙잡혀 갔다.

엘리의 상태를 더 악화시킨 것은 세스였다. 세스는 끊임없이 질문을 던지며 엘리를 성가시게 했다. 가끔은 매우 사적인 질문도 불쑥 던졌다.

"엘리, 네 부모님께는 무슨 일이 일어난 거야?"

154

"엄마는 내가 여덟 살 때 병으로 쇠약해지셔서 돌아가셨어. 아빠는 잘 몰라. 극작가였다는데 내가 태어난 지 일 년만에 돌아가셨대. 이 얘기는 별로 하고 싶지 않다."

엘리가 작살포의 싸개를 벗기며 툴툴거렸다.

가끔은 안나에 대해 물었다.

"엘리, 안나는 네 조수나 뭐 그런 거야?"

"너 죽고 싶지 않으면 그런 소리 안나 귀에 안 들어가게 하는 게 좋을 걸. 안나는 내 가장 친한 친구야. 가끔 내 일을 도와주는 것뿐이야."

엘리는 조심스럽게 망원경에 렌즈를 끼우며 답했다.

"그래? 그럼 왜 요즘은 통 안 보여?"

"이 얘기도 별로 하고 싶지 않네."

도시와 악마, 재판관에 대해 물어보기도 했다. 특별히 핀에 관해서도.

"엘리, 그럼 그 핀이라는 녀석은 어디에 살아?"

"도시 반대편. 그 애는 생각하지도 마. 좋은 녀석이 아냐."

"내 생명의 은인이잖아. 그저 자기 능력을 과시하려고 날 구했다고? 그러다 목숨을 잃을 수도 있는데?"

"자기 잘난 맛에 사는 애야. 세스, 이 이야기도….'

"그만할게. 그래, 알았어."

세스가 투덜거렸다.

~

엘리는 그날 밤 밤새 뒤척였다. 해괴한 생각이 끊임없이 머릿속을 휘

155

저었다. 엘리는 축축한 요에서 벌떡 일어나 침실 밖으로 나갔다. 담요가 뒤로 질질 끌렸다.

어슴푸레한 여명 속에 작업장은 유령이라도 나올 듯 으스스했다. 번 득이는 금속 조각들과 반쯤 가려진 물건들이 스산한 풍경을 자아냈다. 엘리는 잠옷을 입은 채 까치발로 작업장 가운데에 있는 거대한 책 더미 쪽으로 살금살금 걸어갔다. 몸을 굽혀 아무 책이나 한 권 집었다.

제목이 『처형의 역사』였다.

엘리는 움찔하며 책을 팽개치고 책 사냥을 계속 했다. 마침내 조금 더 취향에 가까운 책을 발견했다. 표지를 유심히 보았다. 동화책 같았다.

책을 한번 휙 훑어보았다. 대부분 글이었고 그림이 조금 실려 있었다. 그 중 하나는 뱃머리에서 손에 작살을 들고 늠름하게 선 영웅 그림이었 다. 남동생의 책 같았다. 동생은 바다와 바다를 둘러싼 모든 것을 좋아했 다. 고아원에서 엘리와 동생이 쓰던 방에는 바다 생물을 스케치한 그림 이 벽마다 잔뜩 붙어 있었다. 비록 지금은 그 그림들이 잘 기억나지 않 지만. 동생이 여백에 그림이라도 그리지 않았을까 싶어 책을 앞뒤로 뒤 적였다. 하지만 동생의 흔적은 아무것도 찾을 수 없었다.

엘리는 한숨을 쉬며 조심스럽게 책을 덮었다. 그리고 다시 일을 시작 했다. 넓은 작업장 바닥을 청소하고 마구 쌓아둔 책 더미를 정리했다. 책 을 턱 아래까지 쌓아서 들고 따로 마련한 공간으로 옮겼다. 한 번은 무 릎까지, 한 번은 키가 닿는 곳까지 책을 쌓았다. 앉을 수 있는 공간을 띄 우고 첫 번째 책 벽과 평행하게 또 책을 쌓았다.

낮은 책 벽 두 개를 각각 높은 책 벽과 직각으로 연결했다. 책 벽은 앞부분이 뚫린 면 세 개의 직사각형 형태가 되었다. 비어있는 면에 낮은 책 벽을 두 개를 화살 머리 모양으로 더 쌓았다. 직사각형의 공간 안에는 큰 책을 쌓아 의자 세 개를 만들었다. 그리고 낮은 책 더미를 세 개 더 쌓았다. 엘리는 책 더미로 만든 의자에 앉아 다른 책 더미를 둘러보았다.

마루에서 빗자루를 가지고 왔다. 엘리는 책 더미 의자에 앉아 무릎 위에 빗자루를 얹었다. 양손으로 빗자루의 끝을 잡고 노를 젓는 것처럼 앞뒤로 부드럽게 움직였다. 보트에 와서 부딪치는 파도 소리를 상상했다. 얼굴에 닿는 차가운 바람도 떠올렸다. 맞은편에 앉은 아이를 마음속으로 그렸다. 미소 핀 얼굴과 목소리와 웃음소리를.

엘리는 상상하고 상상하고 또 상상했다.

그러고는 한숨을 쉬며 빗자루를 내려놓았다. 다리를 끌어안았다. 심장 박동이 온몸에 울려 퍼졌다. 서른까지 센 다음 허리를 곧추세우고 바로 앉았다. 맞은편 자리는 여전히 비어있었다. 머릿속에서 울리는 가시 돋치고 쓰라린 말들이 다시 생선가시처럼 목에 걸렸다.

"넌 어디에 있니?"

엘리가 말했다. 엘리의 작은 목소리가 작업장을 가득 메웠다.

"뭐 해?"

엘리가 놀라서 비명을 지르며 주변을 황급히 살폈다. 달빛 아래 세스가 천장에 매달린 대왕자라 해골 위에서 책상다리를 한 채 앉아 있었다.

"너야말로 거기서 뭐 해?"

엘리가 매서운 눈초리로 쏘아 보았다.

세스는 엘리 주변 책들의 이상한 배치를 유심히 보며 말했다.

"동생과 이야기 중이었니?"

"아니."

엘리가 단칼에 잘라 말했다.

"뺨에 눈물 자국이 있는걸."

"그런 적 없어. 입 다물어."

엘리는 책 보트에서 내려와 세스를 노려보았다.

"그 위에서 뭐 하는 거야? 지하실에 있어야 하는 거 아냐?"

"난 이렇게 흔들리는 게 좋아."

세스는 좌우로 몸을 기울였다. 사슬에 매달린 해골이 가볍게 흔들렸다.

갑자기 엘리가 벌떡 일어나 드라이버를 들고 망가진 그물포 쪽으로 갔다. 그물포를 보자 코가 얼얼해졌다.

"잠도 못 자는데 일이나 해야겠어."

엘리가 말했다.

세스가 대왕자라 해골에서 일어서서 어렵지 않게 균형을 잡았다. 그러고는 고양이처럼 날렵하게 책장으로 뛰어내리고 또 다시 바닥으로 몸을 날렸다.

"넌 분명 동생과 이야기했어."

"세스, 입 좀 다물래?"

엘리가 대포의 옆면을 거칠게 비틀어 열었다.

"미안, 난 그저… 말할 사람이 너밖에 없어서."

"그럼 다른 얘기를 하면 돼."

엘리가 펜치를 가져와 구부러진 톱니바퀴를 잡아당겼다.

"세스, 이리 와서 좀 도와줘. 너도 한번쯤은 쓸모 있는 사람이 되어야지?"

세스는 톱니바퀴를 건네받았다. 엘리가 구부러진 톱니바퀴를 반대로 구부리기 위해 안간힘을 쓰는 동안 세스도 톱니바퀴가 움직이지 않도록 꼭 잡았다.

"만약 내가 여기서 지내게 된다면 넌 나에게 말을 해야 할 거야. 안나가 화난 것도 같은 이유 아닐까? 넌 안나에게 그 이야길 하지 않은 것 같으니."

세스가 말했다.

엘리는 그물포를 집어들었다.

"안나에게 왜 이렇게 신경을 써? 안나는 널 좋게 생각하지 않아."

세스가 모르겠다는 듯 어깨를 으쓱했다.

"그렇다고 나까지 안나를 싫어해야 할 이유는 없잖아."

세스는 다른 작업대로 가는 엘리를 따라갔다. 작업대에는 바이스라고 불리는 고정 장치가 놓여 있었다.

"엘리, 너는 너에 대한 이야기를 꺼낼 때마다 항상 말을 돌리는 것 같아."

엘리가 그물포를 바닥에 내동댕이쳤다.

"눈치 챘으면 이제 그만 물어봐. 내가 하루 종일 네 이야기를 캐물으면 어떨 것 같니?"

"상관없어. 아무것도 기억나는 게 없어서 문제지."

엘리가 고정 장치를 풀어 구부러진 톱니바퀴를 끼웠다.

"좋겠다 넌. 기억을 못 해서. 네게 일어난 나쁜 일들도 모를 수 있고. 어쩌면 네가 저지른 잘못도. 세스, 여기 좀 꽉 잡아줘."

엘리는 삐딱하게 말하며 펜치를 내밀었다. 세스는 엘리를 가만히 보고만 있었다.

"그렇게 말하지 마."

세스가 말했다. 엘리는 달빛에 세스의 눈동자가 흔들리는 게 보였다.

엘리의 마음속에 죄책감이 일었다. 동시에 죄책감을 느끼게 하는 세스에게 화가 났다. 엘리는 뒤돌아서서 두 손으로 무거운 망치를 들었다. 다시 톱니바퀴를 두드리기 시작했다. 그물포의 금속판을 닫으며 세스를 슬쩍 보았다. 세스는 고개를 떨구고 있었다.

"미안, 말이 심했어."

어색한 공기가 작업장을 가득 메웠다. 엘리는 손바닥이 간질거렸다.

"저기, 수리 잘 되었는지 네가 테스트 해볼래?"

엘리가 그물포를 세스에게 건넸다. 세스는 미심쩍은 눈길로 그물포를 쳐다보았다.

"지난번처럼 실패하지는 않을 거야. 장담해. 이거 제대로 작동하면 진짜 재밌어. 자, 한번 해봐."

세스가 머뭇거리며 그물포를 받았다. 대왕자라 해골을 조준했다. 발사. 펑 하는 소리와 함께 까맣고 커다란 그물이 튀어나와 담요처럼 해골을 덮었다. 세스는 입이 벌어졌다.

"재밌다."

세스가 엘리를 보았다.

"그물 내리는 것 좀 도와줘. 우리 다시 해보자."

세스는 책꽂이를 잽싸게 기어올라 그물을 휙 낚아챘다. 세스가 주위를 두리번거리더니 호기심에 찬 표정으로 눈을 이리저리 굴렸다. 그러고는 어둠 속으로 사라졌다.

"세스?"

"이걸로 해보면 어때?"

세스가 복어 껍질로 만든 공을 들고 다시 나타났다.

"목표물이 움직이면 더 재밌을 거야."

엘리가 활짝 웃었다. 가슴이 기쁨으로 살짝 두근댔다. 엘리와 세스는 교대로 한 명이 공을 던지면 한 명이 그물포로 잡았다. 점수도 기록했다. 엘리는 세스의 점수가 더 높아도 개의치 않았다. 점수가 결국 21 대 12가 되었을 때, 엘리는 숨을 헐떡이며 작업대 쪽으로 푹 쓰러졌다. 이제야 졸음이 쏟아졌다.

엘리의 눈앞에 책 더미로 만든 보트가 보였다. 엉거주춤 자리에 앉아 가만히 무릎을 내려다 보았다. 세스가 다가왔다.

"엄마가 종종 그런 말씀을 하셨어. 엄마 최고의 발명품은 동생이랑 나라고. 폭풍우가 몰아치기 삼 일 전에 폭풍우를 예측하는 기계도 만드셨는데 그 기계보다 우리가 더 걸작품이라고 하셨지."

엘리는 몸이 떨리고 가슴이 뻐근해졌다. 세스는 그런 엘리를 조용히 지켜보았다.

"동생을 지켜줬어야 했어. 내가 동생을 보호하기로 했는데. 동생이 아팠을 때 어떻게든 동생을 낫게 해줬어야 했어."

엘리가 머리를 무릎에 파묻었다.

"동생이 아팠을 때 물론 최선을 다 했어. 대학교에도 가보고 동생을 살릴 방법을 찾으려고 도시의 도서관이란 도서관은 모두 샅샅이 뒤졌어. 하지만 살리지 못 했어. 방법을 찾지 못 한 거야. 엄마라면 찾았을 텐데. 최악은 마지막 순간에 동생이 혼자였다는 거야. 동생을 침대에 눕혀 놓고 고아원을 나섰는데 돌아왔을 때는⋯."

엘리가 숨을 한 번 들이마시고 떨리는 숨을 내뱉었다.

"동생이 이미 눈을 감은 뒤였어."

엘리는 세스의 옷이 나무 바닥에 끌리는 소리를 들었다. 세스의 손이 엘리의 어깨 근처를 맴도는 걸 느꼈다. 이내 세스의 손은 제자리로 돌아갔다.

"동생은 내가 필요했어. 난 동생을 고치지도 못 하고 마지막 순간에 옆에 있어주지도 못 했어. 동생은 내가 필요했는데 난 아무것도 해주지 못 했어."

"그렇지 않아."

"네가 뭘 알아?"

엘리는 무턱대고 그렇지 않다고 말하는 세스에게 버럭 소리를 질렀다. 세스가 마른침을 삼키며 엘리의 눈을 피해 고개를 떨구었다. 침묵이 흘렀다.

잠시 후 엘리는 거칠게 눈물을 닦으며 한숨을 쉬었다. 일어서서 책 더미에서 공을 집어 들었다.

"일어나. 이대로 끝낼 순 없지."

엘리가 세스에게 공을 툭 넘겼다.

"내가 이기고 말 거야. 오늘 밤새도록 게임을 하더라도."

엘리는 그물포를 잡았다. 시간이 얼마나 흘렀을까. 둘은 다시 킥킥거리기 시작했다. 슬슬 피곤이 쌓이고 졸음이 몰려왔다. 그물은 엉뚱한 데로 가서 꽂혔다. 엘리가 갈비뼈가 뻐근해지도록 웃더니 책꽂이에 기대어 섰다.

"포기하는 거냐?"

세스가 말했다.

"그래. 내가 졌다, 졌어. 그런데 너 내가 봐준 거야. 잊지 마, 봐준 거야."

세스가 쯧 하고 혀를 찼다. 하지만 눈은 웃고 있었다. 세스는 갑자기 방을 휙 둘러보았다. 마치 아무도 볼 수 없는 것을 알아챈 고양이처럼.

"왜 그래?"

엘리가 물었다.

세스는 물이 담긴 들통 쪽으로 걸어갔다. 그리고 뚜껑을 열었다.

"야, 너 뭐해?"

엘리가 천천히 몸을 일으켰다.

물의 표면은 정지한 듯 고요했다. 세스가 숨을 깊이 들이마시자 물에서 살짝 거품이 일었다. 아주 미세한 거품이었다. 세스가 엘리를 향해 눈을 찡긋했다. 물은 또다시 잔잔해졌다. 이번에는 물 위로 손을 내밀었다.

처음에는 아무 움직임도 일어나지 않았다.

잠시 후, 물이 조용히 원뿔 모양으로 솟아올랐다. 달빛이 물을 은은하게 비췄다. 손바닥에 물이 닿자 세스의 얼굴에 티없이 환한 미소가 번졌다. 세스는 소리 내어 웃었다. 물은 장난스럽게 톡톡 튀며 쏴 하고 물보라를 일으키고는 제자리로 돌아갔다.

엘리가 폴짝폴짝 뛰며 야단스럽게 손뼉을 쳤다.

"네가 해냈어!"

세스도 뒤돌아 눈을 크게 뜨며 말했다.

"내가 해냈어."

~

잠에서 깼을 때 엘리는 가슴팍이 뻐근했다. 지난밤 너무 웃은 탓이었다. 엘리는 작업장 바닥에 담요를 둘둘 말고 누워 있었다. 언제 잠이 들었는지 기억나지 않지만 여전히 밖은 어두웠다. 주위를 둘러보니 몇 걸음 안 떨어진 책 더미 틈에서 세스가 잠들어 있었다. 평화로운 얼굴이었다.

그때 멀리서 희미하게 들리는 소리가 있었다. 엘리는 긴장하며 자리에 앉았다.

어렴풋이 들렸지만 엘리는 이 소리를 어디서든 알아챘다. 작은 금속 장신구가 부딪치며 쟁그랑 거리는 소리. 소리는 작업장 밖 길을 따라 점점 가까이 다가왔다.

"제발, 오늘 밤은 아니길."

엘리는 눈을 감고 소리가 이대로 조용히 지나가길 빌었다. 하지만 소리는 점점 더 또렷해졌다. 맨발로 작업장을 가로질러 현관문 옆 벽에 걸린 기름 램프를 꺼냈다. 문의 작은 구멍에 눈을 대고 바깥을 살폈다. 고아원 거리 앞 가로등이 고장 나 보이는 건 온통 어둠뿐이었다.

쟁그랑 소리가 귓가를 울렸다.

엘리는 세스를 깨우지 않으려고 살살 빗장을 풀었다. 램프를 들고 문을 열어 작업장 앞 골목을 비췄다.

"어, 안녕? 내가 온 걸 알아채다니 무지 기쁘다."

핀이었다. 핀이 수줍게 말했다.

작업장에서 스무 걸음 정도 떨어진 좁은 골목길 입구에 서서 목걸이를 손으로 만지작거리고 있었다.

"어휴, 춥다. 네가 날 버리고 여길 떠날까봐 걱정했어."

목걸이 장신구들이 노란 램프 불빛에 반짝였다.

"왜 온 거야?"

엘리가 담요로 어깨를 더 단단히 감싸며 밖으로 나와 문을 닫았다. 세스가 아무 얘기도 듣지 않길 바랐다.

"너 내가 그 녀석을 어떻게 구했는지 궁금하지 않아?"

핀이 말했다.

"아니, 안 궁금해."

"그래?"

핀이 실망스러운 표정을 지었다.

"진짜 기가 막힌 작전이었는데. 머리를 엄청 썼다고. 너도 이런 거 좋아하잖아."

"관심 없어, 핀. 그만 돌아가."

"이해가 안 돼. 도와달라고 한 건 너잖아."

핀이 멋쩍은 듯 머리를 긁적였다.

"선택의 여지가 없었으니까. 세스를 죽게 내버려 둘 순 없으니까."

"알아. 하지만 난 그 녀석을 살리기 위해 나름대로 위험을 무릅썼어. 그런데도 이제 아무 관심 없다?"

"핀, 장난 그만 해."

핀이 코를 훌쩍이며 만지작거렸다.

"장난이라. 너도 우리 게임 즐긴 거 아니었어? 이번에 내가 널 도왔으니 다음엔 널 용서하길 바라려나?"

"그만해, 핀!"

"넌 왜 이렇게 냉정하니? 난 너의⋯."

엘리가 램프와 담요를 내동댕이치고 달려가 핀을 뒤로 확 밀쳤다.

"아니! 넌 나에게 아무것도 아냐! 아무것도!"

"내 말 잘 들어, 엘리. 네가 세스를 곁에 두고 싶어 하는 거 알아. 누군 가와 함께 있고 싶어 한다는 것도. 세스를 구하는 게 네가 저지른 끔찍한 일에 대한 죄책감을 덜어준다는 것도 잘 알아."

핀이 숨을 헐떡였다.

"닥쳐, 핀."

"엘리, 하지만 넌 그 애 못 지켜. 그 애 때문에 너까지 다칠 거야."

"작업장은 안전해. 세스는 여기에 있을 거야. 그러니 더 이상 네 도움은 필요 없어.”

핀의 얼굴이 실룩거리더니 굵은 눈물이 양 볼에 주르륵 흘러내렸다. 엘리는 핀을 미친 듯이 위로해주고 싶은 충동과 싸우며 돌아섰다.

엘리의 뒤에서 핀이 들릴 듯 말듯하게 말했다.

“하지만… 내가 할 수 있는 일이 하나 있어. 너도 알고 있을 거야.”

핀의 말이 엘리의 갈비뼈 사이를 날카롭게 휘저었다. 엘리는 입이 바짝 말랐다. 뒤돌아서서 핀을 보았다.

“안 돼, 하지 마.”

“무슨 일이든 해야 해. 너를 위해서.”

핀의 눈빛은 여전히 슬퍼보였다.

“핀!”

“미안해, 엘리.”

“세스는 아무 잘못 없잖아. 죽게 내버려둬선 안 되잖아.”

“네가 위험해지는 건 나도 두고 볼 수 없어.”

“아니, 제발. 핀, 제발 하지 마.”

“널 지키기 위해선 어쩔 수 없어. 나도 이렇게까지 하고 싶지 않아.”

“그래, 그럼 마음대로 해. 넌 사람들이 고통 받는 모습 보는 걸 좋아하니까. 어디 마음껏 즐겨봐.”

핀이 믿을 수 없다는 눈으로 엘리를 보았다.

“왜 그렇게 말해? 내가 왜 남이 고통 받는 걸 즐기겠니? 난 그런 잔인한 사람이 아냐. 단지 널 위한 최선을 찾으려는 것뿐이야.”

다시 한번 엘리의 마음 깊은 곳에서 핀을 꼭 안고 싶은 충동이 솟구쳤다. 엘리는 겨우 마음을 가라앉혔다. 핀의 눈가는 여전히 눈물로 얼룩졌고 아랫입술이 떨렸다. 처량하게 엘리의 발끝만 보던 핀이 고개를 들었다.

핀의 입꼬리가 위로 올라갔다.

핀은 손으로 얼굴을 가렸다. 엘리의 심장이 뛰었다.

"너 웃은 거야?"

"아니, 아냐. 나 안 웃었어."

핀이 고개를 세차게 저었다.

"아냐, 내가 봤어."

"아니라니까, 엘리. 웃지 않았어. 맹세해."

"이 괴물!"

엘리가 욕을 하며 조그마한 자갈돌을 주워 핀에게 던졌다. 핀은 몸을 옆으로 홱 피하고는 골목으로 달아났다. 금세 어둠속으로 자취를 감췄다.

클로드 헤스터메이어의 일기에서

"도대체 무슨 짓을 한 건가? 이게 어떻게 된 거야?"

나는 경악스러운 표정으로 책상 위 금화를 노려보았다.

"이게 내 방식이네, 클로드."

악마가 안락의자에 몸을 파묻으며 말을 이었다.

"버 도움의 대가가 잠시 피곤을 느끼는 것 정도일 거라 생각했나? 아니지. 이보게, 그렇게 단순해서야 쓰겠나. 자네는 화신이고 나는 악마야. 자네가 무엇인가를 바랄 때, 나도 버 나름의 욕망이 생겨난다네. 자네가 버게 불가사리를 주워오라고 했을 때, 난 그 불가사리를 연구실 문에 끼워 청소부가 드나들게 했어. 피터의 아버지를 도울 돈을 구해달라고 했을 때, 나는 대학교에서 금화를 좀 더 많이 훔쳐서 자네 책상에 놓아두었지. 그게 악마의 방식이야."

나는 숨이 가빠졌다.

"그 청소하는 직원, 토마스가 금화를 보았을 거야. 토마스는 학교 감사실로 가서 나를 고발하겠지. 모두 버가 금화를 훔친 범인이라고 생각할 거야!"

악마가 안락의자에서 몸을 앞으로 기울였다.

"그렇다면 자네는 이제 무엇을 해야 할지 알 텐데."

"아니, 다시는 자네에게 어떤 요청도 하지 않아. 버가 알아서 하겠네."

나는 문으로 향했다.

"자네가 해결하기에는 이미 늦지 않았을까?"

문고리를 잡은 버게 악마가 등 뒤에서 속삭였다.

"클로드, 자네는 아무리 빨리 달려도 청소부를 앞지를 수 없어. 나는 가능하지. 청소부가 자넬 고발하는 걸 막을 수 있어."

나는 소매로 이마를 닦으며 뒤를 돌아보았다. 책상 위 금화가 보였다. 성 셀레스티나의 기도를 읊조렸다.

"죽여서는 안 되네. 단지 고발하는 것만 막아줘. 절대 죽여서는 안 되네."

"죽이면 간단할 것을."

"안 돼."

나는 잘라 말했다.

"절대로 안 돼. 네가 이 일을 해결할 때까지만 그를 잠시… 숨겨두게."

악마가 고개를 끄덕이며 자리에서 일어섰다.

"그것도 괜찮지."

나는 두 손에 얼굴을 파묻었다. 다시 고개를 들었을 때 그는 이미 사라지고 없었다.

굴 양식장

해가 떠오르자 엘리는 세스를 흔들어 깨우기로 마음먹었다. 세스가 곤히 잠들어 있었기에 깨우자마자 나쁜 소식을 전해야 하는 것이 마음에 걸렸다.

"아무래도 핀이 오늘 너에게 해코지를 할 것 같아."

세스는 눈을 깜박이며 기지개를 켰다.

"뭐? 왜?"

"핀은 너 때문에 내가 위험해질 거라고 생각해."

세스가 관자놀이를 문질렀다.

"그럼 애당초 날 왜 구한 거야?"

"말했잖아. 핀은 좋은 녀석이 아니야. 꿍꿍이가 있는 애라고. 게다가 자기 입으로 가만두지 않겠다고 했으면 어떻게든 그 말을 지키는 애야."

"왜 날 그렇게 신경 쓰는 거지? 왜 널 그렇게 신경 쓰는 거야?"

세스의 말에 엘리가 얼굴을 찡그렸다.

"복잡해. 일단 핀의 몇 없는 친구 중 하나가 나야. 일종의 텃세를 부리는 거지. 네가 작업장에서 나랑 같이 지내는 한 계속 못살게 굴 거야. 그러니 우리도 대책을 세워야 해."

세스가 삐딱한 표정으로 엘리를 보았다.

"세스, 핀은 천재야. 그 애를 쉽게 생각해선 안 돼."

"넌 정말 이상한 친구를 뒀어."

세스는 얼굴을 찡그렸다.

"나도 알아. 어쨌든 우리는 핀보다 먼저 움직여야 해. 핀은 아마 재판관들에게 네가 여기 있다고 고발할 거야. 우린 작업장에서 빠져나가야 해. 몰래 탈출할 방법이 있어."

그때 누군가 문을 두드렸다. 세스는 살금살금 지하실로 내려가 몸을 숨겼다. 엘리가 문을 열었다. 안나였다. 안나가 마치 엘리의 작업장이 아닌 다른 데 온 듯한 표정으로 서 있었다. 엘리는 놀람과 동시에 기쁨이 솟구쳐서 펄쩍 뛰었다.

"안나! 네가 올 줄은 생각도 못 했어."

"그 녀석 때문에 네가 잘못되지는 않았는지 누군가는 확인해봐야 할 거 아냐?"

안나가 어깨를 으쓱하며 말했다. 안나의 이름을 듣고 슬그머니 다시 나타난 세스를 슬쩍 가리켰다.

"안녕, 안나."

세스가 명랑하게 인사했다.

"웩."

안나는 인상을 팍 쓰며 붉은 곱슬머리를 입으로 후 불어 날렸다.

"엘리, 이름 없는 성인의 시장에서 열리는 매그너스 엘더다이스 축제가 오늘이야. 우리 구경 가자. 저 고래 소년은 여기서 용광로인지 뭔지랑 놀라고 하고."

"아! 음⋯."

엘리가 당황하며 주위를 둘러보았다. 부서진 굴 따기 기계가 보였다.

"안나, 오늘 아침에는 이 기계를 고쳐야 해. 주인이 정오까지 찾으러 오기로 했거든."

엘리는 거짓말을 했다.

"뭐, 얼마든지. 여기서 기다릴게. 내가 도와줄 수도 있고."

안나가 어깨를 으쓱했다.

"아니, 아니. 넌 시장에서 더 재미난 시간 보내는 게 좋지 않겠어?"

"진짜로 도와주고 싶어서 그래."

안나의 표정이 어두워졌다.

"아냐, 괜찮아. 정말이야. 세스가 도와줄 수 있어."

안나가 고개를 푹 숙였다. 세스는 이 사이로 쓰읍 소리를 내며 공기를 들이마셨다.

"그래, 아무래도 넌 내가 필요하지 않은 것 같아."

안나는 홱 돌아서서 작업장 문을 박차고 나갔다.

엘리가 세스의 표정을 읽었다.

"안나를 끌어들이고 싶지 않아. 위험하니까."

"안나는 자기 앞가림은 충분히 할 정도로 강해 보이는걸."

세스가 고개를 갸웃거렸다.

"됐고, 일이나 하자."

엘리가 다시 연장을 손에 들었다. 둘은 바닥에서 못을 뽑고 바닥판이 아래로 떨어질 수 있도록 경첩을 달았다. 한 시간쯤 지났을 때 바깥에서 댕그랑거리는 소리가 들렸다.

"저기, 나 안나랑 얘기하러 고아원에 좀 다녀올게."

세스는 바닥 일에 몰두하느라 여념이 없었다. 엘리는 작업장 밖으로 나오자마자 재빨리 문을 닫았다. 핀이 주먹에 턱을 괸 채 벽에 기대어 서 있었다.

"가. 세스는 안 나와."

엘리가 싸늘하게 말했다.

핀은 실망스러운 얼굴로 입술을 질겅질겅 씹어댔다.

"좋아. 내가 졌다. 하지만…."

"하지만 뭐?"

엘리의 심장 박동이 빨라졌다.

핀의 얼굴이 조금 누그러졌다가 이내 확 풀어졌다.

"내 마음이 달라진 건 아냐. 늘 너보다 한 발 앞선다는 걸 잊지 마."

엘리가 엄지손가락으로 외투 소매에 난 구멍을 꾹 눌렀다.

"핀, 네가 뭘 할 수 있는데? 세스는 여기서 나랑 같이 있으면 안전해."

"알아. 너희 둘 말고 다른 하나도 안전하냐가 문제지."

핀이 씩 웃더니 쏜살같이 모퉁이로 달려갔다. 날카로운 것이 엘리의 가슴을 찌르는 것 같았다.

"안나."

엘리는 그대로 고아원으로 달려갔다. 안나의 방과 부엌, 창고를 샅샅이 뒤졌다. 창고에는 고아원을 거쳐간 아이들이 두고 간 물건이 천장까지 쌓여 있었다. 안나는 어디에도 보이지 않았다.

프라이와 이브넷이 놀이실에서 뒹굴거렸다.

"안나 못 봤어?"

"나갔는데?"

이브넷이 건성으로 답했다.

"어디?"

"열일곱 번째 화신 처형 기념일 축제에 간다고 했어."

프라이가 지갑 하나를 엘리에게 내밀었다.

"엘리, 나 안나한테 소매치기 기술 배웠다. 이브넷 지갑이야. 방금 슬쩍했는데 전혀 모르는 눈치지?"

이브넷은 지갑을 빼앗으려고 프라이에게 덤벼들었다. 둘은 온 방을 뒹굴며 엎치락뒤치락 몸싸움을 벌였다. 엘리는 고아원을 나와 작업장으로 다시 달려갔다.

"안나가 고아원에 없어. 아무래도 핀이 안나를 어떻게 할 것 같아."

엘리가 세스에게 말했다. 엘리는 심장이 마치 대포처럼 가슴에서 발사되는 느낌이었다.

"가서 안나를 찾아야겠어. 넌…."

"여기 있을게. 알고 있어."

세스가 낮은 목소리로 말했다.

~

이름 없는 성인의 시장은 도시의 남쪽, 불변의 해안 부근에 있었다. 열두 갈래의 거리와 수많은 골목이 연결된 시장 곳곳은 좌판 수십 개와 장보러 나온 사람 수백 명으로 붐볐다. 엘리는 사람들 사이를 헤치며 안나의 흔적을 찾았다. 광장에는 기념행사를 위한 장작불이 격렬히 타올랐다. 하지만 장작불을 둘러싼 사람들 얼굴은 침울했고, 아이들은 장식용 리본을 내키지 않는 표정으로 흔들었다. 진짜 화신이 도시 어딘가에 숨어든 상황에서 오래 전 화신의 처형 기념일을 즐기기란 어려운 법이었다.

시장 광장 모퉁이에는 요새처럼 생긴 건물이 있었다. 창문에는 판자가 덧대어졌고 지붕에는 날카로운 것들이 박혀 있었다. 엘리는 늘 버려진 건물 같다고 느꼈다. 건물 앞을 지나는데 재판관 한 명이 쇠사슬에 묶인 작은 남자 하나를 끌고 와 건물 안으로 거칠게 밀어 넣었다. 재판관도 뒤따라 들어가며 문을 쾅 닫았다.

엘리는 숨죽인 채 장신구 가판대에 기대 붉은 머리와 익숙한 파란 스웨터를 찾아 두리번거렸다.

"얘야, 물건을 손으로 누르면 어떡하니!"

가판대 주인이 소리를 꽥 질렀다.

건장한 남자 세 명이 장어가 든 나무 상자를 들고 급히 지나갔다. 나이

177

든 상인은 엘리를 향해 악마가 새겨진 나무 판화를 사라고 소리쳤다.

"이걸 장작에 던져! 단돈 삼천 원에 악마를 없애는 거야!"

노인이 쉰 목소리로 외쳤다.

엘리는 관자놀이를 문지르며 안나처럼 생각하려고 애썼다. 안나는 어디로 갔을까? 시장 가판대에서는 귀걸이 같은 장신구나 생선 같은 것만 팔았다. 안나가 관심 가질 만한 것들이 아니었다. 부둣가에서 멀리 떨어져 안나가 애태울 만한 선원도 찾아보기 힘들었다.

"생각하자. 생각, 생각."

엘리는 주문을 외듯 혼잣말을 했다. 불변의 해안 근처에서 사람이 할 수 있는 가장 무모하고도 위험한 일이 뭐지?

"굴 따기!"

엘리가 크게 외쳤다.

안나는 불변의 해안에서 굴 따는 걸 좋아했다. 그곳에는 안나가 좋아하는 것들이 다 모여 있었다. 높이가 400미터나 되는 위험천만한 절벽과 무명조개에 침을 찍 뱉는 갈매기와 기상천외한 욕을 가르쳐주는 머리가 희끗한 늙은 어부가 있었다.

엘리는 뛰기 시작했다. 거리의 악사들과 정어리를 주고받는 아이들 사이로 쏜살같이 달렸다. 부둣가 가까이 이르자 주변의 어떤 건물보다도 높이 솟은 탑이 보였다. 뱀 탑이라고 불리는 탑이었다. 한때는 등대로 쓰여 매일 밤 바다를 환히 비췄다. 외벽에는 거대한 큰바다뱀 모양의 조각이 나선형으로 탑을 휘감고 있었다. 탑의 이름은 이 조각에서 따왔다. 뱀의 형상이 얼마나 큰지 탑의 계단이 뱀의 몸 안에 있는 것처럼 보였다. 엘리가 어렸을 때, 엄마는 엘리와 동생을 데리고 종종 뱀 탑 꼭대기에 올랐다. 탑의 아찔한 높이에 동생이 겁을 먹으면 엄마는 둘을 감싸 안고 노래를 불렀다. 탑을 바라볼 때마다 엘리는 마음이 따뜻하고 편안해졌다. 보통 때에는 그랬다.

"안나! 안나!"

엘리가 미친 듯이 주위를 두리번거리며 소리쳤다.

골목을 빠져나오자 바다가 눈앞에 펼쳐졌다. 세차게 부서지는 파도소리가 귓가를 때렸다. 불변의 해안은 물에 잠긴 수많은 건물이 만든 절벽 때문에 바다까지 이르는 경사가 가팔랐다. 매일 조수가 낮아지면 뱀 탑의 외벽은 수천 개의 굴로 뒤덮였다.

엘리의 엄마가 개발한 굴 따기 기계는 벽을 타고 천천히 올라가며 굴을 따 모았다. 굴은 기계 밑에 달린 자루 속으로 떨어졌고, 그 속에는 곤충의 알처럼 굴이 바글바글했다.

뱀 탑에서는 널빤지로 만든 다리가 사방팔방 뻗어 나와 있었다. 다리는 해수면보다 높은 기둥 위에 만들어졌고, 출렁다리처럼 밧줄로 연결되었다. 다리에는 수면 아래로 수백 개의 통발이 밧줄에 매달려 있었다. 물에 잠긴 건물의 지붕에서 무리를 짓고 있는 바다가재와 가재를 잡는 도구였다. 어부들은 갑각류들이 가득 잡힌 통발을 끌어올려 도시로 날랐다. 어떤 것들은 다리 중앙의 넓은 단 위에 세운 막사에서도 살아 있었다. 나무 기둥에 매달린 홍합 다발은 해산물을 널어 말리는 줄과 뒤엉켰다.

그리고 그곳에, 도시에서 가장 먼 곳이라 할 수 있는 출렁다리의 끄트

머리에 안나가 앉아 있었다. 안나는 먼 바다를 하염없이 바라보며 다리를 앞뒤로 흔들었다.

"안나! 안나 스톤월!"

엘리가 외쳤다.

하지만 엘리의 목소리는 거친 바다 바람에 묻혔다. 엘리는 뱀 탑 주변을 살폈다. 바로 그때, 벤치에 앉아 한가하게 금빛 머리카락을 손에 돌돌 감고 있는 핀이 보였다.

엘리와 눈이 마주친 핀이 반가워하며 손을 흔들었다.

"안-나!"

엘리가 있는 힘을 다해 외쳤다. 주머니에서 섬광탄을 꺼내 안나 쪽으로 힘껏 던졌다. 하지만 그마저도 바람에 빼앗겼다. 섬광탄은 소용돌이 치는 바람 속에서 빙빙 돌다가 바다로 곤두박질쳤다.

엘리는 이를 꽉 물고 밧줄 다리를 따라 달렸다. 다리의 판자가 달가닥거렸다. 조마조마한 마음이 가시처럼 손과 발을 찔렀다.

"안나! 안-나!"

마침내 안나가 어깨 너머로 엘리를 보았다. 안나는 싸늘한 눈빛으로 자리에서 일어나 반대편으로 걸어갔다.

"안 돼, 가지 마. 안나, 돌아와! 거긴 위험해!"

안나는 아무 말도 들리지 않았다. 듣고 싶지 않았는지도 모른다. 바람이 엘리의 머리카락으로 목을 후려쳤다. 엘리는 계속 달렸다. 다리의 널빤지 틈으로 몇 번이나 발이 빠질 뻔 했다. 엘리의 뒤에서 누군가 소리쳤다. 하지만 엘리는 안나를 쫓아가야 한다는 생각뿐이었다.

"엘리, 돌아가!"

안나가 뒤돌아서서 바람에 맞서며 외쳤다.

그때 안나의 눈이 엘리의 어깨 너머로 향했다. 안나는 자리에서 얼어붙었다. 엘리가 뒤를 돌았다. 엘리의 눈앞으로 자욱한 연기 기둥이 몰려왔다.

다리가 불에 타고 있었다.

뱀 탑

사람들이 비명을 지르며 날뛰었다. 어떻게 된 일인지 모르겠지만 다리 중앙의 막사가 있는 단에 불이 붙었다. 막사와 연결된 다리들이 이미 활활 타고 있었다. 불길은 무서운 속도로 번졌다. 널빤지에 고래 기름이라도 뿌려놓은 것 같았다.

"안나!"

엘리가 울먹이며 외쳤다.

"엘리!"

둘은 서로를 향해 달려가 꽉 껴안았다. 안나는 뺨에 눈물 자국이 말라 있었다. 안나에게서 체리 향기가 났다. 엘리는 주위를 둘러보았다. 불은 중앙 연단과 연결된 주변 다리는 물론 나무 기둥을 타고 바다 쪽으로 옮겨 붙고 있었다. 빨리 움직이지 않으면 맹렬히 타오르는 불길 속에 포위될 상황이었다. 그러면 수백 미터 아래의 바다로 뛰어내리는 것 말고는 선택의 여지가 없었다. 아주 높은 곳에서 바다로 뛰어드는 것은 단단한 바위 위로 떨어지는 것과 같았다.

엘리는 길을 찾으려고 두 눈을 바삐 굴렸다.

"이쪽이야!"

엘리가 안나의 손을 잡아 끌며 외쳤다. 다리에 몇몇 사람이 있었지만 엘리와 안나는 땅에서 가장 먼 쪽에 있었다. 어부들은 뒤도 돌아보지 않고 도망쳤다. 아무도 두 아이가 다리 저편에 갇힌 줄 알지 못 했다.

엘리와 안나는 아직 불이 붙지 않은 다리를 따라 달렸다. 불은 이제 온 사방으로 급격히 퍼져나갔다. 마치 불이 붙은 거미줄 같았다. 불길은 다리 아래쪽에서 흔들리는 바다가재 통발에도 혀를 날름거렸다. 엘리는 통발과 연결된 지렛대를 발로 차서 통발을 바다로 빠뜨렸다. 그 덕분에 바다가재들은 산 채로 불에 타지 않을 수 있었다.

"잘 했어! 우린 할 수 있을 거야!"

흔들리는 출렁다리를 계속 달리며 안나가 외쳤다.

불길이 둘을 바짝 쫓았다. 발아래서 다리가 요동쳤다. 조금 전 지나온 단이 무너져 내렸다. 단을 떠받치는 나무 기둥이 불타면서 단과 다리가 잿더미가 되었다.

"안 돼, 안 돼."

엘리가 뒤를 돌아보며 외쳤다. 해안가를 따라 수백 명의 사람이 모여 겁에 질린 얼굴로 화마를 지켜보고 있었다. 핀은 어디에 있을까? 설마 이대로 죽도록 내버려두는 건 아니겠지?

엘리는 심호흡을 했다. 그때 무리에서 떨어져 혼자 서 있는 누군가가 눈에 들어왔다.

세스였다.

세스는 엘리와 안나가 아닌 아래쪽 바다를 내려다보았다. 양 팔을 옆으로 벌린 채 눈에 힘을 잔뜩 주었다.

"엘리, 저길 봐."

안나가 엘리의 소매를 끌어당기며 아래쪽을 가리켰다.

파도가 일렁이고 있었다. 솥에서 끓는 물처럼 부글부글 끓었다. 사방에서 파도가 큰소리를 내며 부서졌다. 마치 수면 바로 아래에서 괴물이 꿈틀거리는 것 같았다. 그때 또 다른 괴물이 덤비듯 물에서 튀어나왔다. 시커먼 파도는 배만 한 크기로 솟구쳐 올랐다. 사나운 물결은 불에 타무너진 다리가 아니라 도시로 향했다. 세스가 서 있는 방향으로.

뭔가가 잘못됐다. 엘리가 주머니에서 망원경을 꺼내 세스를 가까이 당겨서 보았다. 세스의 몸에서 또다시 푸른색 소용돌이가 뿌옇게 일어나고 있었다. 지난번보다 더 거세고 큰 소용돌이였다. 더 끔찍한 것은 세스의 짙푸른 눈에서 피가 흐른다는 사실이었다. 눈동자가 피로 뒤덮여 눈동자와 흰자의 색이 똑같이 붉게 보였다.

"세스가 분노에 떨고 있어. 바다도 마찬가지야."

엘리의 얼굴이 하얗게 질렸다. 파도는 방파제에 부딪치며 사납게 요동쳤다. 시간이 지날수록 점점 더 거세고 높아졌다.

세스는 몸을 떨었다. 비명을 지르고 싶은 것처럼 입을 크게 벌렸지만 아무 소리도 나오지 않았다. 팔은 무릎까지 축 늘어졌고 몸통은 파도에 휩쓸려온 부유물처럼 이리저리 흔들렸다.

파도가 세스를 덮칠 듯 솟구치자 엘리는 신음소리밖에 나오지 않았다. 사방으로 물보라를 뿜으며 시커멓게 일어난 물결은 목표물을 향해 맹렬히 전진했다. 갑자기 뜨거운 열기가 엘리의 목덜미를 스치며 머리카락을 그을렸다. 불이 점점 가까이 다가오고 있었다. 불이 내는 소리가 들렸다. 마치 공기를 빨아들이는 듯한 이상한 소리였다.

엘리는 벌벌 떨리는 손으로 주머니를 뒤졌다. 종이로 싼 작은 구슬 같은 것을 찾았다. 종이 포장을 벗겨 세스가 있는 방향의 커다란 나무 말뚝 쪽으로 던졌다.

귀를 멍멍하게 하는 굉음과 함께 눈이 멀 정도로 환한 빛이 순간 번쩍했다. 이글거리며 타오르는 불빛조차 집어삼킬 만큼 눈부신 빛이었다. 세스는 바다에서 눈을 들어 불빛 쪽으로 고개를 돌렸다. 막 꿈에서 깬 듯한 표정이었다. 세스와 엘리의 눈이 마주쳤다.

엘리는 눈빛으로 할 수 있는 모든 말을 전달하려 했다. 세스가 얼굴을 찡그렸다. 눈앞이 푸른 안개로 뒤덮여 희끄무레했다. 손으로 땅을 짚고 일어섰다. 눈동자의 초점이 돌아왔다. 세스는 숨을 깊이 들이마셨다.

우뚝 솟았던 물기둥이 세스에게서 물러나 불타는 다리 쪽으로 향했다. 바다가 통째로 들릴 것처럼 파도가 거세졌다. 세스는 머리 위로 손을 들어올렸다.

"우리 뭔가에 몸을 붙들어 매야 해."

엘리가 소리쳤다.

둘은 다리 위에 납작하게 엎드렸다. 엘리가 주머니에서 밧줄을 꺼냈다. 몸을 다리 판자에 묶어보려 했지만 손이 떨려 매듭을 지을 수 없었다. 안나가 밧줄을 낚아채 단단히 묶었다. 파도가 다리를 삼킬 듯 꽝 하고 때렸다. 엘리는 고막이 얼얼했다. 다리가 위아래로 출렁이고 뒤틀리면서 안나와 엘리는 사방으로 요동쳤다. 소금기 가득한 물거품이 엘리의 콧속으로 파고들었다. 홍합껍데기가 빙빙 돌며 엘리의 귀를 할퀴었다. 둘은 다리에 매달려 방향을 분간하지 못 할 때까지 돌고 돌고 또 돌았다.

마침내 불타오르던 다리에 김이 모락모락 나는 물웅덩이와 소용돌이치는 수증기 안개를 남기고서 파도가 물러났다. 안나가 밧줄을 풀었다. 둘은 자리에서 일어나 온몸을 떨며 기침을 했다. 머리카락이 흠뻑 젖어 얼굴에 딱 달라붙었다. 부츠의 밑창으로 까맣게 탄 판자의 열기가 스며들었다. 엘리가 주위를 둘러보았다. 타버린 판자가 하나 둘 파도에 떠내려가고 사방팔방 거미줄처럼 뻗어있던 나무다리는 김이 나는 거대한 숯이 되어 있었다. 하지만 최대한 살금살금 걷는다면 해안가로 돌아갈 수 있을 것 같았다. 엘리는 웃음이 새어나왔다. 엘리와 안나가 해냈다. 핀에게서 안나를 지켜냈다!

그때 사람들의 비명이 들려왔다.

"저 남자아이예요! 내 두 눈으로 똑똑히 봤어요. 저 아이가 바다를 노하게 만들었어요."

한 남자가 소리쳤다.

"저 아이 피부 좀 봐요. 오, 신이시여. 자비를 베푸소서. 저 아이예요! 저 아이!"

"저 아이가 바로 화신이에요!"

"아니에요!"

엘리가 소리쳤다. 엘리는 까맣게 타버린 나무다리와 무너진 단 사이를 뛰어넘어 안나와 함께 해안가로 향했다.

"재판관을 불러와요!"

누군가 겁에 질려 외쳤다.

사람들이 달아나려고 서로 밀치는 통에 해안가는 아수라장이었다. 세스가 흔들리며 휘청거렸다. 쓰러질 것만 같았다. 엘리는 달렸지만 밀려드는 사람들 틈바구니에 끼여 자꾸 발이 묶였다.

"엘리! 엘리, 기다려!"

안나가 엘리의 코트를 붙잡으며 외쳤다.

엘리는 안나의 손을 떼어냈다.

"너 먼저 고아원으로 돌아가. 여긴 위험해."

엘리가 사람들을 밀며 소리쳤다. 공포에 사로잡힌 사람들의 흐릿한 형체 속에서 재판관의 검정 제복이 또렷하게 보이는 순간 등골이 서늘해졌다.

"비키시오!"

재판관이 격앙된 목소리로 외쳤다.

엘리는 흥분한 사람들 틈에서 이리저리 치이고 안나는 계속 엘리의 코트를 잡아당겼다. 엘리가 또다시 안나의 손을 떼어내며 사람들 사이를 비집고 들어갔다. 재판관은 여전히 오도가도 못 했다.

"한심한 인간들! 제발 흥분을 가라앉히시오!"

재판관이 그의 앞을 가로막는 사람들을 밀치며 소리쳤다.

엘리는 세스가 길 끄트머리에서 골목으로 비틀비틀 향하는 것을 보았다. 단숨에 쫓아가 막 쓰러지기 직전의 세스를 붙잡았다. 세스의 손이 얼음장처럼 찼다.

"재판관들이 오고 있어."

세스는 골목 벽으로 쓰러지며 눈을 감았다.

"세스, 정신 차려."

엘리가 울먹이며 세스의 머리카락을 잡아당겼다. 세스가 움찔하며 눈을 번쩍 떴다.

"곧 이리로 올 거야."

엘리는 세스의 손을 잡고 골목길로 끌어당겼다.

둘은 모퉁이를 돌았다. 뒤에서 육중한 군화 소리가 들렸다. 엘리가 주머니에서 아이들 장난감처럼 생긴 기계를 꺼냈다. 태엽과 바퀴가 달린 조그마한 장치였다. 엘리는 태엽을 감아 골목 반대쪽으로 던졌다. 기계는 자갈길을 따라 달가닥거리며 삐 하는 휘슬 소리를 냈다.

"저게 사람들의 주의를 끌어줄 거야."

둘은 계속 앞으로 뛰어갔다.

"사람들이 네 물건인 걸 알아채면 어떡해?"

"조금 있으면 폭발하니까 걱정 마."

바로 앞에 뱀 탑이 보였다.

"우리 이제 어떡하지?"

세스가 숨을 만한 곳을 찾으며 말했다. 주위의 문이라는 문은 죄다 잠겨 있었다.

"하수도로 들어갈 수 있을 거야. 하지만 근처에는 하수도로 들어가는 입구가 없어! 이리 와. 일단 여기 숨자."

엘리가 주변을 살피며 말했다.

둘은 뱀 탑의 계단 입구로 들어갔다. 꼭대기까지 연결된 계단이었다. 마치 뱀의 몸속을 통과하듯 빙빙 돌며 계단을 올랐다. 어느 정도 올랐을 때, 엘리는 안도의 한숨을 내쉬었다.

마침내 엘리와 세스는 탑의 꼭대기에 다다랐다. 이끼로 뒤덮인 지붕들과 수많은 새둥지와 갈매기 배설물이 내려다 보였다. 세스는 손으로 머리를 짚은 채 앞으로 고꾸라졌다. 엘리는 달리다가 무릎을 다쳤다. 바닷물을 많이 삼켜 속도 울렁거렸다.

엘리가 탑의 평평한 지붕을 둘러보았다. 전에는 본 적 없던 나무 상자 수십 개가 흩어져 있었다. 세스가 비틀거리며 일어나 지붕 끄트머리로 가서 아래쪽 길을 내려다보았다.

"사람들이 여전히 휘슬 소리를 쫓고 있어. 아무도 이쪽은 쳐다보지도 않는 것 같아."

세스의 목소리가 들떴다.

엘리도 살짝 미소 지었다. 둘은 해냈다. 무리를 따돌리는 데 성공했다.

그때 엘리의 귓가에 땡그랑 소리가 들렸다.

"역시 이곳일 줄 알았어."

가까이에서 누군가 명랑하게 말했다.

엘리는 심장이 멎는 것 같았다.

핀이 나무 상자 뒤에 누워서 하늘을 보고 있었다. 엘리는 세스를 어깨 너머로 살폈다. 세스는 여전히 길 아래를 보며 재판관을 눈으로 쫓았다.

엘리가 핀에게 다가갔다. 나무 상자 뒤로 몸을 숨겨 핀 옆에 앉았다.

"너 여기서 뭐해? 네가 왜 여기 있어?"

엘리가 속삭였다.

"넌 항상 이곳을 좋아했잖아. 어딘가 숨어야 한다면 이곳일 거라고 생각했지. 너에 대해 잘 아는 사람이 주변에 있다는 게 좋지 않아?"

핀이 말했다.

"재판관이 계속 반대 방향으로 가고 있어."

세스가 소리쳤다.

"여긴 왜 올라온 거냐고!"

엘리가 핀의 손목을 꽉 쥐고 노려보았다.

"진정해, 진정. 어쩜 이렇게 성질이 급할까. 참, 말이 나왔으니 말인데…."

핀이 씩 웃었다.

근처에서 익숙한 쉬익 소리가 들렸다.

엘리가 나무 상자를 발로 차서 뒤집어엎었다.

"폭죽이야. 어디 있어? 폭죽 어디 있냐고?"

"엘리, 무슨 일이야?"

세스가 뒤를 힐끗 돌아 보았다.

"이제 곧 다시 우리 둘만 남게 될 거야. 기념할 만한 일 아냐? 기념하는 데는 이만한 게…."

엘리가 달려가 세스를 덮쳤다. 곧 우레 같은 소리를 내며 연달아 폭죽이 높이 솟아올랐다. 한 번에 백 발 정도는 터진 것 같았다. 나무상자의 파편이 온 사방으로 튀었다. 불붙은 나무 조각이 날아다니고 매캐한 연기 뒤로 핀의 모습이 보이지 않았다.

아래쪽 길에서는 사람들이 혼비백산하여 비명을 질렀다. 세스가 자리에서 일어섰다.

"너 무슨 짓을 한 거야? 이제 우리가 여기 있다는 걸 온 도시가 알게 될 거야! 당장 여길 벗어나야 해!"

세스가 큰소리로 외쳤다.

엘리는 깜빡이는 불빛 때문에 눈앞이 빙빙 돌았다. 지붕은 자욱한 연기로 뒤덮였고 탄 아몬드와 시큼한 냄새가 났다. 나무상자 안에서는 계속 작은 불꽃이 일었다. 엘리가 지붕 가장자리 쪽으로 달려갔다. 재판관 다섯 명이 탑의 계단을 향하고 있었다. 계단으로 내려갔다간 재판관들을 맞닥뜨릴 상황이었다. 하지만 삼십 미터 높이의 탑의 꼭대기에는 다른 출구가 없었다.

"세스!"

엘리가 눈을 똑바로 떴다.

"우리 여기서 뛰어내리는 수밖에 없어."

엘리는 귀가 멍멍해 자기 목소리도 잘 들리지 않는 채로 이야기했다.

"뭐?"

세스가 믿을 수 없다는 듯이 엘리를 보았다.

"날 믿어. 할 수 있을 거야."

둘은 말없이 서로 마주보았다.

"엘리, 네가 똑똑한 건 알지만 죽은 목숨까지 살리진 못 할 거야."

"두고 봐. 날 믿어!"

상자 속에 남은 불꽃들이 마저 쉭 소리를 내며 하늘로 솟았다. 그 중 하나가 엘리의 귀 옆을 스쳤다. 머리카락이 타는 냄새가 훅 끼쳤다.

둔탁한 발걸음 소리가 계단을 타고 울렸다.

"여깁니다! 화신이 바로 여기 있습니다!"

세스가 엘리의 손을 잡았다.

둘은 지붕의 가장자리에 섰다.

그리고 뛰어내렸다.

클로드 헤스터메이어의 일기에서

어젯밤 우리는 성 에머리 만찬에 다녀왔다. 젊은 교수 원로 교수 가릴 것 없이 학교의 거의 모든 교수들이 모인 자리였다. 긴 식탁 세 개 위에 놓인 고급스러운 은 포크와 나이프가 촛불 아래서 마치 생선의 은빛 비늘처럼 반짝였다. 홀의 중앙에는 성 에머리의 관이 놓여 있었다. 조각배 정도의 크기에 아름다운 조각이 새겨진 관이었다.

나는 사람들과 떨어져 혼자 앉았다. 그러지 않았어야 했는데 실수였다. 이버 울적하고 서글퍼졌다. 다른 교수들은 버게 편히 다가오지 못 하는 눈치였다. 물론 그들은 버가 학교 금고에 손을 댔다고 의심하지 않았다. 금화가 사라진 시점에 학교 청소부 토마스가 사라지면서 모두가 범인은 토마스라고 여겼다.

나는 크게 안도했다. 비록 악마가 그에게 어떤 짓을 했는지 염려되긴 했지만.

"토마스를 죽이지 않은 것이 확실하지?"

나는 와인 잔을 보며 작게 속삭였다. 아무도 내가 혼잣말을 하는 것을 눈치채지 못 했다.

"물론이지. 나는 자네의 요청을 문자 그대로 실행해야 하거든. 자네는 '그를 잠시 숨겨두게.' 라고 말했고 나는 그대로 했네."

악마가 맞은편 자리에 앉으며 말했다.

홀 저편에 앉은 다른 교수와 눈이 마주쳤다. 나는 온화해 보이는 미소를 최대한 쥐어짜 웃어 보였다. 그는 피터의 가까운 친구였다. 피터가 죽기 전 우리의 연구를 돕기도 했다. 도시 초기의 전설과 신화를 수집하는 일이었다. 그는 무표정한 얼굴로 고개를 돌렸다.

"이젠 아무도 날 반기지 않는군. 자네 덕분이야."

나는 요즘 늘 지쳐 있었다. 최근 날 둘러싸고 일어나는 일들을 거의 파악하지 못 했다.

"자네가 스스로 한 선택 아닌가. 적어도 내 아버지를 돕는 일은 하지 말았어야 했어."

"어떻게 그러나. 빚쟁이들은 자네 아버지 목숨을 위태롭게 했어."

"단지 그 이유 때문인가? 자네의 죄책감 때문은 아니고?"

악마가 웃었다.

"이봐."

그 순간 뭔가를 세게 두드리는 소리에 나는 말을 멈췄다. 소리는 계속해서 들렸다. 교수들이 깜짝 놀라 주위를 두리번거렸다.

"이 소리는 뭐지?"

누군가 말했다.

총장이 손을 올리자 모두 조용해졌다. 침묵 속에서 소리가 어디서 나는지 분명해졌다.

성 에머리의 관이었다.

젊은 교수 두 사람이 어떻게 된 일인지 알아보려고 관 가까이 다가갔다. 관을 봉인한 자물쇠를 열고 관 뚜껑을 열어젖혔다.

관 속에서 한 젊은이가 숨을 헐떡이며 벌떡 일어났다. 나는 한눈에 그를 알아보았다.

토마스였다.

대홍수의 날이 오기 전에는

엘리와 세스는 손을 꼭 잡은 채 거꾸로 달려드는 세상과 마주했다.

길에는 작은 은색 자갈이 깔려 있었다. 바람이 울부짖듯 귀속을 파고 들었고 엘리는 속이 뒤틀렸다. 눈앞의 은색 자갈이 점점 커졌다.

'우리를 지켜주길. 이대로 끝이 아니길.'

엘리가 마음속으로 빌었다.

몸이 무엇엔가 닿았고 제어가 되지 않았다. 엘리는 공포에 사로잡혔다. 마음속으로 간절히 빌었건만 아무 소용이 없었다.

엘리와 세스의 몸이 닿은 것은 단단한 자갈이 아니었다. 두 사람은 지하로 떨어지며 천 같은 것에 감싸였다. 천은 축 늘어지면서 갈라졌다.

둘은 젖은 종이를 통과하는 돌멩이처럼 떨어졌다.

그러다 다시 천 같은 것에 닿았다. 이내 표면이 찢어지며 또 떨어졌다. 위쪽으로 첫 번째로 닿았던 천의 너덜너덜한 잔해가 보였다. 둘은 계속

해서 떨어지고 걸리고 또 떨어졌다. 엘리는 심장이 터질 것만 같았다.

마지막 천은 찢어지지 않았다. 엘리와 세스는 천 위로 부드럽게 몇 번 튕기다 등을 대고 누울 수 있었다. 위쪽의 찢긴 천 틈으로 햇살이 가느다랗게 새어 들어왔다. 둘은 길에 난 둥근 구멍과 연결된 좁은 터널로 떨어진 것이었다. 하수도 같았다.

엘리는 완전히 얼이 빠져 축 늘어졌다. 미동도 하지 않고 누워있다 날카로운 두려움이 엄습하고 나서야 몸을 일으켰다. 엘리는 오물이 아니길 바라며 갈색 진흙 웅덩이 속으로 발을 내딛었다. 세스는 벽에 기대 숨을 거칠게 몰아쉬었다.

"도대체 어떻게 된 거야? 이해가 안 돼. 네가 탑 근처에는 하수도로 들어가는 입구가 없다고 했잖아."

세스가 물었다.

"내가 전에 이 구덩이를 팠어."

엘리가 재빨리 말을 지어냈다. 머리카락에서 바닷물이 뚝뚝 떨어졌다.

"네가 여길 팠다고?"

"탑 꼭대기에서 뛰어내려야 할 경우를 대비해서. 자갈 아래에 폭약을 설치했고, 음… 우리가 떨어지는 동안 그걸 폭파시킨 거야."

"그건 말이 안 돼. 어떻게 떨어지면서…."

세스가 눈을 가늘게 떴다.

"재판관이 여길 발견하기 전에 얼른 피해야 해."

엘리는 머리 위에 난 구멍을 가리켰다. 자갈길 복판에 난 성당의 문 정도로 큰 구멍이었다. 엘리가 세스를 좁고 끈적끈적한 터널로 이끌었다.

"그런데 아까 그 폭죽은 또 뭐야?"

세스가 물었다.

"음, 그건 음…."

"엘리, 너 거짓말하는 거 다 알아. 이거 다 핀이 꾸민 일이지? 왜 자꾸 숨기려는 거야?"

"이봐, 작업장에 돌아가면 다 설명할게. 응?"

엘리는 시간을 벌 수 있길 바랐다. 세스가 미심쩍은 얼굴로 엘리를 쳐다보았다.

"참, 세스! 네가 해냈어. 네가 바다를 컨트롤했어. 정말 대단하더라, 세스."

엘리가 말을 돌리며 큰소리로 외쳤다.

세스는 뒤통수를 긁으며 얼굴을 찌푸렸다.

"대단하지 않았어. 난 죽을 뻔 했다고. 집중하지도 못 했어. 난 그저… 분노에 사로잡혀 있었어. 완전히 혼자 물에 빠져죽기 직전이었지. 널 보기 전까지는."

세스는 엘리 쪽으로 고개를 돌렸다. 엘리가 발가락을 꼼지락거리고 있었다. 엘리의 얼굴이 달아올랐다.

"오, 그래. 섬광탄이 제대로 터져줘서 다행이었지. 자, 이제 움직이자. 서둘러야 해."

엘리가 기침을 하며 목을 가다듬었다.

엘리는 주머니에서 작은 금속 성냥갑을 찾아 성냥을 벽에 힘차게 그었다. 성냥 머리에서 불꽃이 일며 터널 안이 옅은 오렌지 빛으로 밝혀졌다. 엘리가 앞장을 섰다. 머지 않은 곳에서 세찬 물소리가 들렸다.

"이리로 쭉 가면 하수도 출구가 나올 거야. 내 두 번째 작업장이 그 근처야. 거기서 고아원 거리로 가는 길을 알아."

엘리가 주머니에서 나침반을 꺼내 눈을 가늘게 뜨고 보았다.

"두 번째 작업장도 있어?"

세스가 미끈거리는 계단을 내려오며 물었다.

엘리는 고개를 끄덕였다.

"바다 바로 옆에 숨겨져 있어. 작년에 안나랑 같이 만들었어. 거기서 잠수함 개발을 시작할 수 있었지. 물 아래로 가는 배야."

"잠수함은 나도 알아."

하수도에서 길을 찾는 일은 녹록치 않았다. 사실 찾을 길조차 없었다. 돌덩이와 녹슨 금속이 뒹구는 구불구불한 미로일 뿐이었다. 하수 옆으로 걸을 수 있는 곳은 몇 군데 없었다. 그마저도 몸을 구부려야만 통과할 수 있었다. 사방에서 악취가 풍겼다. 옷뿐 아니라 머리카락과 살갗에도 악취가 스미는 것 같았다.

한참을 걸은 후 엘리와 세스는 훨씬 큰 터널로 들어가게 되었다. 엘리는 새 성냥에 불을 붙여 높이 들었다.

"여긴 하수도가 아니라 꼭 지하 감옥 같아."

세스가 주변을 둘러보며 말했다.

"지하 감옥 맞아. 이건 모두 대홍수의 날 이전에 죽은 사람들의 무덤이야. 하수도는 지하 감옥을 둘러싼 채로 지어졌지."

하수가 이끼 낀 오래된 무덤 사이로 무심히 흘렀다.

둘은 지하 감옥에서 오래된 연장통과 두들겨 편 구리로 만든 헬멧, 곰팡이 핀 누더기 수준의 스웨터를 발견했다. 연장통 안에 운 좋게도 녹슨 램프가 들어 있었다. 엘리는 주머니에서 고래 기름통을 꺼내 램프에 부웠다. 연장통의 주인에게 무슨 일이 있었던 건지 궁금했지만 지체할 수 없었다.

엘리와 세스는 계속 걸어 한때 부유한 집안의 저택이었던 것으로 보이는 집으로 들어갔다. 대홍수의 날이 오기 전, 사람들은 길이 아닌 곳에 길을 내려고 안달이었다. 결국 모두가 묻히고 잊혔다. 엘리와 세스는 거대한 대리석 계단을 오르고 음침한 와인 저장고를 바삐 통과했다. 둘은 거실로 보이는 넓은 공간 앞에서 멈춰섰다. 바닥에 범고래의 유해가 널브러져 있었다. 범고래가 어떻게 이곳까지 들어왔는지는 전혀 알 수 없었다. 잠시 후 세스가 방대한 크기의 벽화를 가리켰다. 마치 오래된 성당에 걸려있을 법한 그림이었다.

"저게 뭐지?"

세스가 말했다.

엘리가 램프를 높이 들어 벽화를 비췄다. 눈밭에 죽은 채 누워 있는 커다란 늑대가 중앙에 보였다. 늑대는 털이 희끗희끗했고 늙어 보였다. 벌어진 입 속의 이는 닳거나 깨져 있었다.

벽화 한쪽에는 몸에서 빛을 뿜는 여자가 보였다.

백 명 정도 되어 보이는 사람과 동물도 둥글게 모여 있었는데 보아하니 여자를 맞이하고 있는 듯 했다. 사람들은 동물의 털과 깃털로 지은

199

옷을 입었고, 곰과 독수리, 뱀, 염소가 여자에게 절을 했다. 여자의 머리 둘레에는 후광이 비쳤고, 모인 사람과 동물 중에서도 몇몇은 머리 둘레가 환했다.

"왜 누군 후광이 있고 누군 없지?"

세스가 물었다.

"나도 모르겠어."

엘리가 그림에 얼굴을 바싹 갖다 대었다. 여자 얼굴의 붓질이 섬세했다. 색이 바랜 걸로 보아 아주 오래된 그림 같았다. 하지만 여자의 강렬하고 열정적인 눈빛과 살짝 띤 미소는 수세기가 지나도 생생했다.

"대홍수가 있기 전 그림 같아. 성당에서 이런 그림은 한 번도 본 적 없거든. 후광을 두른 사람은 성인이야. 그런데 동물이 후광을 두른 건 무슨 의미일까?"

엘리가 고개를 갸웃했다.

그러고는 까만 갈기에 금박으로 후광이 둘린 회색 말을 자세히 관찰했다. 그때 멀리서 덜거덕거리는 소리가 하수도 터널을 울리며 들려왔다.

"가자. 빨리 여길 빠져나가는 게 좋겠어."

엘리가 속삭였다.

세스는 앞으로 걸어가면서도 그림에서 눈을 떼지 못 했다. 벽화가 어둠 속으로 사라질 때까지 뒤돌아보며 걸었다.

곧 하수도는 위로 꺾이면서 비좁아졌다. 어디선가 물 떨어지는 소리가 들렸다.

"네 두 번째 작업장이 설마 하수도 안에 있는 건 아니겠지?"

세스가 조심스럽게 물었다.

"맞아. 하수도와 연결되는 건 맞지만 하수가 통과하는 곳은 아냐."

엘리가 기막혀하는 세스의 표정을 보며 덧붙였다.

"냄새가 나거나 하지도 않아."

세스는 미심쩍은 표정을 지었다. 위쪽 터널로 올라서자 하수도는 다시 널찍해졌다. 선선한 바람이 코끝을 스치고 파도가 철썩이는 소리가 들렸다. 마침내 녹슨 철문이 보였다. 철문을 넘자 바다에 반사된 흐릿한 햇살에 눈이 부셔 눈을 제대로 뜰 수 없었다.

둘은 소금과 미역의 짭짤한 냄새가 훅 끼치는 작고 음침한 건물로 들어갔다. 그래도 하수도보다는 훨씬 산뜻했다. 석회석으로 된 높은 천장에는 긴 종유석이 매달렸고, 한쪽 벽의 바닥은 완전히 무너져 내려 바다 쪽으로 가파르게 기울었다. 다른 쪽에는 공구 더미와 금속 조각으로 둘러싸인 작업대가 네 대 놓여 있었다.

"여기서도 정리는 안 하는구나?"

세스가 말했다. 엘리는 세스를 노려보다 바위 위에 풀썩 주저앉았다. 젖은 옷이 몸에 달라붙었지만, 너무 지친 나머지 신경 쓸 여력이 없었다. 엘리는 세스가 작업장을 둘러보는 것을 가만히 지켜보았다. 세스는 잠시 멈춰 서서 바다를 바라보다 아래쪽을 힐끗 보았다.

낮은 부둣가에는 나무다리 위에 크기가 수레만한 투박하게 생긴 배가 한 척 놓여 있었다. 모양이 마치 가죽과 금속으로 만든 거대한 거북 같았다. 앞쪽에는 커다란 프로펠러가 달렸고 방향 조절 장치가 뒤쪽에서

부터 연결되어 있었다.

"잠수함이구나. 작동하니?"

세스가 물었다.

"아니."

"왜 안 돼?"

"물속으로 계속 가라앉기만 해."

세스의 어깨가 축 처졌다.

"지금 고치는 중이야. 네가 잘 모를까봐 하는 얘긴데 네 안전을 지킬 방법을 연구하느라 좀 바빴어."

엘리가 뾰로통하게 말했다.

엘리는 인상을 쓴 채로 잠수함을 조금 더 살펴보았다. 처음에는 동생에게 바다를 보여주고 싶어서 구상한 잠수함이었다. 하지만 엘리의 수많은 발명품이 그렇듯 잠수함도 망가진 채 방치되었다. 안나에게 몇 번이나 고치겠다고 약속했지만….

안나!

뱀 탑 옆 나무다리에서 정신없이 탈출하면서 안나를 완전히 잊었다. 엘리는 안나가 무사한지 확인하기 위해 고아원 거리로 가야 했다.

"우리 가야 해."

엘리가 바닥에서 벌떡 일어섰다. 세스는 물건이 꽉 찬 찬장을 들여다보고 있었다. 세스가 찬장을 향해 손을 뻗었다.

"세스, 안 돼!"

엘리가 소리쳤다.

하지만 찬장 문이 열리면서 백 가지도 넘는 물건들이 바닥으로 쏟아졌다.

"이런, 이것들이 여기 다 들어가 있었다니. 미안, 그게 아니라⋯."

"틀린 말 아니지, 뭐."

엘리는 얼굴이 벌개진 채로 무릎을 꿇고 물건들을 한 데로 모았다. 엄마의 자화상 액자와 곰인형 그리고 동생이 쓰던 담요. 엘리는 잠시 숨을 멈췄다. 그리고 물건들은 다시 얼른 찬장에 넣었다.

"이걸 빠트렸어."

세스가 옆에 떨어진 얇은 책 한 권을 주웠다.

"이리로 줄래?"

엘리의 목소리가 잠겼다.

세스는 책등에 적힌 제목을 손가락으로 훑다가 얼굴을 찌푸렸다.

"이 이름 들어본 적 있어. 전에 재판소로 끌려갔을 때 재판관들이 말했어."

"그 책 재미없어. 아마 읽다가 덮어버릴걸? 차라리 이런 책들이 나을 거야."

엘리가 책을 찾으러 작업대 쪽으로 향했다.

"그런데 이 사람이 누구야?"

세스가 책을 들었다.

〈클로드 헤스터메이어의 일기〉

203

엘리는 입이 바짝 말랐다.

"그 책 재미없다니까…."

"엘리."

엘리는 한숨을 쉬었다.

"그래, 알았어. 클로드 헤스터메이어는 화신이었어. 마지막으로 발견된 화신. 이십삼 년 전에 악마가 그의 몸을 찢고 나와 하그레스 재판관의 팔을 뜯어버렸지."

하그레스의 방문

하수도를 돌아 한 시간 쯤 걸려 고아원 거리에 도착했다. 엘리가 나침반을 보느라 안간힘을 쓰는 동안 세스는 흐릿한 램프 불빛으로 헤스터메이어의 일기를 읽었다. 세스는 엘리보다 시력이 훨씬 좋은 것 같았다.

"그런데 화신의 일기는 어떻게 갖게 된 거야?"

세스가 물었다.

"뭐? 아, 그거 원본은 아냐. 헤스터메이어가 죽은 후, 그의 동료 교수들이 몇 부를 더 인쇄했는데 재판관들이 알고서 몰수해버렸지. 재판관들은 일기를 악마의 소행이라고 여겼거든. 하지만 엄마가 갖고 있는 건 모르고 지나쳤나봐. 나도 엄마가 물려준 책 더미에서 몇 해 전에야 발견했어."

"읽어봤니?"

"물론."

엘리가 침을 한 번 삼키며 말을 이었다.

"그것도 여러 번."

마침내 둘은 곰팡이가 핀 계단으로 들어섰다. 계단을 따라 올라가면 녹슨 철문이 나오고 문을 열면 엘리의 작업장 지하실이었다. 위쪽 작업장에서 쾅쾅 소리가 났다. 잔뜩 화가 난 누군가가 문을 세게 두드리는 것 같았다.

"안나일 거야!"

엘리의 눈이 반짝였다. 엘리는 혹시 안나가 아닐 경우나 안나가 누군가와 함께 왔을 경우를 대비해 세스에게 지하실에 남아 있으라고 손짓했다. 그러고는 작업장으로 잽싸게 올라가 문을 열었다. 안나가 시뻘건 얼굴로 숨을 헐떡이며 뛰어 들어왔다.

"엘리! 너 괜찮니!"

안나가 엘리를 꽉 껴안았다. 엘리의 몸은 여전히 축축했다. 엘리가 신발과 양말을 벗었다. 안나가 코를 찡그렸다.

"이 지독한 냄새는 뭐야?"

"하수도에 숨어 있었거든."

엘리가 말했다. 숨어있던 세스가 슬그머니 모습을 드러냈다.

"너!"

안나가 세스에게 성큼성큼 다가갔다. 세스는 안나를 경계하며 몸을 움츠렸다. 하지만 세스의 눈이 금세 휘둥그레졌다. 안나가 세스를 안은 것이다.

"네가 우릴 구했어. 이 괴짜 같은 녀석!"

안나가 활짝 웃었다.

"웩, 너도 냄새가 지독하구나."

안나는 코를 잡으며 계속 말을 이었다.

"엘리, 그 뒤로 어떻게 됐어? 우리가 헤어지고 나서 말이야."

"세스를 데리고 도망쳤어. 하마터면 세스는 그대로 쓰러져 재판관에게 잡힐 뻔 했어."

"아, 나도 도울 수 있었는데."

안나가 입술을 깨물었다.

"아니, 너무 위험했어."

엘리는 고개를 저었다.

"그럼… 그 불은 어떻게 시작된 건지 알아?"

안나의 목소리가 가라앉았다.

"나도 모르겠어."

"하지만 처음 다리 위에서 넌 나에게 위험하다고 소리를 질렀어. 꼭 위험한 일이 벌어질 걸 알았던 것처럼."

"아니, 난 그저…."

엘리는 얼버무리며 안나를 가만히 쳐다보았다.

안나가 한숨을 쉬었다.

"왜 숨기려는 거야?"

엘리는 안나의 차분한 목소리에 오히려 겁이 났다. 안나는 소리를 지르거나 울지 않으려고 애쓰고 있었다. 안나의 뺨이 붉게 달아올랐다.

"넌 항상 나에게 뭔가를 숨기고 있어."

안나가 말했다.

"숨기긴 뭘 숨긴다는 거야?"

엘리의 목소리가 높아졌다. 겨우 목숨을 건져 돌아왔는데 안나는 왜 이렇게 까다롭게 굴까?

"난 그저 네가 혹시나 위험할까봐 그런 것뿐이었어."

"왜 그렇게 내가 위험해질까봐 걱정인 거니?"

안나가 엘리의 옷소매를 잡았다.

"내가 널 찾지 않았다면 넌 다리 위에서 불길에 휩싸일 수도 있었어."

엘리가 안나의 손을 뿌리쳤다.

"그건 너도 마찬가지잖아. 우리 둘 다 위험했다고. 그리고 그 상황에서 날 구한 건 네가 아니라 쟤야. 나도 도움이 되고 싶어. 도움을 받기만 하는 건 싫어."

안나가 세스를 가리켰다.

"아니, 널 돕는 게 내 일이야."

엘리는 단호했다.

"아니, 절대. 난 네 동생이 아냐."

안나가 한숨을 쉬며 목소리를 낮췄다.

엘리의 가슴속에서 뜨거운 것이 울컥 치밀었다.

"나가."

엘리가 날카롭게 말했다. 온몸이 떨리고 있었다. 안나는 뒷걸음질 쳤다.

"네 도움 따위 필요 없어. 당장 나가!"

안나는 이마에 주름이 질 정도로 얼굴을 찡그리며 입을 쩍 벌렸다.

"하지만… 하지만 나는….'

떨리는 눈으로 엘리를 보던 안나는 뭔가를 결심한 것 같았다. 눈이 툭 불거지고 입술이 비죽거렸다.

"그래, 좋아.'

안나가 얼굴을 손으로 감싼 채 작업장에서 뚜벅뚜벅 걸어 나갔다.

엘리는 따라가서 문을 잠갔다. 그러고는 휘청거리며 돌아와 작업대 위에 푹 쓰러졌다. 이마를 작업대에 쿵 박았다.

"엘리.'

세스가 심각한 얼굴로 다가왔다.

"아무 말도 하고 싶지 않아.'

엘리가 차갑게 말했다. 엘리는 완전히 지쳤다. 누군가 머리에 구멍을 내 에너지를 다 뽑아버린 느낌이었다. 엘리는 바닥에 털썩 드러누웠다.

"핀이 불을 질렀지?'

세스가 말했다.

"지금은 아무 말도 하고 싶지 않다고!"

문이 덜컹거렸다. 익숙하지 않은 노크 소리였다. 엘리는 뒷목의 털이 쭈뼛 섰다. 세스는 서재에 숨고 엘리가 조심스럽게 문으로 향했다.

"랭커스터.'

문 밖에서 굵은 목소리가 들려왔다.

엘리는 속이 울렁거렸다. 하그레스 재판관이었다. 숨을 죽이고 서서 하그레스가 그냥 돌아가기를 빌었다.

"안에 있는 거 안다, 엘리. 내 손에 도끼가 들려 있구나. 휘두르지 않게 해주기 바란다."

엘리는 뻔한 협박에 눈을 흘겼다. 요즘 누가 도끼를 들고 다니나?

그때 퍽 하는 소리와 함께 번득이는 도끼날이 문을 부수고 삐죽이 들어왔다. 나무 문의 파편이 사방에 튀었다.

"알았어요. 알았어요!"

엘리가 빗장을 풀고 문을 열었다.

하그레스 재판관이 문 앞에 우두커니 서 있었다. 검정 머리는 가르마가 말쑥하게 드러나 있었다. 좀비 같은 표정으로 엘리를 쏘아보았다.

"옷이 다 젖었군."

하그레스가 작업장 안으로 들어서며 말했다. 도끼를 내려놓고 작업대에서 현미경을 집어 이리저리 돌려보았다.

"이건 뭐에 쓰는 거냐?"

"돋보기 같은 거예요. 성능이 엄청나게 좋은 돋보기요. 바다에 사는 미세한 생물들까지 관찰할 수 있죠."

엘리가 퉁명스럽게 말했다.

하그레스는 픽 웃으며 현미경을 작업대에 아무렇게나 툭 던졌다. 현미경은 위태롭게 흔들리다 쓰러졌다.

"무슨 일로 오셨어요?"

엘리의 말에 대답도 않은 채 하그레스는 작업대 위에서 바퀴가 달린 폭약 장치를 집었다. 손 위에 올려 무게를 가늠하고는 다시 내려놓았다.

"네 엄마를 만나본 적 있어. 좋은 여자였지. 머리회전이 빨랐어. 대단

했지. 저 돋보기인지 뭔지는 네가 만들었냐?"

하그레스가 무심히 말을 던졌다.

"아니요, 엄마가요."

"그랬겠지. 괜한 질문을 했군."

하그레스가 마룻바닥을 내려다보며 고개를 끄덕였다. 그의 시선이 천천히 엘리에게로 옮겨갔다.

"왜 네게 하수구 냄새가 이렇게 진동하지?"

"배수 장치를 수리하고 왔어요. 성 엡스타인 첨탑 아래 배수 장치가 또 말썽을 일으켰거든요."

하그레스가 턱을 문지르며 지하실 쪽을 가리켰다.

"저 쪽으로 돌아왔느냐?"

"네?"

엘리의 몸이 굳었다.

"젖은 발자국이군. 두 사람의 것이야."

하그레스가 바닥을 가리켰다.

"아까… 조금 전까지 안나랑 같이 있었어요. 제 가장 친한 친구 안나요."

하그레스가 엘리를 빤히 보았다. 엘리는 눈동자가 흔들리지 않도록 힘을 주었다. 하지만 온몸이 떨리고 있었다.

"그 놈은 어디 있느냐?"

"그 놈이라니 누구요?"

하그레스가 지하실로 향하는 문을 열어젖혔다. 어둠 속을 노려보았다. 엘리는 세스가 아침에 매트리스를 숨겼기를 간절히 빌었다. 하그레스가 문을 닫고 다시 엘리를 보았다. 작업장은 숨이 막힐 듯한 적막으로 가득 찼다.

"엘리, 잘 들어라. 네가 그를 숨기고 있든 아니든 그는 죽는다. 재판관의 손에 죽든 그에게 기생하는 놈에게 죽든. 그를 돕는다면 넌 파멸을 자초하는 거야."

엘리의 얼굴이 시뻘겋게 달아올랐다. 꿀꺽 마른침을 삼켰다.

하그레스가 무릎을 꿇고 표정이 없는 얼굴을 엘리에게 바짝 갖다 댔다.

"전에도 경고했지. 넌 지금 누굴 상대하는지 모른다. 나도 한때는 너같았어. 미숙하고 아무것도 겁내지 않았지. 어리석었어. 동화에 나오는 영웅이나 된 줄 착각했다. 성 앙겔로스 시계탑 꼭대기까지 한달음에 올라갔어. 악마와 맞장 뜰 날을 고대했으니까. 하지만 내가 맞닥뜨린 건 악마가 아니라 클로드 헤스터메이어였어. 몹시 지쳐있던 클로드. 비쩍 말라버린 그는 무척… 애처로워 보였다. 그리고 그때…."

하그레스가 손가락을 딱 소리나게 꺾었다.

"그의 몸이 산산조각 났어. 어떤 기미도 없이 갑자기. 피부와 살덩이가 찢기고 그의 몸은 완전히 갈기갈기 조각나… 버려졌다. 바람에 뒹구는 넝마처럼. 그리고 그것이 나타났어. 그것이 그 소년의 몸 안에도 사는 거야. 자신을 드러낼 날을 기다리며 점점 강해지고 있지. 그날의 끔찍함을 너는 상상도 못 할 거다."

하그레스는 그날로 돌아간 것 같았다. 손을 떨고 눈을 깜빡거렸다. 눈앞에서 그날의 기억이 재생되기라도 하는 듯 했다. 괴성을 지르며 눈을 질끈 감았다. 다시 눈을 떴을 땐 두 눈이 벌겋게 충혈 되어 있었다. 하그레스가 몸을 돌려 외투에서 펄럭이는 텅 빈 왼팔 소매를 꺼내 보여주었다.

"엘리, 너는 그런 순간을 마주하지 않길 바란다. 그러니 말해다오. 그 아이는 어디 있느냐?"

"몰라요. 모른다고 했잖아요."

하그레스가 엘리의 표정을 골똘히 살폈다.

"그 아이를 설득할 수 있는 사람은 너밖에 없어. 성 바르톨로뮤 성당 지붕에서 일어난 일을 보았다. 도시를 위해 결심해다오. 그에게 자수하라고 설득할 수도 있을 거다."

"그 아이가 재판소에 잡혀간 이후로는 본 적 없어요."

"그래? 그렇다면 조금 전 뱀 탑에서 도망친 아이가 왜 너와 인상착의가 일치하는지 설명할 수 있느냐? 화신이 마지막으로 목격된 장소에서 왜 이게 발견되었는지도."

하그레스가 주머니에서 바퀴가 달린 작은 폭약 장치를 꺼내 작업대 위 똑같이 생긴 복제품 옆에 나란히 놓았다. 엘리의 몸이 부르르 떨렸다.

'왜 폭발하지 않았지?'

"사흘 주겠다. 사흘 뒤 정오까지 내게 화신을 데려와라. 아니면 나를 화신에게 데려가든지. 대가로 너의 이름을 대재판관에게 언급 않으마. 너는 어떤 구속도 없이 지금과 똑같이 살 수 있을 거야. 화신은 재판소로 넘기겠다. 필요하다면 내가 직접 처치하겠지만. 그리고 그렇게 되면…."

하그레스가 깊은 숨을 들이쉬며 먼 곳을 바라보았다. 그의 눈빛이 이글이글 불타올랐다.

"사람들은 내 이름, 킬리안 하그레스를 칭송할 것이다. 도시의 수호자, 악의 파괴자. 그들은 나를 영웅이라 부를 것이다."

"사람들은 이미 당신을 영웅이라 부르고 있어요."

엘리가 쌀쌀맞게 말했다.

하그레스는 생각에 잠겼다. 이윽고 엘리를 향해 고개를 들었다.

"만약 그를 데려오지 않는다면, 화신이 사라진 현장에서 발견한 이… 장난감을 대재판관에게 알릴 수밖에 없어. 넌 체포당할 거고 작업장도 끝장 날 테지. 네가 아는 것을 다 털어놓을 때까지 네 삶은 견딜 수 없는 지옥이 될 거다. 그리고 사태가 수습이 되면 넌 죄에 합당한 대가를 받겠지. 처형을 당할 거야. 네 어머니의 전설은…."

하그레스가 작업대에서 현미경을 집었다.

"아무것도 아닌 게 될 거다."

그러고는 바닥에 떨어뜨렸다. 하그레스는 현미경을 시커먼 군화로 밟고 지나갔다. 금속과 유리가 산산조각 났다.

"좋은 하루 보내라, 랭커스터."

하그레스가 고개를 까딱하고 작업장 밖으로 저벅저벅 걸어 나갔다.

엘리는 깨진 현미경 조각을 멍하게 바라보았다.

"이게 터졌어야 하는데. 왜 터지지 않았지?"

엘리는 얼이 빠진 표정이었다.

"엘리, 너 괜찮아?"

세스가 서재에서 풀쩍 뛰어내렸다.

"괜찮아."

엘리의 목소리가 다른 사람 같았다. 온몸이 식은땀으로 범벅이 되었다.

"정말 괜찮아?"

엘리는 다리를 절뚝거리며 작업대로 겨우 걸어갔다. 다리가 납덩이처럼 무거웠다. 작업대에 한쪽 뺨을 대고 앉았다.

"응, 괜찮아."

엘리는 세스를 흘깃 보았다. 세스가 고개를 한쪽으로 젖힌 채 엘리를 내려다보고 있었다.

"괜찮지 않아."

엘리가 조용히 말했다.

세스는 입술을 깨물었다.

"엘리, 해결해보자. 원래 계획으로 돌아가서 진짜 화신을 찾자. 핀이 도울 수…."

세스가 입을 다물더니 잠시 그대로 얼어붙은 듯이 멈췄다. 엘리는 불안한 표정으로 세스를 보며 자세를 고쳐 앉았다.

"왜 그래?"

"핀 말이야."

세스가 엘리를 똑바로 보았다.

"핀이 뭐?"

엘리는 마른침을 삼켰다.

"핀은 왜 너를 그렇게 도와주려는 거야? 왜 넌 핀에게 그렇게 중요한 거야?"

"그건… 그건 좀 복잡해."

세스가 헤스터메이어의 일기를 들었다.

"핀이 했던 일들. 날 장작더미에서 구한 일과 뱀 탑에서 뛰어내렸을 때 길을 폭파시켜 우리를 구한 일. 이건 사람이 할 수 있는 게 아냐. 이 책에서 비슷한 걸 읽었어. 헤스터메이어가 소원을 빌면 불가능한 일이 일어났어."

세스가 헤스터메이어의 일기를 손으로 쓸어내렸다.

살을 에는 듯한 고통이 엘리의 가슴을 파고들었다. 엘리는 바닥에 쓰러졌다. 세스가 엘리의 옆에 무릎을 꿇고 앉았다. 엘리는 호되게 앓으리라는 걸 직감적으로 알았다.

"넌 내가 화신이 아니라고 하지만 그걸 네가 어떻게 아는지는 말한 적 없어. 네가 확신할 수 있는 방법은 단 하나야. 진짜 화신이 누구인지 아는 것. 엘리, 핀이 화신이니?"

엘리가 세스의 표정을 못 보겠다는 듯 눈을 감았다. 그리고 세스의 손을 잡았다. 대답을 마쳤을 때 세스가 손을 뿌리치지 않길 마음속으로 빌었다.

"아니, 핀은 악마야. 내가 화신이야."

화신

엘리의 말이 허공을 맴돌았다. 몇 분이 그대로 지나갔다. 어쩌면 몇 십 분. 시간이 멈춘 듯한 거대하고 숨 막히는 정적이 작업장을 가득 메웠다. 마침내 진실을 털어놓은 엘리는 어쩐지 세상이 바뀐 것 같았다.

세스의 손을 놓고 일어나 비틀비틀 걸으며 물을 마시려고 싱크대로 향했다.

"네가 화신이라고."

세스가 말했다. 질문은 아니었다.

엘리는 손이 떨려서 양 손으로 컵을 잡고 물을 마셔야 했다. 아무에게 도 말한 적 없었다. 단 한 번도. 거울 앞에서조차 입 밖으로 꺼내지 않은 말이었다.

"말하지 말 걸 그랬어."

엘리가 물을 홀짝이다 컵을 내려놓았다. 물로는 갈증이 해결되지 않앉다. 마음이 불안으로 요동쳤다. 세스의 표정에서 무엇을 읽게 될지 두려웠다.

"너에게 말하는 게 아니었는데."

"왜?"

"왜냐고? 나는 악이니까."

"넌 악이 아냐."

"농담해?"

엘리가 노려보았다. 세스는 한 걸음 가까이 다가왔다. 엘리가 움찔하며 손에 얼굴을 파묻었다. 자신이 누구인지 아는 사람의 시선은 처음이었다. 세스의 시선이 닿는 곳마다 신경이 곤두섰다.

세스는 생각에 잠겼다.

"넌 악마에게 성 에프램 광장의 장작더미에서 날 구해달라고 부탁했어. 그 후 악마는 뱀 탑 옆 출렁다리에서 불을 질러 안나를 죽이려고 했지. 우리가 뱀 탑에서 뛰어내릴 때 넌 우리를 구해달라고 다시 소원을 빌었어. 악마는 길에 구멍을 내서 도왔지."

"그래, 이제 악마가 자기 소원을 실행할 차례야. 모르지. 지금 어느 건물 꼭대기에서 누군가를 집어던지고 있을지."

"언제부터였어? 언제 처음으로 악마를 보았어?"

세스가 나지막이 물었다.

"삼 년 전. 외출했다가 작업장에 돌아왔는데 악마가 있었어. 처음에는 그리 나쁘지 않았어."

"나쁘지 않았다고?"

세스는 숨이 턱 막혔다.

"외로웠거든. 동생이 막 세상을 떠났을 무렵이니까. 같이 이야기 나눌 수 있어 좋았어. 악마가 작업장 일을 도와주기도 했지."

"삼 년 동안 비밀을 간직하느라 힘들었겠다."

엘리가 고개를 끄덕였다.

"그런데… 넌 그렇게 보이지 않아."

"화신처럼 보이지 않는다고?"

엘리가 가냘프게 웃으며 말을 이었다.

"핼쑥해지고 금세 지치고 쉽게 긁히고 멍드는 그런 것?"

엘리는 외투 소매를 걷어 세스 앞에 팔을 내밀었다. 팔은 온통 상처와 딱지 투성이였다. 군데군데 보라색 멍도 보였다. 소매를 내리며 옷감이 살갗을 쓸어내릴 때 움찔하기까지 했다.

"다행히 아직 머리는 안 빠져. 그럼… 이제 재판소에 가서 날 고발할 거니?"

"아니, 내가 왜?"

세스가 미간을 찌푸렸다.

"진짜 화신이잖아. 세스, 이건 물고기를 훔치거나 고양이에게 돌을 던지는 것과 달라. 내 안에 악마가 사는 거야. 재판관들이 나의 실체를 안다면 난 바로 목숨을 잃겠지. 온 도시가 나의 처형을 열렬히 바랄 거야. 넌 이해하지 못 하겠지."

"이해해. 사람들이 날 죽이라고 목에 핏대를 세우며 부르짖는 걸 봤잖아."

세스는 씁쓸하게 웃었다.

엘리가 세스를 보았다. 엘리는 가슴 속에 작은 씨앗 하나가 툭 떨어져 벌어진 것 같았다. 어쩌면 세스는 이해할 지도 모른다.

"난 진작 목숨을 잃었을 거야. 네가 구하지 않았다면. 몇 번이고 날 구해주지 않았다면."

세스가 말했다.

"지금까지는 널 구할 수 있었지만 이제는 몰라. 핀은 자기 소원을 이룰 기회가 남았고, 절대 그 기회를 낭비하지 않을 거야."

엘리가 이를 꽉 깨물며 말을 이었다.

"지난 일 년은 핀에게 어떤 소원도 빌지 않았어. 무려 일 년을 아무것도 바라지 않았어."

"그럼 그 전에는 어떤 부탁을 했는데?"

엘리는 작업장을 둘러보았다.

"어처구니없는 것들. 엄마가 발명한 기계들을 고치는 것? 뭔가가 망가지면 핀이 손봐주었지. 기계 주인들은 흡족해했어. 그런데 몇 주 후에 핀이 그 기계를 다시 망가뜨렸어. 그게 핀의 바람이었던 거야. 나는 사람들에게 점점 신뢰를 잃었어. 기술이 형편없다고 욕을 먹었지. 하지만 내 기술만으로는 고칠 수 없었어. 난 엄마만큼 똑똑하지 않으니까."

"엘리, 넌 잠수함도 만들었어."

"그냥 가라앉는 것뿐이야. 배는 구멍을 내면 대부분 그렇게 가라앉아. 난 엉터리야."

엘리가 고개를 저었다.

"하지만 넌 화신으로 삼 년을 버텼어. 헤스터메이어는 석 달도 채 못 살았다는데. 그렇다고 네가 지금 위태로워 보이지도 않아."

세스는 헤스터메이어의 일기를 가리켰다.

"지금은 그럴지 몰라도 앞으로는 다를 거야. 핀에게 도움을 요청할 때마다 내 몸이 쇠약해지니까. 핀은 점점 강해지고 있어. 이제 곧…."

엘리가 가슴에 손을 얹었다. 머리가 어지럽고 몸이 부서질 것 같았다. 휘청거리며 침실로 향했다.

"좀 누워야겠어. 들어와도 돼. 이제 숨길 것도 없으니."

엘리가 문을 열고 침실로 들어갔다. 세스가 따라 들어갔다.

방은 휑했다. 장식 없는 침대와 연필과 연필 깎고 남은 부스러기, 작은 양초가 놓인 널빤지가 다였다. 천장까지 이어진 딱 하나 있는 창문은 판자가 아무렇게나 덧대어졌다. 벽에도 판자가 붙어 있었다. 방에서 보이는 색이라곤 구석에 뒹구는 언제 벗어놓았는지 모를 빨강 양말 한 짝뿐이었다.

세스가 방을 이리저리 둘러보았다.

"이건 누구…, 아니 이게 다 뭐야?"

최소 삼백 장은 되어 보이는 흑백 스케치가 벽에 붙어 있었다. 나무나 잉크, 목탄으로 그린 그림이었다. 삼백 개의 얼굴, 삼백 명의 소년. 그림은 저마다 조금씩 달랐다. 이 그림에서는 코가 휘었고 저 그림에서는 뺨에 주근깨가 가득했다. 머리가 찰랑거리거나 엉켰고 턱에 보조개가 있거나 수두 자국이 있었다.

"내 동생이야."

221

엘리가 침대에 털썩 주저앉았다.

"전부?"

의아한 표정을 짓던 세스는 이내 고개를 끄덕이며 말을 이었다.

"동생의 얼굴을 기억해내려고 그러는 거구나."

"하지만 더는 도무지 기억이 안 나."

엘리가 울먹였다. 엘리는 수백 장의 그림이 섬뜩할 때도 있었다. 하지만 단 한 장도 버릴 수 없었다.

"무섭지? 이게 화신의 방이야. 진짜 화신."

"전혀."

"그래?"

엘리가 팔짱을 꼈다.

"세스, 그러지 않는 게 좋을걸? 그래, 넌 아직 잘 모르겠지. 도시에 온 지 며칠 지나지 않았으니. 이게 얼마나 심각한 일인지 알 수 없을 거야."

세스의 얼굴이 굳었다.

"난 철창에 갇혀 산 채로 불 타 죽을 뻔 했어. 화신의 의미가 얼마나 심각한 것인지 알아."

"그럼 왜 날 두려워하지 않는 거야! 넌 날 두려워해야 해. 난 위험해. 세스, 난 괴물이야."

엘리가 머리카락을 손으로 헝클어뜨렸다.

세스가 벽에 기대어 섰다. 엘리는 세스의 차분한 모습에 화가 치밀어 올랐다.

"엘리, 넌 이 도시에서 날 살리려고 한 유일한 사람이야."

세스가 조용히 말했다.

"안나는?"

"오, 안나는 날 죽이고 싶어 해. 틀림없지. 성당에서 같이 돌아오는 길에 내내 자기가 기르는 독초에 대해 떠들었어. 내 아침식사가 되지 않길 바란다면서."

그때 엘리의 마음속에 꽃이 한 송이 피어나는 것 같았다. 모래밭에서 싹을 틔운 푸른 꽃. 엘리는 완전히 지쳤지만 마음 가득 안도를 느꼈다. 세스는 이해했다. 진심이었다. 그리고 세스가 지금 옆에 있었다.

"엘리, 그래서 날 구해준 거야? 내가 화신이 아니라는 걸 아니까?"

"어느 정도는. 미안하지만 난 네가 누구인지 알기 위해 더 연구해야 했어. 그리고 핀이 네게 무슨 짓을 할지 두려웠어."

세스는 고양이처럼 서성거리다 침대 위에 놓인 스패너를 치우고 엘리 옆에 앉았다.

"엘리, 우리가 할 수 있는 일이 있을 거야."

"그래. 악마가 내 몸을 찢고 나가기 전에 자수하려고."

"하지만 네가 처형당해도 악마는 새로운 화신을 찾아 나설 거야."

"결국은 그러겠지. 하지만 내가 달리 뭘 할 수 있겠어? 내가 자수하지 않으면 재판관들은 널 쫓을 텐데."

"엘리, 넌 영리한 아이야. 악마를 이길 방법을 알아낼 수 있어."

엘리는 코웃음 쳤다.

"세스, 헤스터메이어도 악마를 막지 못 했어. 아니 그 이전의 어떤 화신도. 그들은 대부분 어른이었는데도 말이야. 모든 화신이 끔찍한 최후를 맞았어. 악마에게서든 재판관에게서든."

"하지만 네겐 헤스터메이어의 일기가 있어. 그가 했던 실수를 되풀이하지 않을 수 있어. 내가 도울게. 안나도 널 도울 수 있을 거야."

"아니, 안나는 안 돼. 안나가 위험해지는 거 싫어."

엘리가 세차게 고개를 흔들었다.

"엘리, 악마는 오늘 안나를 죽이려고 했어."

세스가 침대에서 내려와 엘리 앞에 쭈그리고 앉아 말을 이었다.

"안나도 진실을 알아야 해."

"어째서?"

"안나는 널 사랑하니까."

엘리가 고개를 돌렸다. 세스에게 무언가 항변하고 싶었지만 아무 말도 나오지 않았다. 고아원에서 열이 펄펄 끓던 엘리를 돌봐주던 안나가 떠올랐다. 안나는 엘리가 방에서 조용히 쉴 수 있도록 동생들을 내쫓고 엘리가 게워낸 것들까지 깨끗이 닦았다.

"말할게. 모든 걸 바로잡아야 할 날이 올 테니까. 하지만 지금은 아냐. 안나를 지키고 싶어."

"안나는 널 돕고 싶어해, 엘리."

엘리가 주먹을 꽉 쥐었다.

"하지만 세스, 너도 봤잖아. 널 화신이라고 생각했을 때 안나가 어땠는지. 만약에… 만약에 안나가 두 번 다시 날 보지 않으려고 하면 어떡해?"

엘리는 웅크리며 두 팔로 다리를 감싸 안았다. 팔 여기저기에 푸른색 페인트가 묻어 있었다. 세스와 그물포를 가지고 놀다가 페인트 통을 넘어뜨렸을 때 튄 자국이었다. 문득 엘리의 마음에 두려움이 엄습했다.

"세스, 넌 날 떠나지 않을 거니?"

엘리가 물었다.

"안 떠나."

"떠나도 이해할 수 있어."

"아무데도 안 가."

세스가 단호하게 말했다.

엘리는 희미하게 웃었다.

"그럼 이제 우리 무엇부터 할까?"

세스가 말했다.

엘리는 잠시 생각에 잠겼다.

"네 말대로 하자. 악마를 막을 방법을 찾자. 그 날이 오기 전에."

엘리가 깊은 숨을 들이마셨다.

"악마가 날 끝장내는 날."

클로드 헤스터메이어의 일기에서

토마스 입에서 나올 말을 가만히 앉아 기다릴 수 없었다. 자리를 박차고 일어나 학교를 빠져나왔다. 그 길로 동료들과 연구와 내 삶을 떠났다.

사랑했던 도시를 정처 없이 걸었다. 장엄한 잿빛 건물과 우뚝 솟은 조각상을 지나며 애써 마음을 가라앉혔다. 바다 냄새가 코끝을 스쳤다. 이름 없는 성인의 시장에서 킬리안 하그레스를 우연히 만났다. 우리는 어린 시절 같은 동네에서 자랐는데 전도유망한 청년으로 성장한 하그레스는 최근 재판관이 되었다. 그는 나에게 저녁 시간 잘 보내라며 인사를 했고 나 역시 간단히 답인사를 했다. 내가 화신이라는 것을 알면 주저 없이 날 잡아가겠지 생각하면서.

그 점에 있어서는 가족도 마찬가지였다. 평생 서로를 껄끄러워하며 모래알처럼 지내온 내 가족은 현상금 앞에서 날 재판소에 넘길 게 분명했다. 난 꼼짝없이 지명수배자 신세로 전락했다.

"어쨌든 아직은 아무도 내가 화신이라는 걸 몰라."

뱀 탑 근처 해안가의 공기가 스산했다.

"그래, 자네의 일기가 세상에 드러나기 전까지는."

악마가 무신경하게 대답했다.

뒷목이 서늘해졌다. 어떻게 일기를 잊을 수 있지?

"안 돼! 일기장을 연구실에 놓고 왔어!"

"오, 이런. 이제는 가지러 갈 수도 없을 텐데."

악마가 안타깝다는 듯 고개를 저었다.

나는 전전긍긍하며 골목을 서성였다. 이대로 손 놓고 있다가는 내 비밀이 온 천하에 드러날 것이다. 당장 막아야 했다.

"자네가 가게."

"진심인가?"

악마가 씩 웃었다.

"그래, 일기를 가져와! 지금 당장!"

"그러지."

악마는 대뜸 등 뒤에서 일기를 꺼냈다.

"받게."

잽싸게 일기장을 낚아채 가슴에 안았다.

"나라면 그렇게 안심하지 않을 거야. 그들은 이미 일기를 읽었거든."

발아래 땅이 꺼진 것처럼 가슴이 울렁거렸다.

"아니… 안 돼. 그럴 수 없어."

"만찬장에 모인 교수들은 금화를 확인하러 자네의 연구실을 찾았어. 그리고 책상 위에서 이 일기를 함께 발견했지. 그렇게 왜 책상 위에 일기를 두었나."

"안 돼. 그럴 수 없어. 아무도 읽어선 안 돼! 내가 화신이라는 걸 그들이 알아선 안 돼!"

나의 절규와 상관없이 어디선가 종이 울리기 시작했다. 도시의 꼭대기. 도시의 가장 높은 곳. 재판소의 종소리였다.

그의 이름

엘리는 고아원 복도를 비틀비틀 걸었다. 외투가 납덩이 두른 듯 무거웠지만, 벗으면 몸이 바스러질 것 같았다. 서 있는 것조차 힘들었다. 그래도 어찌됐건 계속 가야했다. 안나를 만나야 했다.

안나는 통통 부은 눈으로 이를 꽉 문 채 놀이실 안락의자에 앉아 있었다. 다른 아이들은 안나에게서 멀찍이 떨어져 놀았다.

엘리의 다리가 뱀 탑 옆 출렁다리처럼 후들거렸다. 놀이실로 들어가 안락의자 뒤에 가만히 섰다. 안나의 크고 거친 숨소리가 들렸다.

"너랑 할 얘기 없어, 엘리."

안나가 고개도 돌리지 않고 말했다. 목소리가 갈라져 있었다.

"안나, 내가… 그렇게 말해서 미안해."

엘리는 입술이 말라붙었다. 마음속이 온통 뒤죽박죽이었다.

"네가 뭘 숨기는지 몰라도 지쳤어. 날 아이 취급하는 것에 질렸어."

눈물이 안나의 뺨을 타고 흘렀다.

"미안해. 네가 위험해지는 게 싫었어. 왜냐하면…."

엘리가 깊은 숨을 들이마셨다.

"널 사랑하니까, 안나. 넌 내 가장 소중한 친구야."

안나는 여전히 엘리를 보지 않은 채 팔짱을 꼈다.

"난 아냐."

엘리의 가슴이 내려앉았다. 엘리는 안나의 발 옆에 떨어진 장난감 태엽 생쥐를 주워 태엽을 감고는 높이 쳐들었다. 방이 조용해졌다.

"오백 원!"

엘리가 크게 외치며 장난감 생쥐를 멀리 던졌다. 아이들이 우르르 몰려갔다. 놀이실은 온통 쿵쾅거리는 소리와 꽥꽥거리는 소리로 야단법석이었다.

엘리에게는 그 모든 소음이 마음속 저편에서 들려오는 소리처럼 아득했다. 무릎을 꿇고 안나의 손을 꼭 잡았다.

"내가 화신이야."

안나는 눈이 휘둥그레졌다. 울그락불그락하던 얼굴이 잠잠해졌다. 안나는 한참동안 엘리를 보기만 했다. 안나의 손을 잡은 엘리의 손이 떨렸다. 세상에 오직 둘만 남은 것 같았다.

"제발, 제발 무슨 말이든 해줘."

엘리가 속삭였다.

안나는 엘리의 손을 놓았다. 시선도 거두었다. 침을 삼키며 일그러진 얼굴로 고개를 숙인 채 무릎만 내려다보았다. 흐느끼는 소리가 엘리의 가슴을 고통스럽게 파고들었다.

"안나?"

엘리가 나지막이 안나를 불렀다.

방에 침묵이 흘렀다. 지나가던 사감 선생님이 문 옆에 서서 엘리와 안나를 번갈아가며 쳐다보았다.

"무슨 일이니? 왜 그래, 안나?"

선생님이 물었다.

안나는 눈을 깜빡이며 선생님을 쓱 보고는 다시 고개를 숙였다. 꼬마들도 눈을 동그랗게 뜨고 걱정스러운 표정으로 안나의 눈치를 살폈다.

'날 봐줘. 날 한 번만 봐줘.'

엘리가 마음속으로 간절히 말했다.

안나는 눈을 감고 천천히 심호흡을 했다.

그러고는 손을 뻗어 엘리의 손을 잡았다.

"엘리, 아무 상관없어."

엘리가 얼굴을 찡그리며 웃었다. 눈물이 흘러내렸다. 가슴을 짓누르던 무거운 돌이 사라진 것 같았다. 안나의 손이 여름 햇살처럼 따뜻했다.

문득 주위를 둘러보자 꼬마들이 입을 쩍 벌린 채 엘리를 보고 있었다. 엘리는 바닷물에 축축하게 젖은 옷과 울어서 퉁퉁 부은 얼굴, 하수구 냄새 풍기는 자신이 얼마나 이상하게 보일지 깨달았다. 별안간 정신이 번쩍 들었다. 꼬마들이 다 들었으면 어떡하지? 다 알게 됐으면 어쩌지? 엘리는 코트를 주섬주섬 여몄다. 숨소리가 점점 거칠어졌다.

손 하나가 엘리의 팔을 잡았다. 안나가 엘리를 재빨리 놀이실에서 데리고 나왔다. 엘리는 엉거주춤 끌려나왔다.

"가자. 네가 앉아서 조용히 쉴 방을 찾아보자. 빈방이 있을 거야."

안나가 소곤거렸다.

엘리를 데리고 복도를 따라 걸으며 보이는 방마다 문을 열었다. 방 안으로 불쑥 얼굴을 내밀면 웃음이나 짜증 또는 졸음 가득한 볼멘소리 중 하나가 튀어나왔다.

"다들 방에 틀어박혀서 뭐하는 거야!"

안나가 투덜거리며 문을 여는 동안 엘리는 복도를 따라 앞서 걸었다. 그러다 어떤 방 앞에서 걸음이 멈췄다. 뒤편에서는 안나가 방문을 열심히 여닫았다.

"안나, 이브넷이 또 물감을 먹었어! 방금 나한테 딱 걸렸지 뭐야!"

프라이의 목소리였다.

입 안 가득 음식을 물고 말하는 것처럼 누군가 웅얼거렸다. 프라이가 문 밖으로 고개를 내밀었다.

"저기 봐. 엘리가 왔어! 엘리, 우리 잠수함 언제 태워줄 거야?"

프라이가 외쳤다. 안나가 문 안으로 프라이의 머리를 다시 밀어 넣고 문을 닫았다.

엘리는 손을 내밀어 문을 쓸어내렸다. 예전에 쓰던 방이었다. 문에는 조각배를 탄 남자아이와 여자아이가 새겨져 있었다.

"엘리? 뭐 하는 거야? 들어가지 않는 게 좋을 것 같아. 한 번도 들어간 적 없잖아."

복도 저편에서 안나가 소리쳤다.

엘리는 이미 손잡이를 돌리고 있었다. 그리고 방 안으로 들어갔다.

방은 거의 예전 모습 그대로였다. 비록 침대 위는 누군가 이후에 정리했지만, 원래 쓰던 침대 시트가 거의 삼 년 동안 깔려 있었다. 벽은 조금 달라졌다. 한때 그림으로 뒤덮혔던 벽은 이제 못만 몇 개 박혔을 뿐이었다.

왼쪽 침대에는 책 몇 권과 작은 고래가 수놓아진 담요가 놓였다. 침대의 끝에는 이름이 새겨져 있었다.

엘리

오른쪽 침대에는 몽당연필과 부서진 분필을 담은 통이 침대 아래에 아무렇게나 놓여 있었다. 옆에는 초록색 물감이 묻은 채 굳은 붓이 뒹굴었다.

"나가자. 여기 있다간 마음만 아플 거야."

안나가 엘리의 소매를 잡아 끌었다.

"그래."

엘리는 이미 얼굴이 굳어졌다.

그때 침대 위에서 시트가 부스럭거리는 소리가 들렸다.

엘리가 오른쪽 침대를 내려다보았다. 그러고는 양손으로 입을 틀어막았다.

침대 시트가 꿈틀거렸다. 이내 오븐에 든 빵처럼 부풀더니 시트 아래에 사람의 형체 같은 것이 보였다.

"엘리."

희미한 목소리가 들렸다. 목이 타고 기진맥진한 듯한 목소리였다.

"나 여기 있어. 여기 있어."

엘리가 침대로 한 걸음 다가가 떨리는 손을 내밀었다.

"엘리, 도대체 어디 있어?"

목소리가 말했다.

"엘리?"

안나가 겁먹은 얼굴로 엘리의 소매를 붙잡았다.

"나 여기 있어."

엘리가 다시 한번 말했다.

"도대체 어디 있어? 왜 안 오는 거야?"

"나 여기 있어."

엘리의 목소리가 간절했다. 시트 속 형체가 몸을 뒤틀었다. 희미하게 댕그랑 하는 소리가 들렸다. 엘리가 침대까지 기어갔다.

"엘리, 너 뭐하는 거야?"

안나의 얼굴이 하얗게 질렸다.

"너무 추워. 왜 안 오는 거야?"

"네 옆에 있어."

엘리가 거의 신음하듯 말했다. 시트 속 형체를 향해 손을 뻗었다. 하지만 손을 대자마자 스르르 무너져 시트는 다시 평평해졌다.

"안 돼!"

엘리가 중얼거리며 시트를 쓸었다. 그 순간 얼음장 같이 차가운 손이

233

시트 속에서 나와 엘리의 손목을 세게 움켜쥐었다. 엘리는 비명을 질렀다.

"넌 여기 없었어."

핀이 시트 속에서 눈을 부릅뜨며 일어나 가시 돋친 목소리로 말했다. 엘리가 핀의 손을 탁 치며 뒷걸음질쳤다. 안나가 휘청이는 엘리를 잡았다.

"너. 당장 내려와. 내 동생 침대에서 내려 와!"

엘리가 소리를 질렀다.

"엘리, 누구한테 이야기하는 거야?"

안나가 속삭였다.

엘리는 안나의 어깨를 잡았다.

"안나, 걱정 마. 핀은 널 해치지 못 해. 널 해치지 못 해."

핀이 웃었다.

"해치지 못 해? 못 할 것 같아? 네 옷에서 아직 타는 냄새가 나는데도 그렇게 생각해? 까짓것 나한테 식은 죽 먹기야. 너야말로 안나를 못 지키겠지. 네 동생을 못 지켰듯이."

"꺼져."

엘리는 온몸에 힘이 빠졌다.

"엘리, 녀석이 여기 누워 고통에 몸부림치며 울부짖던 소리 기억해?"

생각에 잠긴 듯 천장을 바라보던 핀이 엘리를 노려보았다.

"내가 무슨 소리를. 당연히 모르겠지. 넌 여기 없었으니까. 마지막 순간에 그 아이가 널 얼마나 애타게 불렀는지, 널 기다리며 얼마나 가슴이 타들어갔는지."

"나는…."

핀은 엘리의 코앞까지 얼굴을 들이밀었다.

"엘리, 내 두 눈으로 똑똑히 봤어. 두려움에 사로잡혀서 혼자 눈을 감던 아이를. 끝내 넌 나타나지 않았어."

"아니, 아니야."

엘리가 신음하듯 말했다.

"하지만 걱정 마. 내가 이렇게 네 곁에 왔으니까."

핀이 의기양양하게 가슴을 쫙 폈다.

"아니. 넌 내 동생이 아냐."

엘리는 이를 꽉 물었다.

"과연 그럴까? 이런, 네 동생 이름이 뭐였더라?"

핀이 고개를 젖혀 눈을 번득이며 씩 웃었다. 목걸이의 장신구들이 댕그랑 하고 부딪쳤다. 핀은 침대의 나무 발판을 가리켰다.

발판에 침대 주인의 이름이 새겨져 있었다.

핀

진주

"엘리, 괜찮아? 도대체 무슨 일이야?"

안나가 엘리를 따라 작업장으로 들어가며 물었다.

엘리는 외투를 휙 벗어던지고 작업대 옆에 푹 쓰러졌다. 몸을 웅크린 채 덜덜 떨었다.

"괴물이야, 괴물."

엘리가 중얼거렸다.

"왜 그래? 무슨 일 있었어?"

세스가 책장 뒤에서 나타났다.

"모르겠어. 엘리가 예전에 쓰던 방에 들어갔는데 갑자기 소리를 질렀어. 아무래도 그 방에 악마가 있었던 것 같아."

안나의 목소리가 떨렸다.

"핀을 만난 거야?"

세스가 엘리에게 물었다.

"뭐? 엘리가 어떻게 핀을 만나?"

안나는 화들짝 놀랐다.

세스가 엘리를 흘깃 보았다. 그러고는 조용히 말했다.

"핀이 악마야."

"핀은 엘리 동생이야."

안나의 표정이 일그러졌다.

"뭐?"

세스의 눈이 커졌다.

엘리는 세스의 시선을 피해 고개를 돌렸다. 두 뺨이 화끈거렸다.

"핀이 네 동생 이름이었어?"

세스가 물었다.

엘리는 간신히 고개를 들었다. 세스가 최대한 담담한 표정을 지었다. 엘리는 속이 울렁거려 얼굴을 무릎에 파묻었다. 세스의 눈을 마주할 수 없었다.

안나가 옆에 앉아 엘리의 어깨에 손을 올렸다. 엘리는 깊은 한숨을 쉬며 안나에게 기댔다.

"미안해. 말하지 못 해서 미안해. 난 네가… 날 다시는 보지 않으려 할까봐 두려웠어. 네가 날 무서워할까봐 겁났어."

안나가 엘리의 어깨를 힘주어 감쌌다.

엘리는 용기를 내 안나와 세스의 눈을 바라보았다.

"악마가 자길 핀이라고 불러. 헤스터메이어에게 피터의 모습으로 찾아갔던 것처럼."

"하지만 네 동생 얼굴이 기억 안 난다고 했잖아. 그래서 이 수많은 그림을 그린 거고. 악마가 핀의 얼굴을 했다면 어떻게 동생 얼굴을 기억 못 할 수 있어?"

세스가 침실 문을 뒤돌아보며 물었다.

"핀으로 가장한 악마의 얼굴이 진짜 핀과는 다르다는 걸 언젠가 불현듯 깨달았거든."

"무슨 말이야?"

안나가 말했다.

"사람들은 늘 동생과 내 코가 닮았다고 말해."

엘리는 코를 만졌다.

"너흰 둘 다 코가 좀 휘었지."

"머리색이 비슷했다고도 해. 핀은 코가 구부러지지 않았어. 머리도 금발이지. 나처럼 마른 지푸라기 색이 아니라. 악마가 나에게 보여주는 건, 그걸 뭐라고 하더라? 그래, 핀의 이상적인 모습이야. 그래서 그림을 그린 거야. 진짜 핀의 얼굴을 기억하려고. 하지만 이젠 안 될 것 같아. 악마의 얼굴밖에 기억이 안 나."

엘리가 고개를 떨구었다.

"아무튼 지금 중요한 건 세스가 화신이 아니라는 걸 증명할 시간이 사흘밖에 없다는 거야."

엘리가 다시 고개를 들어 세스를 보며 말했다.

"사흘? 어째서?"

안나의 눈이 휘둥그레졌다.

"하그레스 재판관이 내가 세스를 돕고 있다는 걸 눈치 챘어. 사흘 안에 세스를 데리고 오래. 그러지 않으면 나까지 끝장내 버리겠대."

엘리가 얼굴을 찌푸렸다.

안나는 엄지 손톱을 물어뜯었다.

"하지만 방법이 있어."

세스가 엘리의 눈을 가만히 바라보며 말했다.

"뭐?"

"악마가 네 동생의 모습으로 나타난 데는 분명 이유가 있을 거야. 그 이유를 찾아낸다면 악마를 이길 방법도 알게 될 거야."

엘리가 입을 열기도 전에 세스가 손을 들며 말을 이었다.

"재판관에게 내가 화신이 아니라는 걸 납득시킬 방법은 없을 거야. 그런데 네가 나갔을 때 내가 발견한 게 있어."

세스가 들뜬 표정으로 서재로 달려갔다.

"네 서재에서 나온 것치고 좋은 게 없었는데. 세스가 너한테 나쁜 것만 배웠어."

안나가 툴툴거렸다.

"이걸 발견하고 소름이 돋았지. 아마 너희도 그럴걸."

위쪽 서재에서 흥분 섞인 외침이 들려왔다.

"저것도 너랑 똑같아."

안나는 혀를 쏙 내밀었다.

엘리의 얼굴에 미소가 스쳤다. 가슴을 꽉 조인 무언가가 살짝 느슨해졌다.

세스가 헤스터메이어의 일기를 들고 나선형 계단을 급히 내려왔다.

"이것 좀 봐. 8쪽이 없어."

세스는 일기장의 아래쪽 귀퉁이 숫자들을 가리켰다.

"이상하네."

엘리가 일기장을 가져와 앞뒤로 살펴보았다.

"네가 실수로 찢은 거 아냐?"

안나는 대수롭지 않다는 듯 말했다.

"아니, 그런 건 아닐 거야."

엘리가 일기장의 제본을 자세히 들여다보았다. 종이가 찢긴 흔적이 전혀 없었다. 일기장을 모르고 찢었다면 종잇조각이 남게 마련이었다. 누군가 일부러 아주 깨끗하게 찢은 것 같았다.

"그럼 누가 찢은 거지?"

안나가 고개를 갸웃거렸다.

"악마가 그랬을지도 모르지."

세스는 골똘히 생각에 잠긴 채 말했다.

잠시 엘리의 머리를 스치고 가는 기억이 있었다. 엘리는 몸이 아플 것 같은 느낌이 들었다.

"악마의 짓이라면 무슨 이유로?"

안나가 말했다.

"이 일기가 화신에 대해 화신이 직접 남긴 유일한 기록이기 때문이지. 헤스터메이어는 알게 된 모든 것을 쓰겠다고 했어. 그 페이지에 엘리가 알아선 안 될 내용이 있어서 악마가 찢어버린 거 아닐까?"

세스가 일기장을 손가락으로 두드리며 말했다.

안나는 일기장을 펼친 채 생각에 빠졌다. 엘리가 얼굴을 세수하듯 문질렀다.

"엘리, 여기 무슨 내용이 있었는지 혹시 기억하니?"

세스가 차분히 물었다.

"읽은 기억조차 없어. 8쪽이 없었다는 것도 몰랐으니까."

"혹시 악마가 네 소원을 들어준 대가로 일기장에 손을 댄 거 아닐까?"

세스의 말에 엘리는 갑자기 몸이 떨려왔다. 마치 차가운 물이 폐를 가득 채운 것 같았다. 엘리가 고개를 끄덕였다.

"삼 년 전에 고아원에 새 사감 선생님이 부임하셨어. 선생님은 미술실에서 동생의 오래된 그림 더미를 발견하고는 다 갖다버리셨지. 쓰레기라고 생각하신 거야. 그래서 내가… 핀에게 부탁했어. 그림을 다시 찾아와 달라고. 그때 그 소원의 대가로 악마가 무슨 짓을 했는지는 알 수 없었어."

세스가 한 걸음 앞으로 다가왔다.

"엘리, 만약 악마가 이 페이지를 없앤 거라면 내용이 무엇이든 분명 중요한 내용일 거야."

안나도 가까이 다가왔다.

"이 페이지를 원래대로 돌려놓으라는 소원을 빌면 안 될까?"

"아니, 안나. 우린 더 이상 악마에게 힘을 줘선 안 돼. 소원을 빌 때마다 악마는 점점 강해지고 나는 약해져."

안나가 입술을 씰룩거렸다.

"그런데 이 일기장이 헤스터메이어의 일기의 유일한 사본은 아냐."

엘리가 세스를 보며 말했다. 엘리의 마음속에 작은 희망의 불씨가 타올랐다.

"다른 사본은 다 재판관들이 압수했다고 했지? 재판관들은 일기장을 어디에 두었을까?"

세스가 말했다.

"재판소?"

엘리의 말에 세스가 입술을 깨물었다.

"요즘 도시 이곳저곳에서 재판관들이 보여. 재판관들이 보이는 곳 근처에는 꼭 버려진 건물 같은 게 있어. 창문은 판자로 막혔고 문이 굳게 잠긴 건물. 얼마 전에도 재판관들과 경비병들이 건물로 들어가는 걸 봤어."

안나가 말했다.

"나도 봤어. 문에 번쩍거리는 은색 자물쇠가 채워진 건물이었어."

엘리의 가슴이 쿵쾅거렸다.

"내가 만약 재판관이라면, 그리고 어떤 물건을 숨겨야 한다면 아무도 의심하지 않을 법한 눈에 안 띄는 건물에 숨기겠어."

안나의 표정이 진지해졌다.

"하지만 도시에 재판관들이 드나드는 건물이 얼마나 있는지 몰라. 그중 어느 건물에 일기장이 숨겨져 있는지도."

"그렇다고 찾을 수 없다는 법은 없지."

안나가 눈을 반짝였다.

"어떻게? 우리는 달랑 셋이고 시간도 없는데."

엘리가 한숨을 쉬며 손을 저었다.

"그런 건 고아원 동생들이 전문이야. 오늘 안에 도시를 샅샅이 뒤져 재판관들이 별채로 쓰는 건물을 찾아낼 수 있어. 그럼 우리는 하나씩 잠입하면 돼. 일기장을 찾을 때까지."

"잠입한다고? 우리가 어떻게 그런 걸 해?"

엘리가 소리쳤다.

"할 수 있어!"

세스와 안나가 동시에 외쳤다. 둘은 움찔하며 얼굴을 마주보았다.

"세스, 넌 밖에 나갈 수 없잖아. 사람들이 널 잡으려고 눈에 불을 켜고 있어."

안나가 눈을 동그랗게 떴다.

"몰래 나가야지. 건물에 몰래 들어가는 것도 한번 해볼 수 있을 것 같아."

"그래, 물이 널 공격하지 않는다면. 네 머릿속에서 목소리가 들리지 않는다면."

"그 목소리는 바다야. 물을 컨트롤하는 방법을 익힌 후로는 그렇게 심하지 않아."

세스가 머리를 툭툭 쳤다.

"그런데 잠입을 해보기는 했어? 어제 고래 내장 냄새를 풍기며 나타난 녀석이 전문 도둑 흉내를 내고 있잖아."

안나가 톡 쏘았다.

"여기 틀어박혀 있는 동안 할 수 있는 게 저기 저 책들 읽는 것밖에 없었어. 별의별 책이 다 있더군. 잠입하는 법에 관한 책도 읽었지. 지금 이 도시에서 제일 똑똑한 사람이 나일걸."

세스가 서재를 가리켰다.

"아, 그러셔? 지금 잠입을 책으로 배웠…."

"둘 다 조용히 좀 해."

엘리가 외쳤다.

안나와 세스는 입을 꾹 다물었다.

"안나, 꼬마들의 도움을 받는 건 좋은 생각이야. 그것부터 시작해보자."

안나가 우쭐한 표정을 지으며 바로 문으로 향했다. 세스는 헤스터메이어의 일기장에 다시 코를 박았다. 엘리가 둘을 물끄러미 바라보았다. 가슴을 조이는 뭔가가 조금 더 느슨해지는 것을 느꼈다.

~

다음 날 아침, 엘리는 다리가 아플 때까지 혼자 거리를 돌아다녔다. 평소와 달리 도시가 쥐죽은 듯 고요했다. 시장에서는 흥정 소리가 들리지 않았다. 밖에 나와 노는 아이들도 유난히 적었다. 대문 옆에 몸을 숨긴 채 건성으로 주사위를 던지는 아이들이 몇몇 보일 뿐이었다. 그날 하루를 통틀어 엘리가 만난 행복한 얼굴은 프라이와 이브넷이 다였다. 둘은 법원 옥상에서 엘리를 향해 활짝 웃으며 손을 흔들었다. 무슨 일인지도 모른 채 도움을 요청받았다는 사실에 그저 들떠 있었다.

엘리는 건물을 유심히 살피며 걸었다. 판자를 덧댄 창문과 은색 자물쇠를 채운 대문을 찾아다녔다. 마침내 어스킨 거리에서 버려진 듯한 큰 건물을 발견했다. 대문에는 은색 자물쇠 대신 은색 문고리가 반짝거렸다. 건물 주변에서 술 냄새를 풍기는 무리가 건물을 향해 고래고래 소리를 질렀다.

"악마 때문에 굴 양식을 다 말아먹게 생겼어."

어부로 보이는 남자가 큰소리로 외쳤다. 손에는 붕대를 감았고 턱수염은 불에 그을린 듯 보였다.

"일 좀 제대로 해라, 이 바보들아!"

"왜 아직도 못 잡는 거야!"

무리는 얼굴이 비트처럼 시뻘겋게 달아오를 때까지 소리를 질렀다. 그때 은색 문고리가 덜컹거리더니 문이 확 열렸다. 재판관 다섯 명이 건물에서 나오자 무리는 사방으로 흩어졌다. 그 중 한 사람이 발을 헛디뎌 넘어지는 바람에 건물 안으로 끌려들어갔다.

엘리는 심장이 목구멍에서 뛰는 것 같았다. 주머니에서 지도를 꺼내 어스킨 거리에 연필로 표시를 했다.

하루 종일 건물을 찾고 싶었지만, 캐스티언의 선원들이 찾는 바람에 몇 번이나 작업장으로 돌아와야 했다. 뱀 탑 근처에서 불이 난 후 굴 따기 기계 수십 개가 불에 타 망가졌다. 구리로 만든 외관은 검게 변색되고 휘어졌다. 게 다리처럼 생긴 발도 뒤틀렸다. 망가진 기계는 작업장으로 실려 왔다. 작업장은 마치 장렬하게 전사한 기계들이 뒹구는 전쟁터 같았다.

"가엾은 것들."

안나가 굴 따기 기계의 다리 하나를 흔들어 보았다. 다리가 안나의 손에서 딱 하고 부러졌다. 안나는 움찔하며 기계를 살살 쓰다듬었다.

해가 진 후 세 사람은 작업장에 모였다. 엘리와 안나, 고아원 꼬마들은 도시 곳곳에 흩어진 재판관들의 별채를 여덟 군데나 찾아냈다. 대부분 한적한 거리의 눈에 띄지 않는 건물이었다. 뜻밖에 시장 안에도 건물이 하나 숨어 있었고, 고아원 거리에서 멀지 않은 곳에도 있었다. 상인 조합의 저택 사이에도, 판자촌 근처 바다 바로 옆에도 하나 있었다.

세스가 도시의 지도와 건물 설계도를 펼쳤다. 엘리의 서재에서 가져온 것이었다. 등잔을 한쪽 구석에 두었다. 지도가 오렌지 빛으로 물들었다.

세스가 도면 중에 하나를 집어 들었다.

"어떻게 이런 것도 가지고 있어?"

"엄마 거야. 도시의 하수도 시스템을 완전히 새로 만들고 싶어 했거든. 그래서 대부분의 건물 설계도를 갖고 있었지."

아이들은 오늘 발견한 여덟 군데 건물의 평면을 눈여겨보았다. 엘리는 그 건물 중에 헤스터메이어의 일기가 있기를 간절히 바랐다. 하지만 설계도로 추측하는 데는 한계가 있었다. 여덟 개의 건물은 하나같이 두꺼운 벽과 좁은 복도로 이뤄져 있었다.

"우리에게는 오늘 밤과 내일 밤밖에 시간이 없어. 하루에 네 군데씩 몰래 들어가자."

안나가 말했다.

"한 군데를 몰래 침입하는 것도 쉽지 않을 텐데."

엘리가 한숨을 쉬었다.

"그럼 오늘 밤에 한번 지켜보고 재판관이 제일 빈번하게 드나드는 건물을 골라 잠입하는 건 어때?"

세스가 굴 따기 기계를 만지작거리며 말했다.

"우리가 동시에 여덟 군데를 다 지켜볼 수 없다는 게 문제야. 통금 시간 이후에는 동생들이 외출할 수 없거든."

안나가 말했다.

"재판소와 관련한 건물이 이렇게 많을 줄 몰랐어. 시간이 너무 촉박해. 어떡하지?"

지친 엘리가 뒤로 기대앉았다.

세스는 쥐고 있던 굴 따기 기계를 떨어뜨릴 뻔했다.

"더 망가뜨리지 말아줘."

엘리가 눈을 흘겼다.

"미안해."

세스가 기계를 골똘히 보더니 말을 이었다.

"이건 왜 작동을 안 하는 거야? 겉으로 봐서는 멀쩡한데."

엘리는 기계를 받아 앞뒤로 살폈다. 아주 작은 눌어붙은 자국이 있을 뿐이었다. 뒤집어서 핸들을 돌려보았지만 작동하지 않았다. 엘리가 입술을 깨물며 기계를 가볍게 흔들었다. 기계 안에서 희미하게 덜거덕 소리가 났다.

"엘리, 그럼 우리 어떻게 해야 할까?"

"잠시만, 잠시만."

엘리가 드라이버로 기계의 앞판을 열었다. 톱니 사이에 단단한 무언가가 끼어 있었다. 주머니에서 긴 핀셋을 꺼내 톱니 틈으로 넣었다. 몇 초 후, 엘리는 은은히 빛나는 진주 한 알을 끄집어냈다.

"진주에 대해 들어본 적 있니?"

엘리가 안나와 세스에게 손을 내밀어 진주를 보여주었다.

"진주는 굴이 스스로를 지키는 방식이야. 작은 기생충이 굴의 껍데기를 뚫고 들어오면, 굴은 기생충을 영롱한 막으로 감싸. 기생충이 공격하지 못 하게. 놀랍지 않니? 끔찍하고 무시무시한 것을 아름다운 것으로 바꾸는 것이."

엘리가 진주를 램프 불빛 아래 비추며 천천히 굴렸다. 진주는 꼭 조그마한 달 같았다.

"나도 할 수만 있다면 악마에게 그렇게 하고 싶어."

엘리가 말했다.

세스는 아리송한 미소를 지었다. 진주는 어떻게 이렇게 비밀스럽게 굴 속에서 자랄까. 아마 굴 껍데기만 봐서는 이렇게 아름다운 것이 숨겨져 있다고 누구도 상상하지 못 할 것이다.

문득 어떤 생각이 엘리의 마음을 스쳤다. 엘리는 세스를 보았다. 여러 가지 마음이 휘몰아쳤다. 스쳐가는 생각을 잡으려는 순간, 누군가 세차게 문을 두드렸다.

"엘리? 엘리, 안에 있니?"

"캐스티언 아저씨야."

엘리가 소곤거렸다.

세스는 지하실로 후다닥 도망쳤다. 안나도 서둘러 지도와 설계도, 헤스터메이어의 일기를 숨겼다. 엘리가 문의 빗장을 열자 어둠 속에서 캐스티언이 발을 절뚝이며 나타났다. 어깨에는 커다란 마대자루가 들려 있었다. 늘 입고 다니는 붉은 벨벳 코트가 비를 쫄딱 맞고 제대로 말리지 않은 것처럼 칙칙해 보였다. 캐스티언이 불빛 속으로 한 걸음 더 들어왔을 때, 엘리는 그의 얼굴을 보고 놀랐다. 캐스티언은 어느 때보다도 노쇠해 보였다. 턱수염은 눈에 띄게 희끗해졌고 눈 아래에도 주름살이 늘었다.

"늦은 시간에 미안하다. 오, 안나도 있었구나."

"아저씨, 물 드려요?"

엘리가 물었다.

"아니, 괜찮다. 그럴 것 없어."

캐스티언은 작업장을 둘러보며 검게 그을린 굴 따기 기계가 든 자루를 건넸다.

"이게 아마 마지막일 거다."

"고맙습니다."

캐스티언이 외뿔고래 엄니로 만든 지팡이를 작업대 아래 넣어 의자를 꺼냈다. 한숨을 쉬며 자리에 앉았다.

엘리와 안나가 걱정스러운 눈길을 주고받았다.

"아저씨, 무슨 일 있어요? 괜찮아요?"

캐스티언은 인공 다리를 매만지며 콧잔등을 찡긋했다.

"모르겠구나. 예전에는 고민거리가 생기면 네 엄마를 찾아와 조언을 얻곤 했어. 지금은⋯ 이 도시에 이야기 나눌 만한 현명한 사람을 찾기가 힘들구나."

"아⋯."

엘리는 기분이 이상했다. 캐스티언이 조언을 구하고 싶어서 온 건가? 엘리는 어른에게 조언을 해본 적이 한 번도 없었다. 엘리가 안나에게 문을 향해 눈짓을 보냈다. 안나가 입을 부루퉁하게 내밀었다.

"안나, 너 오늘 감자 껍질 깎기 당번 아니니?"

안나는 엘리를 흘겨보며 어깨를 늘어뜨린 채 작업장 문을 나섰다.

어색한 침묵이 작업장을 가득 메웠다. 엘리는 몸이 뻣뻣해져 손을 어떻게 해야 할지 알 수 없었다.

"자꾸만 보여. 눈을 감으면 그날의 끔찍한 장면들이 선명하게 떠올라."

캐스티언의 눈꺼풀이 떨렸다. 두려움에 사로잡힌 듯이 보였다.

엘리는 가슴이 덜컥 내려앉았다. 캐스티언은 두려운 게 없는 사람이었다. 고래 기름통에 불이 붙어 배가 불타오를 때, 뛰어 들어가 선원을 구했다고 했다. 어떤 고래잡이 어부보다도 많은 폭풍우를 견뎠고 무시무시한 바다 생물들을 제압했다. 엘리가 캐스티언의 얼굴에서 두려움을 본 것은 단 한 번뿐이었다. 악마를 본 적 있냐고 물었을 때였다.

엘리는 캐스티언의 눈에 어린 아득한 고통을 기억했다. 악몽을 떠올리는 아이 같았다. 지금 캐스티언은 바로 그 표정을 짓고 있었다.

"보셨군요. 헤스터메이어가 죽던 날에 아저씨도 악마를 본 거예요."

엘리의 말에 캐스티언이 고개를 끄덕였다.

하지만 악마는 그날 성 앙겔로스의 시계탑 꼭대기에서 하그레스의 칼에 목숨을 잃었다고 했다. 캐스티언이 악마를 볼 수 있는 유일한 방법은 그도 그 자리에 있는 것이었다. 그 의미는….

"아저씨도 혹시 재판관이었나요?"

캐스티언은 침묵했다. 엘리가 진실을 짐작할 수 있을 만큼 긴 침묵이었다. 심장 뛰는 소리가 귓가에 둥둥 울렸다.

"다리를 그때 잃으신 거군요. 악마에게 잃은 거예요."

캐스티언이 한숨을 내쉬었다.

"그 엄마의 그 딸이구나. 맞다. 하그레스가 팔을 잃은 날, 난 다리를 잃었어. 난 하그레스보다 한 해 일찍 재판관이 되었어. 그날, 난 하그레스를 비롯한 다른 다섯 명의 재판관과 순찰을 돌고 있었어. 그러다 시계탑 꼭대기에서 우릴 내려다보는 화신, 클로드 헤스터메이어를 보았지. 하그레스가 가장 먼저 달려갔어. 두려움은커녕 만면에 희색을 띤 채로. 우리는 너무 어렸어. 영웅이 되는 건 시간문제라고 생각했다. 나도 하그레스를 쫓아 올라갔지. 클로드에게 가장 먼저 가고 싶었어."

"왜요?"

"클로드를 돕고 싶었어. 어쩌면 감정에 휘둘린 걸지도 모르겠다."

"헤스터메이어와 아는 사이였어요?"

캐스티언이 희미하게 웃었다.

"가까운 친구였지. 대학교를 함께 다녔어. 도서관에 있는 날 상상할 수 있겠니? 하지만 나는 악마를 처치하고 싶었어. 재판관이 되기로 결심했고 결국 되었지."

"헤스터메이어는 어떤 사람이었어요?"

"유난히 다정한 친구였어. 내가 학교를 떠나면서 조금씩 멀어졌지만. 피터 램버스가 죽은 이후로는 더욱 그랬지. 클로드가 화신이라는 걸 알게 되었을 때 나는…."

캐스티언이 지팡이로 바닥을 내리쳤다.

"나는 어쩐지 클로드를 구할 수 있을 것 같았어. 클로드가 죽기 며칠 전 하수도에 숨은 그를 찾아냈지. 너무 늦기 전에 자수하라고 설득했지만 그는 듣지 않았어. 그다음에 만난 곳이 시계탑 꼭대기였던 거야. 너무 늦었지. 나는 한달음에 계단을 뛰어올랐어. 꼭대기에 도착했을 때 하그레스의 팔이 나뒹굴더군. 함께 올라간 재판관 동료들은 모두 목숨을 잃었어. 클로드는 그곳에 없었어. 오직 악마가 있을 뿐. 우리는 싸웠고 내가 이겼어. 어떻게 된 일인지는 기억이 나지 않아. 눈을 떴을 때 나는 수술대였고, 다리 한 쪽이 사라졌더군. 나는 악마에 대해 조금도 생각하고 싶지 않았어. 입에 올리는 것조차 참을 수 없었지. 대재판관에게 악마를 처치한 사람은 하그레스라고 보고했어. 하그레스는 늘 성인의 칭호를 갈망했고 악마를 물리치는 것은 더할 나위 없는 방법이었지."

캐스티언은 한동안 침묵했다.

"네가 악마를 보는 일이 없었으면 한다. 절대 그런 일이 없었으면 해."

그는 들릴 듯 말 듯한 목소리로 말했다.

"아저씨, 어째서 아저씨가 헤스터메이어를 구할 수 있다고 생각한 거예요?"

캐스티언의 얼굴이 일그러졌다.

"그래야만 했으니까. 클로드가 고통 속에 있다는 걸 더 일찍 알아주지 못 한 것이 내 잘못 같았어. 내가 조금 더 일찍 찾아갔다면 클로드는 자신이 본래 어떤 사람이었는지, 얼마나 좋은 사람이었는지 기억했을 지도 몰라. 그의 안에 사는 악마를 생각하는 대신 말이야. 우리가 실제로 나눈 우정을 상기시켜 클로드가 붙잡을 수 있게 했다면, 악마의 거짓말에 놀아나지 않았을지도 몰라. 하지만 그러지 못 했어. 그를 너무 늦게 찾아갔어. 그는 이미 파멸의 길을 걷고 있었어."

엘리의 가슴이 고통스럽게 조여왔다.

"그 후로 몇 해 동안 가끔 이런 의문이 들었어. 악마는 왜 클로드를 선택했을까? 피터 램버스가 죽고 나서 클로드는 슬픔과 죄책감에 시달렸지. 슬픔과 죄책감은 악마가 착취하기 좋은 먹잇감인가? 어떻게 악마가 그의 영혼을 좀먹게 되었을까? 만약 피터가 죽은 후 내가 클로드에게 더 좋은 친구가 되었다면 상황이 달라졌을까? 다시 악마가 나타난 요즘은 온통 이런 생각에 사로잡혀 있어."

캐스티언은 몸을 앞으로 숙여 바닥을 응시했다.

엘리가 숨을 깊게 들이마시고 물었다.

"아저씨… 혹시 헤스터메이어의 일기 읽어보셨어요? 아마 아저씨의 의문을 푸는 데 조금은 도움이 될 거예요."

"일기?"

캐스티언이 예리한 눈매를 번득였다. 엘리는 일기를 입에 올렸다는 이유만으로 캐스티언에게 야단을 들을까 가슴 졸였다. 하지만 캐스티언은 고개를 저을 뿐이었다.

"물론 읽었지. 당시 대학교로 클로드의 물건을 압수하러 간 재판관 중 하나가 나였어. 친구가 떠난 후 그의 연구실에 들어가는 건 괴로운 일이었지."

엘리는 심장이 너무 세게 뛰어 머릿속 생각이 안 들릴 지경이었다.

"그래서 일기를 손에 넣으셨어요?"

"일기와 서류, 모든 소지품들을 가져왔어. 그렇게 많지는 않았어."

"그것들은 지금 어디에 있어요?"

"재판소에서 쓰는 알려지지 않은 건물이 있어."

캐스티언은 기억에 잠긴 듯 아련한 목소리로 말했다.

"모든 화신들의 소지품을 보관해두는 곳이지. 일기를 누구보다 먼저 읽고 싶었어. 친구를 기억하고 싶었으니까. 부둣가에 앉아 잔잔한 파도 소리를 들으며 일기장을 펼쳤어. 하지만 읽지 못 했어. 시계탑 꼭대기에서 보았던 악마가 눈앞에 아른거려서."

캐스티언은 손으로 입을 틀어막으며 미간을 찡그렸다.

"가엾은 클로드. 재판소에 그의 소지품을 전부 넘겼어. 재판관으로서 마지막으로 한 일이야. 다음 날 재판소를 나왔어. 얼마 지나지 않아 네 어머니를 만났고 내게 이 다리를 만들어 주셨지."

캐스티언이 지팡이로 인공 다리를 툭툭 쳤다.

"네 어머니는 내게 큰 위안이 되어주었어. 내 삶은 그 시점부터 조금

씩 회복되기 시작했단다."

캐스티언의 눈가가 촉촉이 젖었다. 엘리는 손가락 사이로 작고 단단한 진주를 굴리며 마른침을 삼켰다.

"화신이 되기 전 클로드를 아직 기억하세요?"

"그럼, 기억하고말고."

캐스티언이 소리없이 웃었다.

"우리 엄마를 기억하는 것처럼요? 엄마가 아직 세상에…."

캐스티언이 엘리의 어깨를 토닥였다.

"그래."

엘리는 캐스티언의 묵직한 손의 무게를 느꼈다.

"좋은 기억으로 나쁜 기억을 덮는 것도 괜찮을 거예요. 좋은 기억을 자꾸 떠올리면 나쁜 기억은 점차 희미해질 테니까요."

캐스티언이 눈을 감고 이마를 문질렀다.

"그래, 그러마. 고마워, 한나. 아니, 엘리. 네 말이 맞아, 고맙구나."

캐스티언이 애달픈 미소를 지었다.

그는 부상당한 굴 따기 기계들의 병상을 흘깃 둘러보고는 눈을 껌뻑이며 가져온 자루를 내려다보았다.

"너무 무리하지 말거라."

캐스티언의 목소리 끝에 염려가 묻어났다.

"너 굉장히…."

"피곤해 보인다고요?"

엘리는 전날, 뱀 탑에서 뛰어내리며 핀에게 도움을 요청한 이후 눈에

255

띄게 수척해졌다. 와르르 무너지는 잿더미처럼 쓰러지기 직전 같았다.

"저 괜찮아요."

물론 거짓말이었다.

캐스티언은 입꼬리만 살짝 올리고 자리에서 일어섰다. 의자를 다시 작업대 밑으로 밀어 넣은 후 엘리에게 인사했다.

"도울 일 있으면 언제든 찾아오렴."

캐스티언이 굴 따기 기계 쪽으로 고갯짓을 했다.

"고마워요, 아저씨."

캐스티언은 작업장 밖으로 다리를 절뚝이며 걸어 나갔다.

엘리가 자기도 모르게 숨을 몰아쉬었다. 지하실 문으로 달려가 힘껏 문을 두드렸다. 세스는 헐레벌떡 문을 열었다.

"가자. 일기장이 어디 있는지 알 것 같아."

엘리가 말했다.

45

캐스티언의 말처럼 재판소의 별채 중 하나는 바다 바로 옆에 있었다. 엘리는 지도를 펼쳐 표시해둔 바다 근처 건물을 찾았다. 그런 다음 건물의 도면을 꺼냈다. 이층 깊숙이 넓은 공간이 있었는데 무언가를 보관하기에 적당해 보였다.

건물은 구원의 해안 오른편 판자촌 옆에 있었다. 건물 근처에 하수도 입구가 없어 어둠 속에 몸을 숨긴 채 지상으로 접근해야 했다. 정문은 보통 보는 눈이 많기 마련이지만 다행히 도면상 일층이 해수면보다 낮았다. 물에 잠긴 계단을 통해 건물로 들어갈 수 있었다. 엘리는 어떻게 접근해야 할지 아이디어가 떠올랐다.

엘리와 세스, 안나는 새벽 두 시가 될 때까지 기다렸다가 판자촌 쪽으로 살금살금 내려갔다. 거리는 스산할 정도로 고요했다. 이따금 개가 짖을 뿐이었다. 골목에서 발자국 소리가 들렸다. 경비병들이었다. 세 아이들은 남의 집 문간에 몸을 숨겼다. 경비병들이 지나가자 다시 길을 나섰다. 엘리가 담장을 손으로 쓸었다. 축축한 것이 손가락에 묻어났다. 담장에는 여섯 글자가 휘갈겨져 있었다. 달빛 아래서 글자가 빛났다.

화신을 죽여라

엘리가 목이 갑갑해질 정도로 셔츠의 깃을 잡아 당겼다.

마침내 재판소의 별채가 어둠 속에서 모습을 드러냈다. 축축한 이끼로 덮인 음산한 잿빛 건물이었다. 창문은 판자로 막혔고 지붕의 괴물석상들은 머리가 없었다.

아이들이 잽싸게 길을 건너 건물 옆으로 돌았다. 건물 아래가 바다에 잠겨 있었다. 파도가 거칠었다. 거품이 잔뜩 인 물결이 달빛 아래서 노여운 듯이 일렁였다. 세스가 물결을 바라보았다.

"괜찮니?"

안나가 물었다.

"응."

세스는 마른침을 삼켰다. 엘리가 세스의 손을 잡았다.

"혹시 관두고 싶으면 말해. 정문으로 들어갈 수도 있으니까. 경비병들이 곧 곯아떨어질 거야."

"아니, 할 수 있어."

세스가 말했다.

요동치는 바닷물에 아이들의 얼굴이 소금물로 뒤범벅되었다. 세스는 움찔했다. 엘리가 세스를 잡은 손에 더욱 힘을 줬다.

세스는 눈을 감았다. 바닷물이 소용돌이치며 건물 옆벽에 철썩 부딪치자 얼굴을 찡그렸다. 엘리는 양말에 바닷물이 스미는 걸 느꼈다. 세스의 얼굴이 점점 더 일그러졌다. 고통스러운 표정이었다. 바다도 부글부글 거품이 일기 시작했다.

"괜찮아. 괜찮아, 세스. 우리가 있잖아."

안나가 세스의 다른 쪽 손을 잡았다. 세스는 길고 깊은 숨을 들이쉬었다.

바다가 가라앉기 시작했다.

마치 거대한 유리항아리로 바닷물을 누르는 듯이 물이 옆으로 밀려났다. 바다가 서서히 물러나면서 계단 두 개가 드러났다. 이번 세기 들어 처음으로 공기에 노출되는 것이었다. 첫 번째 계단은 넓고 얇은 판석으로 연결되었고, 두 번째는 건물 옆면의 어두운 비상구로 이어졌다.

이윽고 바다의 움직임이 멈췄다. 세스의 피부에 푸른 연기가 어렸지만 이전처럼 소용돌이치지는 않았다. 세스는 선 채로 깊은 잠에 빠진 듯이 보였다.

"최면 뭐 이런 거에 걸린 건가?"

안나가 세스의 얼굴 앞에서 손을 흔들고 손가락으로 딱딱 소리를 냈다.

"그만해. 지금 난… 집중을 하려는 거야."

세스가 낮은 목소리로 말했다.

그 순간 바닷물이 한 뼘 정도 솟아올랐다. 세스가 계속 미동도 없이 가만히 있자 바닷물이 다시 낮아졌다.

"내 생각에는 우리가 세스를 들어서 옮겨야 할 것 같아."

안나가 말했다.

엘리가 세스의 팔을 잡고 안나는 다리를 잡았다. 둘이 함께 간신히 세스를 들어 첫 번째 계단으로 옮겼다. 판석에는 미역 같은 해조류가 들러붙어 미끄러웠다. 발아래서 돌이 부스러지기도 했다.

엘리가 위쪽을 흘깃 쳐다보았다. 거대한 바닷물의 벽이 위로 치솟아 있었다. 만약 세스가 물을 컨트롤하는 데 실패하면 물이 그대로 쏟아져 아이들을 휩쓸어 갈 수도 있었다. 엘리와 안나는 세스를 들어 건물과 연결된 두 번째 계단으로 옮겼다. 엘리의 귓가에 불길한 적막과 안나의 거친 숨소리가 울렸다. 세스가 내는 소리는 전혀 알아들을 수 없었다. 엘리는 세스의 목에 생긴 작은 푸른 연기를 주시하며 계속 잠잠하기를 바랐다. 엘리와 안나는 숨을 죽이며 최고수위선을 나타내는 홍합 덤불의 꼭대기보다 높이 올라갔다.

둘은 세스를 내려놓았다. 엘리가 세스의 어깨를 꽉 잡았다.

"세스, 이제 그만 해도 돼. 바다보다 높이 올라왔어."

엘리는 주머니에서 고래 기름통과 작은 램프를 꺼냈다. 성냥을 긋자 세스의 기진맥진한 얼굴이 드러났다. 눈은 초점을 잃었고 입술이 바짝 말라 있었다. 세스가 머리를 흔들었다. 바닷물이 다시 요동치며 계단을 덮쳤다. 아이들의 발 바로 아래서 멈췄다.

"세스, 이번에도 해냈어."

엘리가 말했다.

"물이 잘 움직여 주었니?"

"그럼, 우리 모두 멀쩡하잖아."

안나가 소총 같은 것을 보았을 때나 지을 법한 열광적인 표정으로 세스를 보았다.

"물을 움직이는 건 어떤 느낌이야?"

"거대한 대상을 향해 명령하는 아주 작은 목소리가 된 느낌. 바다도 나에게 대답을 해. 바다의 목소리는 나와는 비교도 안 될 정도로 크지."

"하지만 네가 바다를 움직였어. 넌 끝까지 흔들리지 않았어."

엘리가 말했다.

세스는 활짝 웃었다. 아이들은 마지막 몇 계단을 마저 올랐다. 계단의 끝에 위쪽으로 거대한 철문이 있었다. 엘리가 문을 세게 밀어봤지만 꿈쩍도 하지 않았다. 램프를 이리저리 비춰 작은 열쇠 구멍을 찾아냈다.

"너 자물쇠 따는 법 알지?"

세스가 말했다.

"글쎄, 그림으로 설명을 본 적 있어. 이론은 아는데…."

엘리는 주머니에서 가느다란 금속 조각 두 개를 꺼냈다. 열쇠 구멍을 한참 들여다보았다.

"그냥 넣어봐."

안나가 끙 소리를 내며 엘리의 손에서 금속 조각을 낚아채 열쇠 구멍에 쑥 찔러 넣고 이리저리 돌렸다.

딸깍.

안나가 램프 불빛 속에서 장난스럽게 씩 웃었다. 문을 들어 올리려는

데 엘리가 안나의 팔을 붙잡았다.

"위에 아무도 없는지 확인해야 해."

엘리는 램프를 세스에게 맡기고 조심스럽게 문을 살살 열었다. 문틈으로 위쪽을 조심스럽게 살폈다. 퀴퀴하고 축축한 냄새가 훅 끼쳤다. 소리나 빛은 없었다.

엘리가 세스와 안나에게 기다리라고 손짓을 한 후 혼자 문 위로 올라갔다. 심장이 머릿속에서 뛰는 것 같았다. 가느다란 램프 불빛에 금간 벽과 촛대가 보였다. 발아래 바닥이 삐거덕거렸다. 엘리는 멈춰 서서 귀를 기울였다.

세스가 눈을 크게 뜨고 문틈으로 엘리를 지켜보았다. 엘리가 손가락을 입에 갖다 댄 채 손짓하자 세스와 안나도 문을 통과해 올라갔다. 세스가 조심스럽게 문을 닫았다.

아이들 앞으로 길고 어두운 복도가 펼쳐졌다. 벽에는 백발의 근엄한 남자들의 초상화가 줄지어 붙어 있었다. 초상화 속 인물들은 스스로를 중요한 인물이라 여기는 듯한 표정이었다. 복도 양 옆으로 마치 감옥처럼 작은 나무문이 달린 방들이 늘어서 있었다. 창문은 판자로 가려졌다. 엘리는 누군가 저 방에 갇혀 어둠 속에서 죽어간 건 아닌지 오싹했다.

복도 중간쯤 위층으로 연결되는 회색 돌계단이 나왔다. 엘리가 세스와 안나를 돌아보았다. 둘은 결연한 표정으로 고개를 끄덕였다.

머리 위 마룻바닥이 삐걱거렸다.

엘리는 목구멍으로 심장이 튀어나올 것 같았다. 아이들은 가장 가까운 문간에 몸을 숨겼다. 엘리가 세스에게서 램프를 낚아채 빛이 새어나가지 못 하도록 램프 뚜껑을 닫았다.

엘리는 열을 센 후, 램프의 뚜껑을 반만 열었다. 아이들은 다시 계단을 향해 살금살금 움직였다. 돌계단이 너무 좁아서 돌 벽의 냉기가 뺨으로 고스란히 전해졌다. 계단 끝에서 아이들은 다시 한번 멈춰 섰다. 엘리가 계단 모퉁이를 돌며 램프로 위층 복도를 비췄다. 양쪽으로 방이 여덟 개 보였다. 램프를 더 높이 들어 올리자 복도 끝에 커다란 문 두 개가 모습을 드러냈다.

그림자 하나가 램프의 불빛을 가로질러 움직였다. 그림자의 머리가 아이들을 향해 몸을 틀었다.

엘리는 곧바로 손으로 램프를 감쌌다. 너무 뜨거워서 램프를 그만 떨어뜨릴 뻔했다. 안나가 같이 램프를 잡아주었다.

"후퇴."

엘리가 속삭였다. 램프 불빛은 마치 술 취한 사람처럼 비좁은 계단을 날뛰었다.

"다시 내려가, 내려가."

아이들은 계단을 더듬거렸다. 몸을 돌리던 세스가 좁은 계단에 끼었다. 엘리는 세스가 움직일 틈을 주려고 다시 복도로 한 걸음 나왔다. 얼굴 하나가 엘리 앞에 모습을 드러냈다. 크고 번득이는 눈과 새하얀 이. 엘리가 안나 쪽으로 뒷걸음질쳤다.

"왜 그래? 무슨 일이야?"

세스가 속삭였다.

핀이 계단 꼭대기에서 엘리를 내려다보며 웃고 있었다. 램프 불빛에 금발이 반짝거렸다. 눈으로는 소리없이 낄낄거렸다.

"이게 웬 모험이래? 엘리, 언제든 재판관이 이 문 중 하나를 열고 나올 수 있다는 걸 생각해야지. 그럼 나한테 도와달라고 소원을 빌 수밖에 없을 텐데?"

핀의 목소리가 복도에 무겁게 내려앉은 공기를 흔들었다.

"비켜."

엘리가 목소리를 낮췄다. 안나와 세스 눈에는 보이지 않는 악마와 이야기하는 것이 겸연쩍었다.

"왜 이렇게 까칠하실까? 나한테 이러는 건 반칙이지. 잊지 마. 아직 나에게 소원을 쓸 기회가 한 번 남았다는 걸. 계속 이렇게 까칠하게 나오면 나도 똑같이 갚는 수밖에. 여기 이 벽들을 다 녹여서 없앤다면 어떨까? 네가 뱀 탑에서 뛰어내릴 때 내가 돌바닥을 녹인 것처럼. 너희는 재판관들에게 붙잡혀 형장의 이슬로 최후를 맞겠지? 전적으로 엘리 네 책임이 될 거야. 넌 언제나 안나를 지키는 게 네 일이라고 말했지. 그때 나에 대해서도 마찬가지였어. 하지만 결국 어떻게 되었지?"

엘리가 깊은 숨을 들이마셨다. 눈가가 따끔거리고 얼음 조각이 가슴을 찌르는 것 같았다.

"넌 그렇게 못 해. 내가 죽으면 너도 존재할 수 없으니까."

엘리가 중얼거렸다.

그때 따뜻한 손이 엘리의 팔을 잡았다.

"핀이구나. 그렇지? 엘리, 핀을 무시해."

세스였다.

264

엘리가 핀을 피해 걸어갔다. 핀은 계속 엘리를 따라갔다.

"꽤 대담하군, 엘리. 적의 심장부로 직진하겠다? 하지만 이대로 가다 간 다 죽고 말 거야. 믿어도 좋아."

핀이 가슴을 쑥 내밀며 굵은 목소리로 말했다.

"그럼 내가 어떻게 해야 할까? 널 이대로 두면 어차피 모두가 위험해 져."

그때 안나가 선 바닥이 크게 삐걱거렸다. 아이들은 숨을 죽인 채 그 자 리에 얼어붙었다. 닫힌 문 너머로 발자국 소리, 의자 끄는 소리, 챙 하고 칼을 칼집에 넣는 소리가 들렸다.

핀이 엘리의 어깨에 기댔다.

"헤스터메이어의 일기에서 뭘 찾고 싶은 거냐?"

"널 막을 방법."

핀이 고개를 저었다. 목걸이에서 딸랑 소리가 났다.

"왜 날 막으려는 거지? 난 네가 가장 원하는 걸 줄 수 있는데."

그때 건물 아래쪽 어디에선가 등골이 오싹하고 가슴이 철렁 내려앉는 소리가 들려왔다. 극심한 고통에 몸부림치는 남자의 비명이었다.

엘리는 서둘러 양문이 있는 방을 향해 달려갔다. 그 사이 여러 문들이 열리지 않기만을 빌었다. 엘리는 램프를 끄고 떨리는 손으로 문고리를 잡았다.

문이 열리지 않았다.

"안 돼, 제발."

엘리가 어둠 속에서 손을 더듬어 안나를 찾았다. 기다란 쇠꼬챙이 두

개를 주머니에서 꺼내 안나의 손에 쥐어 주었다. 안나가 몸을 구부려 문고리의 열쇠 구멍에 꼬챙이를 밀어 넣었다.

그때 복도 뒤편에서 문고리가 달가닥 돌아가며 녹슨 경첩의 끼익 하는 소리가 났다.

아이들은 숨을 죽인 채 등을 양쪽 문에 납작하게 대고 어두운 복도를 응시했다. 엘리가 해진 코트를 초조하게 움켜쥐고 코트 소매의 구멍을 엄지손가락으로 매만졌다.

반대쪽 복도 끝방에서 그림자 하나가 나타났다. 방에서 빛이 새어나왔다. 안나가 엘리의 손을 꽉 잡았다. 안나의 손은 땀으로 흥건했다. 엘리는 다른 손을 세스의 가슴에 갖다 댔다. 세스의 심장이 망치질하듯 뛰었다.

재판관으로 보이는 사람이 다시 방으로 들어가 램프를 들고 나왔다. 안나가 손에 힘을 주었다.

"재판관이 만약 이쪽을 본다면…"

핀이 속삭였다. 엘리는 곁눈질로 핀의 웃는 얼굴을 보았다. 세스는 당장이라도 달려 나가 재판관과 맞설 기세로 주먹을 꼭 쥐었다. 안나의 거친 숨소리가 엘리의 귓가를 울렸다.

재판관이 뒤로 돌아 계단으로 내려갔다.

엘리는 눈앞이 뿌옇게 흐려졌다.

아이들은 다리에 힘이 풀려 그 자리에 주저앉았다. 안나가 땀으로 축축한 손으로 엘리의 머리를 한쪽으로 젖혀 자물쇠 구멍을 찾았다. 조심스럽게 꼬챙이를 밀어 넣어 돌리자 딸깍하는 소리가 났다. 안나는 천천히 문을 열었다. 아이들이 문 안으로 잽싸게 들어갔다.

깜깜했지만 엘리는 이 방이 얼마나 넓은지 느낄 수 있었다. 공기는 복도보다 썰렁하고 톱밥과 오래된 종이 냄새가 났다. 엘리가 램프에 불을 붙였다. 방은 엘리의 작업장과 비슷했다. 작업장을 깔끔하게 정리했다면 이런 모습이었을 것이다. 어둠속에서 줄지어 선 책장이 보였다. 나무 상자와 가죽 궤, 깔끔하게 접힌 옷가지와 낡은 책 더미가 높이 쌓여 있었다.

"재판관들 물건인가?"

안나가 말했다.

"설마."

세스가 눈알이 없는 박제 물개가 놓인 바로 옆 책장을 가리켰다.

아이들은 책장 사이를 지나다니며 물건들을 살폈다. 먼지가 뽀얗게 내려앉은 와인병과 초상화 액자, 어린이용 목마도 있었다. 커다란 놋쇠 명판이 책장 곳곳에 박혀 있었다. 명판에는 이런 이름이 새겨져 있었다.

18 : 올리비아 클랙스턴

4 : 앤드류 어윈

11 : 멜 스탠턴

물건들이 번호 순서대로 진열되어 있지는 않았다. 새로운 화신의 유품을 둘 공간으로 보이는 빈 책장도 있었다. 숫자가 작을수록 물건이 낡았다. 옷이 바래고 종이는 부스러지고 금속은 녹슬었다.

13 : 마사 오르

28 : 리버 바우디치

엘리가 리버 바우디치의 유품이 놓인 책장 앞으로 가까이 다가갔다. 작은 셔츠를 집어 펼쳤는데 가운데 어두운 핏빛 갈색 얼룩이 묻어 있었다. 엘리는 화들짝 놀라 셔츠를 제자리에 도로 넣었다. 옆에는 단추 코가 달린 작은 토끼 인형과 나뭇가지로 엉성하게 만든 활이 있었다. 가지 이쪽 끝에서 저쪽 끝까지 그저 줄을 달기만 한 활이었다.

엘리는 갑자기 속이 울렁거려서 다른 책장으로 발을 옮겼다. 헤스터 메이어의 명판을 찾아 책장 사이를 헤맸다. 놋쇠 명판들은 램프 불빛에 반사되어 번쩍거렸다. 이중 진짜 화신은 얼마나 될까? 세스처럼 누명을 쓴 채 억울하게 죽은 사람은 또 얼마나 될까? 엘리는 이런 생각에 침울해졌다. 자신의 소지품은 어느 책장에 보관될까 궁금했다. 선반이 좀 많이 필요할 텐데.

41 : 펠릭스 커나한

29 : 패트릭 헌터

"엘리, 이것 좀 봐."

어둠 속에서 세스의 들뜬 목소리가 들렸다. 엘리는 방의 한쪽 구석 책장 선반 사이에서 세스의 얼굴을 찾았다.

벽에 거대한 벽화가 그려져 있었다. 그림은 천장까지 이어졌다. 옅은 파랑색 위에 흙색의 울퉁불퉁한 타원이 보였다. 원 안에 글자가 쓰여 있었다.

최후의 도시

"지도잖아."

엘리가 말했다. 세스가 이 평범한 지도를 보고 왜 흥분하는지 알 수 없었다.

"그래, 지도. 그런데 네 작업장에 붙은 지도와 좀 달라."

엘리는 램프를 들어 벽화 꼭대기를 비췄다. 수많은 작은 섬들이 도시의 해안에 퍼져 있었다. 야생 늑대와 멧돼지가 자유롭게 뛰어다니는 사냥 섬과 끝도 없이 펼쳐진 밭에서 농작물이 자라는 농경 섬들이었다. 이 섬들은 도시에서 사흘 안에는 모두 닿을 수 있었다.

엘리가 램프를 아래쪽으로 조금씩 내렸다. 일주일을 가야 도착할 수 있는 섬, 이주일, 한 달…. 도시에서 먼 섬들이 띄엄띄엄 보이다 마침내 아무것도 보이지 않았다. 광활한 바다만 보였다. 가장 용맹스러운 고래잡이조차도 가보지 않은 바다. 오직 푸른색만 있는 곳.

그리고 검푸른 바다.

바로 그 아래 새로운 섬들이 보였다.

이름조차 적히지 않은 아주 작은 섬이었다. 그리고 하나, 또 하나. 사냥 섬만한 크기의 삐죽빼죽한 섬이 보였다. 엘리가 램프를 아래로 더 내렸다.

새로운 모양의 섬이 나타났다. 심지어 도시보다도 컸다.

"이건 뭐지? 어떻게 이렇게 큰 섬이 또 있을 수 있지? 최후의 도시만 한 다른 섬은 들어본 적 없어. 잘못 그려진 건가봐."

엘리가 지도를 빤히 보았다.

문득 옆을 보니 핀이 지도를 유심히 보고 있었다. 뭔가에 굶주린 듯한 핀의 눈빛을 엘리는 좋아하지 않았다.

"잘못 그려진 건 아닐 것 같아. 섬의 존재가 비밀에 부쳐진 건지도 모르지."

세스가 가라앉은 목소리로 말했다.

섬을 바라보는 내내 엘리는 어깨 위로 뭔가가 기어 다니는 느낌이 들었다.

"엘리, 찾았어."

안나가 어둠속에서 속삭였다.

엘리는 가슴이 요동쳤다. 안나 쪽으로 발걸음을 재촉했다. 안나는 책으로 가득 찬 책장 앞에 서 있었다.

45 : 클로드 헤스터메이어

"혹시 일기장 사본도 봤어?"

엘리가 물었다.

"아니, 더 엄청난 걸 찾았어."

안나의 손에 제목이 없는 작고 낡은 가죽 노트가 들려 있었다. 엘리는 등에 소름이 돋았다.

"일기장 원본 같아."

엘리의 목소리가 고조되었다.

안나가 엘리에게 노트를 건넸다. 엘리는 조심스럽게 노트를 펼쳤다. 한 자 한 자 꾹꾹 눌러쓴 듯한 친숙한 구절들이 튀어나왔다. 분명 헤스터메이어가 직접 써내려간 일기였다. 다음 페이지, 그다음 페이지, 또 그다음 페이지.

그러다 엘리는 무언가를 발견하고는 손가락을 움찔했다. 페이지 숫자가 연결되지 않았다.

"안 돼. 안 돼, 안 돼, 안 돼!"

엘리는 왼쪽 페이지를 보고 오른쪽 페이지를 보았다. 사본과 정확히 같은 페이지가 사라져 있었다.

"안 돼!"

엘리가 일기장을 앞뒤로 넘겼다. 마치 사라진 페이지가 다시 나타날 수 있다는 듯이.

통쾌해하는 웃음소리가 방 안을 쩌렁쩌렁 울렸다. 핀은 웃느라 눈물까지 글썽였다.

"오, 엘리. 지금 이 순간 거울이 있었다면! 네 표정을 네 눈으로 직접 봐야 하는데. 진심으로 놀랐나봐?"

핀이 달아오른 얼굴로 킬킬거렸다.

"무슨 짓을 한 거야?"

엘리가 나지막이 말했다.

"엘리, 맞혀봐! 내가 되찾아준 내 그림이 몇 장이지? 한 무더기니까 수백 장은 되겠지. 네가 가진 일기에서만 그 페이지를 없앴을 거라고 생각했어? 원본을 포함한 모든 일기장에서 없앴어."

핀은 너무 웃은 나머지 캑캑거리기 시작했다. 엘리가 귀를 막으며 몸을 돌렸다. 숨이 턱 막혔다.

"괜찮아."

세스가 엘리의 어깨를 두드렸다. 엘리는 입이 바짝 말랐다. 말이 잘 나오지 않았다. 괜찮지 않았다.

"그 페이지가 여기도 없어. 다 사라져버렸어."

엘리는 간신히 숨을 쉬었다.

"괜찮아."

세스가 같은 말을 반복했다.

"나도 포기 안 해. 내가 반드시 찾을 거야. 무슨 수를 써서라도 악마를 막을 거야!"

엘리가 중얼거렸다.

"엘리, 우리가. 우리 같이 하자."

"하지만 어떻게?"

엘리는 넋두리하듯 말했다.

가슴속에서 울음이 차올랐지만 흐느끼지 않으려 이를 악물었다. 핀은 여전히 낄낄거렸다.

"오, 엘리. 안쓰러운 우리 누나. 날 이렇게 웃길 줄이야. 진짜로 그깟 일기 한 장에 날 무너뜨릴 비밀이 적혔으리라 믿어?"

엘리가 핀을 노려보았다.

"그게 아니라면 왜 모든 일기장에서 없애버렸어? 넌 분명 들켜선 안 될 약점이 있어. 헤스터메이어는 그걸 찾아낸 거고."

핀의 얼굴에서 웃음기가 사라졌다. 입술을 핥으며 흉측스럽게 이를 드러냈다.

"만약 헤스터메이어가 나의 약점을 알았다면 왜 날 막지 못 했을까?"

핀은 책장을 가리켰다.

엘리가 핀에게서 얼굴을 돌렸다. 핀의 말이 맞을까봐 두려웠다.

"엘리?"

안나가 누렇게 뜨고 너덜너덜한 종이 뭉치를 내밀었다. 표지에는 헤스터메이어의 일기에서 본 글씨보다 조금 더 정교한 글씨로 제목이 쓰여 있었다.

잃어버린 신화와 전설
클로드 헤스터메이어 & 피터 램버스 지음

"그게 뭐야?"

세스가 표지를 내려다보았다.

"너에 대한 이야기 같아."

안나가 진지한 표정으로 세스에게 말했다.

273

클로드 헤스터메이어와 피터 램버스의 미완성 원고
<잃어버린 신화와 전설> 에서

대홍수의 날, 거의 모든 것이 파괴되었다. 거대한 방주 네 척과 배 안에 피신한 사람들만 가까스로 살아남았다. 구원과 불변, 부활, 천사라는 이름이 붙은 방주였다. 전설에 따르면 여러 신 가운데 하나가 인간을 가엾게 여겨 대홍수의 날이 닥칠 것이라고 경고했고, 방주를 지어 피한 자들만 홍수에서 살아남았다고 했다.

하지만 네 척의 방주 중 세 척은 사라졌다. 폭풍우에 휩쓸려 침몰했거나 어쩌면 악마의 공격을 받았다고 했다. 마지막 방주인 천사의 방주만이 최후의 도시에 도착했다. 인간이 지은 도시 중에 유일하게 남은 도시. 해수면보다 높은 마지막 도시였다. 방주는 해체되어 여러 대의 작은 배로 만들어졌다. 사람들은 이 배를 타고 식량을 구하러 떠났다. 경작할 수 있는 섬을 찾아 나섰다.

이 초기 탐험가들에 대한 기록 중에는 기이한 이야기가 많았다. 그 중 우리가 가장 흥미를 느끼는 건 클라라 비스윅이라는 농부 이야기였다. 클라라는 글을 쓸 줄 몰랐기 때문에 구술로 자신의 이야기를 남겼다. 결국 누군가 그녀의 이야기를 기록했고 기록물은 대학교 도서관에 비치되었다. 하지만 클라라가 평범한 농부에 여자라는 이유로 기록물은 별 관심을 얻지 못 하고 먼지만 쌓여 갔다. 이에 우리는 클라라의 이야기를 이 원고를 통해 다시 언급하고자 한다.

클라라의 가족은 용감하게 물살을 헤치고 나아가 아드라스토스라는 작은 섬에 닿았다. 섬은 땅이 비옥하여 경작하기에 더없이 좋았다. 가을 무렵 수확물을 풍성하게 거두었고, 섬을 지나는 고래잡이 어부나 상선들과 곡식을 물물교

환했다.

어느 날 클라라가 감자밭을 돌보는데 세 아이들이 비명을 지르는 소리가 들렸다. 헐레벌떡 해안가로 달려간 클라라가 맞닥뜨린 것은 섬으로 떠밀려온 거대한 죽은 상어였다. 아이들은 상어 몸통 위로 올라가 생기가 없는 푸른 눈을 쿡쿡 찌르며 상어 이빨의 개수를 세고 있었다. 클라라는 아이들에게 당장 버려오라고 소리쳤다. 그때 막내아들이 비명을 질렀다.

상어의 배가 부풀고 있었다. 마치 배 속에 거대한 공기방울이 있는 것만 같았다. 상어의 아가미 사이에서 무언가가 툭 튀어나왔다. 클라라는 숨을 쉴 수 없었다. 아이들은 더 크게 괴성을 질렀다. 사람의 손이었다.

클라라가 칼을 가지고 와서 상어의 옆구리를 칼로 베었다. 아이들은 공포에 질린 채 클라라가 상어 배 속에서 피투성이의 벌거벗은 소년을 끄집어내는 것을 지켜보았다. 소년은 연한 갈색 피부에 짙푸른 눈동자를 가졌고 겁먹은 채 떨고 있었다. 소년은 같은 말을 또 하고 또 했다.

"내 동생들은 어디에 있죠?"

클라라는 소년을 집으로 데려가 씻기고 먹이고 재웠다. 소년은 잠을 설쳤지만 다음날에는 쌩쌩했다. 하지만 어떻게 상어 배 속으로 들어갔는지 전혀 기억하지 못 했다. 클라라는 매우 영특한 아이라고 말했지만, 소년이 기억하는 건 아무것도 없었다. 해안가에 서서 멍하니 바다를 바라보며 생각에 잠기기 일쑤였다.

얼마 지나지 않아 소년은 가족의 일원이 되었다. 나무하기와 농장일 등 온갖 궂은일을 도왔다. 소년은 배를 타고 낚시하러 나가는 걸 좋아했다. 클라라의 세 아이들은 소년을 잘 따랐다. 소년을 본받아 일도 열심히 했다.

275

그러던 어느 날, 클라라의 둘째 아이와 셋째 아이가 허락도 받지 않고 낚시를 하러 바다로 나갔다. 아이들은 물고기를 잔뜩 잡아올 생각이었다. 클라라와 소년은 섬 반대편에서 늑대를 사냥하는 중이었다. 늑대가 클라라네 염소를 잡아먹었기 때문이다. 갑자기 소년이 클라라를 보며 외쳤다.

"아이들이 위험해요."

클라라와 소년은 있는 힘껏 섬을 가로질러 달렸다. 하지만 해안가는 전혀 예상치 못 한 폭풍우로 초토화되어 있었다. 클라라는 직감적으로 아이들이 폭풍우에 휩쓸렸다는 걸 깨닫고 공포에 사로잡혀 비명을 질렀다. 배를 찾아 뛰어가다 소년을 돌아본 순간, 그는 바다를 향해 팔을 들고 있었다. 소년의 눈은 완전히 짙은 푸른색이었다. 소년이 담담하게 바다를 향해 걸어 들어갔다. 바다는 마치 구석에 몰린 고양이처럼 움찔하며 소년을 할퀴었다. 훗날 클라라는 바다와 소년이 마치 하나가 되는 것 같았다고 회고했다. 또한 서로 적대적인 관계인 것처럼 보이기도 했다고 말했다.

마침내 바다가 엄청나게 높은 파도를 일으켜 해안가를 쓸어버렸다. 시간이 지나 파도가 잠잠해졌을 때 클라라의 두 아들이 연신 바닷물을 뱉으며 모래에서 기어 나왔다.

소년의 흔적은 어디에도 없었다.

바다로 들어간 소년

"네 이야기 같지 않아?"

안나가 세스를 보며 말했다.

"그럴 리 없잖아."

세스는 잘라 말했다.

"이 소년도 물을 컨트롤할 수 있었어. 바다 생물의 몸에서 나왔고 네가 발견된 날 우리에게 했던 말과 똑같은 말을 했어. 동생들은 어디 있냐고."

안나는 정신없이 글을 다시 읽으며 숨을 고른 후 말을 이었다.

"아무리 생각해도 너 같아. 아참, 이 부분만 빼고. '매우 영특한 아이'."

엘리도 눈을 껌뻑이며 읽고 또 읽었다. 핀의 웃음소리는 여전히 천장에서 울렸다. 다만 유치하게 킬킬대던 소리가 차갑게 비웃는 소리로 바뀌었다.

277

"아무리 봐도… 세스 네 이야기 같은걸."

엘리가 고개를 끄덕이며 말했다.

건물 아래쪽에서 또다시 괴로움에 차 울부짖는 소리가 들렸다. 세스와 안나는 몸을 움츠리며 문을 바라보았다.

"너희도 들었니?"

엘리의 말에 안나와 세스가 고개를 끄덕였다.

"재판관들이 저 불쌍한 남자에게 무슨 짓을 하는지는 몰라도 오래하지는 못 할 거야. 저 일이 끝나기 전에 나가야 해."

엘리는 헤스터메이어의 일기장 원본과 그의 원고를 말린 물개 창자로 만든 방수 가방에 챙겼다. 방에서 살금살금 나가며 벽에 붙은 지도와 미스터리한 이름 없는 섬들을 다시 한번 보았다.

아이들은 최대한 빠르게 복도를 종종걸음으로 달렸다. 계단을 내려와 바닥 문을 통과했다. 바깥쪽으로 난 계단 앞에 셋은 옹송그리며 모였다. 세스가 바다를 내려다보더니 눈을 감았다. 이번에는 시간이 오래 걸렸다. 엘리는 아까 원고에서 본 소년 이야기 때문일 거라고 짐작했다. 마침내 바다가 가라앉았다. 엘리와 안나는 세스를 들고 계단을 내려갔다. 세스는 눈을 감고 집중했다. 마치 악몽에 시달리는 것처럼 이마를 찡그렸다. 갑자기 세스가 눈을 떴다.

"못 하겠어."

세스는 숨을 헐떡였다.

아이들은 계단의 가장 아랫단에 있었다. 사방에서 시커먼 물결이 출렁거렸다. 아직은 세스의 능력이 통했다. 엘리는 정신이 번쩍 들었다. 세스가 통제력을 잃는다면 아이들은 바로 바다로 쓸려갈 수밖에 없었다.

"세스, 할 수 있어."

엘리가 세스를 설득했다.

세스는 다시 눈을 감고 낮게 신음소리를 냈다. 파도가 전율하듯 일렁였다. 엘리의 발목 부근까지 물이 솟아올라 바지 밑단이 젖었다.

그러고는 다시 가라앉았다. 엘리와 안나는 안도의 한숨을 내쉬었다. 세스를 들고 돌길로 난 계단을 올랐다. 세스는 긴장이 풀리며 숨을 토해 냈다. 파도가 요동치며 건물의 벽을 때렸다. 세스의 몸이 떨렸다. 손은 얼음장처럼 차가웠다. 잠시 서서 불 꺼진 램프 위에서 손을 녹였다.

아이들은 부둣가 옆 돌길을 조심히 빠져나가 고아원 거리로 향했다. 바람이 엘리의 머리를 훑어 가르마를 만들었다. 길 왼편은 지금은 폐허가 된 판자촌이었다. 삼백 채가 넘는 집의 벽에 금이 가고 지붕이 소실되었으며 집 내부도 까맣게 불에 탔다. 길 오른쪽 해안가에는 달빛에 빛나는 높은 요새가 있었다. 첫 번째 성인의 이름을 따 셀레스티나의 희망이라고 불렀다. 요새는 간조 때에만 접근할 수 있었다. 요새와 해안가 사이 물속에 가라앉은 건물들의 지붕을 마치 거대한 징검다리 건너듯 지나면 입구에 닿을 수 있었다.

갑자기 세스가 멈춰 섰다.

"그 소년이 나일 리 없어. 그 아이는 상어 배 속에서 나왔다며, 안 그래?"

세스가 엘리를 보았다. 엘리는 세스의 눈에서 간절한 마음을 읽을 수 있었다.

엘리가 고개를 숙인 채 침만 꼴깍 삼켰다. 주머니에 손을 깊이 찔러 넣었다. 주머니의 솔기에서 작고 둥글고 단단한 것이 손에 닿았다.

진주였다. 엘리는 손바닥 위로 끄집어내 굴렸다. 진주가 엘리의 기억 속 무언가를 건드렸다.

'묘해. 굴 껍데기 안에서 자라다니, 진주란 얼마나 비밀스러운지.'

엘리는 속으로 생각하며 세스를 보았다.

"네가 고래에게 잡아먹힌 것 같지는 않아. 고래의 목구멍 해부도를 본 적 있는데 아주 좁거든. 절대 사람을 삼킬 수 있을 정도의 크기가 아냐. 만에 하나 널 삼켰다고 해도 몇 분 안에 넌 질식사했을 거야."

엘리가 말했다.

"하지만 난 분명 고래 배 속에 있었어."

세스는 기운을 차린 듯 성큼성큼 걸어 나갔다. 엘리가 주변을 불안하게 살피며 바짝 뒤를 따랐다. 길은 조각상이 가득한 거리로 이어졌다. 대홍수의 날 이전에 만들어진 조각상들이었다. 백 개쯤 되는 남자와 여자, 동물 조각상이 어둠 속에서 기이한 그림자를 드리우며 움직임 없이 뛰어다녔다. 엘리는 조각상이 금방이라도 움직일 것 같은 기분이 들었다.

세스가 조각상에 등을 대고 앉아 바다를 내려다보았다. 셀레스티나의 희망 요새로 이어지는 물속 지붕들도.

"나는 고래 배 속에 있었어."

세스가 다시 한번 말했다.

"우리 여기서 어슬렁거릴 때가 아냐."

안나가 주위에 가득한 동물 조각상을 둘러보며 말했다. 무언가가 또 엘리의 기억을 건드렸다.

"벽화."

엘리가 혼잣말로 중얼거렸다.

"무슨 벽화?"

안나가 얼굴을 찌푸렸다.

"세스랑 뱀 탑에서 뛰어내렸을 때 하수도를 통과하면서 봤어. 저 조각상 같은 늑대 그림이었는데 죽은 늑대의 몸에서 한 여자가 기어 나오고 있었어."

세스가 엘리를 보았다.

"여자?"

안나가 물었다.

"응. 머리 둘레에 후광이 그려져 있었어. 성인이라는 의미야. 하지만 그 벽화는 대홍수의 날 이전에 그려진 것 같거든. 성인이 존재하기 전이지. 어쩌면 후광이 다른 걸 의미할지도 몰라."

엘리는 깊이 숨을 들이마셨다.

"이를테면 어떤?"

세스가 말했다.

"글쎄. 요즘 사람들은 성인이 우릴 지켜준다고 믿잖아. 당시 사람들에게 성인과 같은 역할을 하는 건 신들이었을 거야. 혹시 후광이 신을 의미하는 건 아닐까?"

"하지만 신이 왜 죽은 동물의 몸에서 나오겠어?"

안나가 고개를 갸웃거렸다.

"어쩌면 악마의 방식과 비슷한 걸지도 모르지. 신들도 화신이 필요한 거야. 악마와 다른 점이 있다면 화신을 죽이고 나오는 게 아니라 자연스럽게 목숨을 다 할 때까지 기다린다는 것? 벽화의 늑대가 늙어보였던 거 기억나, 세스? 악마보다 선량한 존재들이지. 안 그러면 악마가 왜 그들을 수장시키려고 했겠어?"

엘리가 입술을 꽉 깨물며 말했다.

"무슨 말이야?"

세스는 엘리를 경계했다.

"안나 말이 맞다는 거야. 헤스터메이어의 원고는 네 이야기야. 상어의 눈도 푸른색인 건 마찬가지잖아. 네가 나온 고래처럼."

"하지만… 그건 수백 년 전 이야기야. 난 수백 살 먹지 않았잖아."

"물론 네 몸은 그렇지 않지. 하지만 네 영혼은?"

세스가 엘리에게서 몸을 돌렸다.

"그렇다면… 네 말은…"

"네가 들어가 있었던 고래가 화신이었다는 거야. 그 말인즉슨…."

엘리가 잠시 숨을 골랐다.

"네가 신이라는 거지!"

안나가 들뜬 목소리로 소곤거렸다.

"아니, 말도 안 돼."

세스는 안나를 쏘아보았다.

"하지만 그게 말이 되는 유일한 설명이야. 대홍수의 날에 살아남은 신이 악마가 유일하진 않았던 거야."

엘리가 나직이 말했다.

"나는 신이 아니야. 난 소년일 뿐이야. 나는 그냥 나야."

세스가 얼굴을 붉혔다.

"둘 다일 수도 있지 않을까?"

"아니!"

안나의 말에 세스는 버럭 소리를 질렀다. 파도가 갑자기 거세졌다.

"세스, 너무 흥분하지 마."

엘리가 발 옆 자갈 사이로 밀려드는 물을 보며 말했다.

"나는 신이 될 수 없어."

세스가 갑자기 털썩 주저앉아 고개를 푹 숙였다.

"왜?"

"그럼 내 동생들은… 이미 세상에 없다는 말이잖아."

세스가 먼 바다를 내다보았다. 눈가에 눈물이 어렸다.

엘리는 세스에게 다가갔지만 뭘 어떻게 해야 할지 알 수 없었다. 파도가 우르릉 소리를 내며 해안가로 밀려왔다. 철썩 때리듯이 돌길을 덮쳤다. 엘리와 안나는 발이 젖을까봐 폴짝 뛰었다. 세스는 아랑곳하지 않고 계속 눈을 감고 몸을 떨었다. 바다는 점점 더 사나워졌다. 거대한 파도가 저 멀리서 요새를 향해 솟아올랐다. 마치 괴물들이 전투를 벌이는 것처럼 파도가 요새를 공격했다.

"바다 옆에서 세스가 이렇게 흥분하게 내버려 두는 건 위험해."

안나가 말했다.

엘리가 세스 옆에 무릎을 꿇고 앉았다.

"세스, 미안해."

엘리는 걱정스러운 마음에 자꾸 파도 쪽으로 눈길이 향했다. 뭐라고 말해야 세스의 마음을 가라앉힐 수 있을지 알고 싶었다.

"세스."

엘리가 세스의 팔을 꽉 잡았다.

"엘리, 동생들의 얼굴이 도저히 기억이 안 나."

세스가 눈을 떴다. 얼굴에 슬픔이 배어 있었다.

"그래, 알아. 하지만 동생들을 얼마나 사랑했는지는 기억하잖아. 그렇지 않으면 이렇게 네 마음이 흔들릴 리 없어."

엘리가 널뛰는 바다를 가리켰다.

엘리는 세스의 어깨를 꼭 감싸 안았다. 세스가 수평선을 바라보았다. 파도를 보며 숨을 천천히 들이마시자 바다가 차츰 진정하기 시작했다.

세스는 한동안 말이 없었다. 엘리와 안나가 세스의 양쪽에 앉았다. 셋은 말없이 하늘을 가로지르며 천천히 움직이는 달을 바라보았다.

"나는 지금까지 내내 뭘 하고 산걸까? 그저 바다를 떠돌았을까?"

세스가 말했다.

엘리는 어깨를 으쓱했다.

"글쎄, 악마가 이 화신에서 저 화신으로 옮겨 다니는 것처럼 어쩌면 너도 그러지 않았을까? 수세기 동안 이 바다 생물에서 다음 바다 생물로 옮기며 동생들을 찾지 않았을까?"

세스는 바다를 가만히 내려다보며 깊은 한숨을 내쉬었다.

엘리 앞으로 그림자가 드리웠다. 핀이 조각상 아래 다리를 꼬고 앉아이를 드러내며 웃고 있었다.

"넌 다 알고 있었니?"

엘리가 속삭였다.

"당연하지. 달리 어떻게 저 녀석이 바다를 움직이겠어? 우리 신들은 제각각 받은 능력이 있어. 날씨를 컨트롤하기도 하고 느닷없이 음악을 창조하기도 하지. 황무지에서 꽃을 피우고 열매를 맺게 하기도 해. 듣기만 해도 지루하지?"

핀이 몸을 앞뒤로 흔들며 킥킥거렸다.

"저 아이도 지루해서 없애려는 거야?"

"바보 같은 소리. 저 녀석이 널 위험에 빠뜨리고 있으니까 그러는 거야. 이거 하나는 누누이 말하지 않았나? 뭐, 죽인다고 영원히 끝나는 것도 아냐. 얼마 지나지 않아 썩은 돌고래든 바다코끼리든 무엇이든 배를 터뜨리며 다시 나타날 테니."

엘리는 속이 울렁거려 몸을 돌렸다. 빗방울이 얼굴에 떨어졌다. 한 방울 또 한 방울. 고개를 들어 하늘을 보니 달 주변을 시커먼 구름이 빙빙 돌았다.

"얼른 집으로 가자. 폭풍우가 몰려오고 있어."

엘리가 말했다.

세스가 엘리와 안나의 어깨를 감쌌다.

"뭐하는 거야?"

안나가 쏘아붙이며 세스의 팔을 밀쳤다.

"누군가 오고 있어."

세스는 입술만 달싹이며 중얼거렸다.

엘리의 귀에도 들렸다. 발자국 소리였다. 해안가를 따라 들려오는 둔중한 발자국.

"어서 가자."

세스가 말했다. 세 사람은 조각상 사이를 달리다 황소 동상 옆구리에 몸을 숨겼다.

열 걸음쯤 떨어진 곳에 기다란 물개가죽 코트를 입은 남자가 해안가를 따라 걸어왔다. 재판관들이 입는 옷이었다. 아이들은 몸을 움츠린 채 숨을 헐떡였다. 세스와 안나는 당장이라도 도망치거나 맞서 싸울 준비가 되어 보였다. 아이들은 남자가 멀리 사라질 때까지 지켜보았다.

"다행히 하그레스는 아닌 것 같아."

안나가 속삭였다.

그때 엘리의 눈에 조각상 하나가 자세를 바꾸는 것이 어렴풋이 보였다.

"아니, 대단히 유감스럽게 되었군."

하그레스가 달빛에 이를 드러낸 채 음흉하게 웃었다.

21

원형 경기장의 상어

"세스, 도망쳐!"

안나가 소리쳤다.

하그레스가 세스를 향해 칼을 휘둘렀다. 엘리의 귓가에 뎅그랑 소리가 들렸다. 세스는 옆으로 잽싸게 피했다. 엘리가 섬광탄을 하그레스 눈앞에 던졌다. 갑자기 타오르는 빛에 하그레스는 끙끙거리며 얼굴을 감쌌다.

"매튜스, 여기네! 여기 화신이 있어!"

하그레스가 비틀대며 외쳤다.

하그레스는 앞으로 돌진하며 팔을 마구 휘둘러 엘리의 배를 가격했다. 엘리는 고통스럽게 비명을 지르며 방파제 너머로 굴러, 아래쪽 물에 잠긴 건물의 지붕에 쿵 하고 떨어졌다. 엘리를 일으켜주려고 안나가 방파제를 뛰어넘었다. 세스도 하그레스의 칼을 간신히 피해 뒤따라갔다.

"이거 안 좋은 생각이라고 했잖아. 저 인간 나한테 혼쭐 난 적 있었지. 한쪽 팔을 뜯겼거든. 물론 나는 방어 차원에서 그런 거야. 날 죽이겠다고 덤볐으니까."

핀이 하그레스를 가리키며 거들먹거렸다.

하그레스가 방파제 너머로 모습을 드러냈다. 그의 코트에 빗방울이 떨어졌다. 하그레스를 피해 돌길로 돌아갈 방법이 없었다.

"일단 저리로 숨자! 하그레스를 따돌려야 해."

엘리가 셀레스티나의 희망 요새를 가리켰다. 세스와 안나의 손을 잡고 바다 위로 솟아 나온 지붕을 가로지르며 달렸다. 지붕 위에 달빛이 부서졌다. 저 멀리 하늘에서 번쩍 하고 번개가 쳤다.

세스가 움찔하며 머리에 손을 올렸다.

"소리가 점점 커지고 있어. 폭풍우야."

엘리는 초조하게 주위를 둘러보았다. 만약 폭풍우가 몰려오면 지붕과 지붕 사이의 다리가 물에 잠길 것이다. 그럼 요새에서 하그레스를 따돌리더라도 돌아갈 방법이 없다.

"거긴 막다른 길이야, 랭커스터!"

하그레스가 쫓아오며 소리쳤다. 군화로 슬레이트 지붕을 깨부수며 파편을 바다로 날렸다. 하그레스는 점점 가까워졌다. 지붕 세 개 뒤에서 아이들을 쫓기 시작한 하그레스는 곧 지붕 두 개만큼 거리를 좁혔다.

그리고 이제 아이들과 하그레스 사이에는 지붕 하나만이 남았다.

세스가 뒤로 돌아 하그레스와 마주보았다.

"뭐 하는 거야?"

안나가 소리쳤다.

"세스!"

엘리도 비명을 질렀다.

세스가 팔을 들었다. 하그레스가 미끄러지며 자리에 섰다. 칼을 든 손이 떨리고 치켜뜬 눈에 증오가 가득했다. 갑자기 소름끼치는 괴성을 지르더니 칼을 높이 들고 세스를 향해 돌진했다.

세스의 팔 근육이 실룩거렸다. 피부 위로 시커먼 것들이 우르르 몰려다녔다. 마치 바람에 흩날리는 연기 같았다. 갑자기 허리 높이의 파도가 하그레스의 옆구리를 때렸다. 하그레스는 소리를 지르며 바다로 끌려들어갔다. 잠시 후 그는 시야에서 사라졌다.

세스는 바다를 움직이는 데 성공한 것에 놀랐다. 엘리와 안나를 향해 웃으며 뒤돌아보았다.

"이 정도면 나쁘지 않았지?"

별안간 세스의 얼굴이 고통에 일그러지더니 앞으로 그만 고꾸라졌다.

엘리와 안나가 세스를 붙잡았다. 피부가 얼음장처럼 차갑고 눈에는 초점이 없었다. 하늘에서 천둥이 쾅 하고 폭발하듯 울렸다. 폭풍우가 아이들 머리 바로 위에서 몰아쳤다. 바다도 거세게 요동쳤다. 세스는 몸을 심하게 떨었다. 목구멍에서 그르렁 소리가 자기도 모르게 새어나왔다.

"너무 시끄러워. 너무 시끄러워. 머리가 깨질 것 같아."

세스가 손으로 관자놀이를 누르며 신음했다.

"세스를 따뜻한 데로 옮겨야 할 것 같아. 작업장으로 가자."

엘리가 말했다.

"안 될 것 같은데. 저 사람은 또 누구니."

안나가 엘리의 등 뒤를 가리켰다.

다른 재판관 매튜스가 칼을 뽑으며 아이들을 향해 달려오고 있었다. 엘리와 안나는 세스를 부축해 요새로 피했다. 아이들은 우뚝 솟은 조각 상이 내려다보는 거대한 계단을 올랐다. 발목 깊이의 바닷물 웅덩이를 힘겹게 통과했다. 비가 어찌나 세차게 퍼붓는지 엘리와 안나는 서로의 말을 알아들으려고 소리를 질러야 했다.

"어서 숨어야 해!"

안나가 소리쳤다.

"아니, 나한테 계획이 있어!"

엘리도 소리를 질렀다.

"진정하지, 엘리?"

핀이 흉벽 위로 불쑥 나타났다. 벨벳 조끼가 하나도 젖지 않고 보송보송했다. 소리를 지를 필요도 없었다.

"그러지 말고 나에게 저 재판관을 죽여 달라고 부탁하는 게 어때?"

비가 엘리의 머리 위로 퍼부었다.

"아니, 내가 부탁을 하면 넌 또 다른 사람들을 죽일 거야."

"그럼 없었던 일로 하든지. 넌 참 재미가 없어, 엘리 랭커스터."

"악마가 왔니?"

세스가 겨우 머리를 가누며 물었다.

"응."

"물로 뛰어들라고나 해."

290

세스가 말했다.

"엘리, 저 녀석 동생들을 수장시키면서 이미 재미는 다 봤다고 전해."

핀이 세스를 경멸하는 눈빛으로 이죽거렸다.

그때 뒤에서 철벅거리며 누군가 달려왔다. 매튜스였다. 세스가 떨리는 손을 들어 올렸지만 엘리가 잡아서 내렸다.

"아니, 세스. 힘을 아껴둬."

아이들은 요새의 둘레를 빙빙 도는 계단을 타고 마침내 원형 경기장의 꼭대기에 올랐다. 원형 경기장은 경사가 가파른 돌계단 관람석으로 둘러싸여 있었다. 마치 한때 검투사들이 싸웠을 법한 경기장이었다. 이제는 거대한 바위 웅덩이처럼 밀물에 밀려온 바닷물이 가득 찼다.

"재판관이 우리를 따라 한 바퀴 돌 수 있게만 한다면 우리는 왔던 길로 다시 나갈 수 있어."

엘리가 소리쳤다.

"무슨 작전이 그렇게 단순해?"

안나가 투덜거렸다.

"뭐 다른 방법 있어?"

아이들은 원형경기장의 둘레를 따라 뛰기 시작했다. 구름이 고통에 몸부림치듯 뒤틀리고 파도는 요새의 옆구리를 강타했다. 엘리가 뒤를 돌아보았다. 매튜스의 칼에 반사된 번갯불이 번쩍였다. 매튜스는 아이들을 따라 뛰고 있었다. 엘리가 웃었다. 작전이 먹혔다.

그때 거대하고 어둡고 축축한 어떤 형체가 원형 경기장으로 뛰어 들어와 엘리의 등을 두드렸다.

엘리는 뒤를 돌았다. 하그레스가 세스의 목을 잡아 높이 들어 올리고 있었다. 세스가 발버둥쳤다.

"안 돼!"

엘리는 달려가 거대한 재판관을 향해 주먹을 날렸다. 아무 소용이 없었다. 누군가 엘리의 외투 주머니에 손을 넣었다. 안나였다. 안나는 엘리를 옆으로 밀치고 드라이버로 하그레스의 팔을 찔렀다. 하그레스가 괴성을 지르며 물이 가득 찬 경기장 아래로 세스를 떨어뜨렸다. 하그레스는 안나를 보지도 않은 채 계단 바깥으로 냅다 후려갈겼다. 그러고는 엘리의 머리채를 잡아 물속으로 거칠게 집어던졌다.

엘리는 소금물을 잔뜩 먹은 후 씩씩거리며 물 위로 고개를 쳐들었다.

"엘리! 저기 뭔가 있어."

안나의 목소리였다.

엘리는 다시 물속으로 고꾸라졌다.

"뭐라고?"

엘리가 다시 머리를 물 밖으로 내밀며 소금물을 뱉었다.

안나가 엘리 쪽으로 헤엄쳐왔다.

"여기 우리랑 같이 있는 게 있다고!"

엘리는 겁에 질려 주위를 살폈다. 시커먼 형체가 파도를 따라 넘실거렸다. 물 위로 뾰족한 지느러미가 보였다.

"저게 뭐야?"

세스도 안나와 엘리 쪽으로 헤엄쳐왔다.

엘리는 시커먼 형체가 움직일 때마다 파동을 느꼈다. 상어였다. 지느러미와 꼬리 사이의 길이가 웬만한 사람 크기는 되는 듯 했다. 상어는 꼬리를 휙 돌리며 날카롭게 몸을 틀어 아이들로부터 멀리 헤엄쳐갔다.

"괜찮아."

엘리의 목소리가 살짝 떨렸다. 아이들은 물에 빠지지 않으려고 서로를 꼭 잡고 발장구를 쳤다.

"상어는 사람들이 생각하는 것만큼 위험하지 않아. 상어가 난폭해질 때는 오직 피 냄새를 맡았을 때지."

엘리가 말했다.

경기장 위에서 하그레스가 칼을 꺼내 잘려나간 팔 쪽 겨드랑이에 끼웠다. 그러고는 손바닥을 펴서 칼날을 그대로 쓸었다.

"안 돼!"

엘리가 비명을 질렀다.

하그레스는 손을 폈다가 주먹을 꽉 쥐었다. 핏방울이 후드득 물속으로 떨어졌다.

유유히 헤엄치던 상어의 꼬리가 요동쳤다. 물이 사방으로 튀었다. 상어는 아이들 주위를 빙빙 돌았다. 돌고 또 돌았다.

그러고는 아이들을 향해 방향을 틀었다. 상어의 검은 눈동자가 뒤집어지며 흰자위만 번득였다. 엘리는 세스의 손을 잡으려고 팔을 뻗었다. 그 순간 돌진하는 상어 앞에서 엄청난 힘이 엘리와 안나를 낚아챘다.

엘리가 어리둥절하여 주위를 돌아보았다. 상어는 원형 경기장 한쪽 구석의 관중석에 처박혀 있었다. 세스가 엘리 바로 옆 물속에서 튀어나왔다. 세스의 몸에는 여전히 시커먼 소용돌이가 오르내렸다.

"절대 봐주지 않겠다."

위쪽에서 하그레스의 목소리가 들렸다. 하그레스는 주머니에서 화살총을 꺼내 세스를 겨냥했다.

"세스, 물속으로 들어가!"

엘리가 소리쳤다.

"아니, 그럴 거 없어."

누군가 엘리 옆에서 느긋하게 말했다. 핀이었다. 핀은 헤엄치지도 않고 그저 해파리처럼 유유히 물에 떠 있었다.

"하그레스도 이제 끝이야. 너무 많은 걸 알고 있거든."

엘리의 얼굴이 하얗게 질렸다.

"안 돼…. 안 돼, 핀. 그러지 마."

핀은 웃기만 할 뿐이었다.

산이 반으로 갈라지는 듯한 굉음이 울렸다. 엘리는 고막이 찢어질 것 같았다. 사방에 먼지가 자욱했다. 하그레스와 매튜스가 발아래 돌계단 사이로 사라졌다.

엘리는 돌계단을 기어올랐다. 돌이 미끈해 손이 미끄러지면서 긁혔다. 물이 발밑으로 밀려왔다. 마치 물이 철벅거리는 거대한 욕조에 들어온 것 같았다. 아이들은 계단 꼭대기로 정신없이 뛰어 올라갔다.

엘리는 아래를 보고 숨이 턱 막혔다. 원형 경기장의 돌계단에 거대한 구멍이 생겼다. 완벽하게 둥근 구멍은 바다로 바로 연결되었다.

"두 사람이 보이지 않아!"

엘리가 소리쳤다.

세스가 비틀거리며 계단 끝으로 가서 이를 꽉 깨물고 물을 내려다보았다. 세스는 보는 게 아니라 느꼈다.

"저기."

마침내 세스가 바다를 가리키며 가라앉은 목소리로 말했다.

작은 형체 두 개가 사나운 파도에 소름끼치게 뒤틀리면서 먼 바다 쪽으로 떠내려갔다.

"내가 다시 데려올게."

세스의 목소리가 갈라졌다. 그러고는 앞으로 고꾸라졌다.

"괜찮아?"

안나가 어깨를 잡으며 물었다.

"아무래도… 안 되겠어. 머릿속에서 누가 망치질을 하는 것 같아."

세스가 머리를 감싸쥐었다.

엘리는 핀을 보았다. 핀은 재미있어 죽겠다는 듯한 표정으로 바다를 보았다.

"저 두 사람을 구해줘."

엘리의 말에 핀이 놀라며 씩 웃었다.

"하그레스를 구해달라고? 하지만 이제 하그레스는 네가 세스를 도왔다는 것도 알잖아. 아마 하그레스는 살아서 돌아오자마자 너희 둘을 처형할걸? 그래도 구해? 하그레스를 내가 구해주길 원해?"

"그래! 그를 구해! 둘 다 구해!"

핀은 잠시 눈을 꼭 감고 맛을 음미하듯 엘리의 말을 듣고만 있었다.

"싫어."

엘리는 숨이 턱 막혔다.

"뭐?"

"구하지 않을 거라고. 거절하는 거야."

"아니, 안 돼. 그럴 수 없어."

"그냥 죽는 거야."

"소원을 쓸 기회를 원하지 않아? 저들을 구해. 네가 얼마나 더 강해질지 생각해봐!"

엘리가 소리쳤다.

"안 구해."

"안 돼, 안 돼!"

엘리가 주먹을 꼭 쥐었다.

"핀, 제발! 제발 죽이지 마!"

핀은 이미 사라지고 없었다. 엘리는 그저 먼 바다로 휩쓸려 가는 작은 형체 둘을 바라보는 수밖에 없었다. 암흑의 파도 아래로 완전히 자취를 감출 때까지.

클로드 헤스터메이어의 일기에서

하수도에서 살고 있다.

지난주에는 두 번이나 피터에게 도움을 요청해야 했다. 불과 몇 시간 전, 재판관 세 사람이 하수도에 숨은 나를 찾아냈다. 그들 중 하나는 대학시절부터

나와 피터의 오랜 친구였다. 그는 나에게 자수하라고 간절히 말했다. 눈물까지 글썽이면서. 나는 피터를 떠나고 싶지 않았다. 피터를 시켜 그의 다리에 녹슨 쇠줄을 감게 하고 도망쳤다.

일기장은 잘 숨겨두었다. 어이없게도 일기장이 왜 중요한지는 이제 기억이 나지 않는다. 이유를 찾으려고 최근 일기 몇 개라도 읽어보려 했지만 기운이 없어 그냥 덮었다. 그저 계속 쓸 뿐이었다. 피터는 버게 일기장을 갖다버리라고 계속 말한다. 실제로 거의 버릴 뻔한 적도 있다. 하지만 마음속 깊은 곳에서 일기장을 간직해야 한다는 목소리가 들렸다.

낮에는 쥐를 잡아먹으려고 놓아둔 덫을 살피거나 가끔 하수도관으로 들어오는 물고기를 잡으려고 쳐둔 그물을 확인한다. 밤에는 할 수 있는 한 몸을 꽁꽁 싸맨다. 요 며칠 버버 몸이 으슬으슬하다. 뼈에 한기가 든 것 같다. 피터는 버게 이런저런 도움을 제안한다. 불을 피워주겠다거나 음식을 가져다주겠다거나. 하지만 역시 마음의 소리는 안 된다고 말한다.

그럼에도 피터와 함께 라서 감사하다. 피터가 없었다면 하수도에서 사는 것이 훨씬 힘들었을 것이다. 어젯밤 통 잠이 오지 않아 피터와 함께 걸었다. 처음엔 분명 피터에게 화가 났다. 지금은 기억도 나지 않는 이유로. 하지만 우린 한참 이야기를 나누었고, 나는 마치 대학 시절로 돌아간 것 같았다. 진실과 지식을 끝없이 탐구하던 그 때로. 오랜 친구로서의 피터와 다시 대화할 수 있어 무척 기분이 좋았다.

가끔 위쪽 세상은 어떻게 돌아가는지 궁금하다. 피터의 아버지 생각이 많이 난다. 잘 지버시면 좋으련만. 피터의 아버지를 만나 아들은 잘 지낸다고 말해줄 수 있으면 좋겠다.

사라진 문장

엘리가 작업대 옆에 털썩 주저앉았다. 머리가 잔뜩 헝클어지고 손톱은 죄다 물어뜯어 울퉁불퉁했다. 손에는 이마의 땀으로 흥건히 젖은 손수건이 들려 있었다.

"이해가 안 돼. 어떻게 이런 일이 있을 수 있지? 핀은 분명 어젯밤 내 부탁을 거절했어. 그런데 나는 왜 더 쇠약해진 걸까?"

세스와 안나는 잠을 자지 못 해 눈꺼풀이 천근만근이었다. 안나가 새 손수건을 가지러 갔다. 세스는 주먹 위에 턱을 괸 채 말했다.

"엘리, 어쩌면 지난번에 우리가 뱀 탑에서 뛰어내릴 때 빌었던 소원 때문 아닐까?"

엘리가 팔뚝에 든 보라색과 연녹색 멍을 문질렀다.

"하그레스가 그런 거야?"

세스가 물었다.

"아니, 조금 전에 작업대에 부딪쳤는데 이렇게 됐어."

엘리의 머릿속에서 사나운 물결에 떠내려가며 몸부림치는 두 사람이 끊임없이 떠올랐다. 죄책감이 가슴을 갈고리처럼 끌어당겼다. 엘리는 눈을 꼭 감았다 떴다. 안나가 접시 위에 놓아준 빵 한 덩이를 손으로 뜯었다. 배가 고파서는 아니었다. 먹고 싶다는 생각은 이 상황에 어울리지 않았다. 하지만 뭐든 먹어야 버틸 수 있었다. 엘리의 팔과 다리는 비쩍 마른 막대기 같았다. 머리가 무거워서 목이 자꾸 앞으로 구부러졌다.

안나가 엘리 옆에 앉아 새 손수건으로 엘리의 이마를 닦아주었다. 바닥에는 헤스터메이어의 일기장이 놓여 있었다. 세스가 발로 일기장을 툭 찼다.

"사라진 페이지에 무슨 내용이 적혀 있었을까?"

세스가 말했다. 안나는 그런 질문을 할 때가 아니라는 듯이 눈을 흘겼다. 엘리가 억지로 빵을 한 입 베어 물었다. 스펀지를 씹는 느낌이었다.

"모르겠어. 찾을 수 있는 방법이 있긴 할까? 아무래도 자수를 하는 게 좋겠어. 또다시 누군가 다치기 전에."

엘리가 깊은 한숨을 쉬었다.

"자수는 안 돼."

안나가 엘리에게 물이 가득 든 컵을 건넸다.

"만약 내가 자수해서 처형을 당하면 핀도 끝이야. 다음 화신을 찾을 때까지. 하지만 이대로 핀이 계속 강해져서 내 몸을 뚫고 나오면 나뿐만 아니라 많은 사람을 죽이고 도시를 파괴할 거야. 만약 핀이 고아원으로 향하면 어떡할래?"

엘리의 목소리가 갈라졌다. 말하는 사이사이 숨을 깊이 들이쉬었다.

"핀이 아냐. 그냥 악마지."

안나가 부드럽지만 따끔하게 말했다.

"그리고 세스도 위험해."

엘리가 불안한 얼굴로 세스를 보았다.

"내가 왜?"

"핀이 네가 어떤 존재인지 아니까. 핀이 내 몸에서 나오면 널 처단하려고 할 거야. 고통스럽게. 넌 그와 비슷한 존재니까. 비록 조금도 닮지 않았지만."

엘리가 잠시 숨을 고르더니 말했다.

"내 말을 믿어. 난 핀이 어떤 아이인지 알아."

"엘리!"

안나가 갑자기 소릴 질렀다.

"왜 그래?"

"악마는 핀이 아냐. 그렇게 부르지 말아줘, 제발. 핀은 네 동생이야. 상냥하고 다정한 아이. 절대 누군가를 해치치 않는 아이."

안나가 울먹이듯 소리쳤다.

"미안해."

엘리는 고개를 떨궜다. 상냥하고 다정하다는 말이 머릿속을 맴돌았다. 상냥하고 다정했던 핀이 기억나지 않았다.

"핀을 잊은 건 아니지?"

"당연하지!"

사실이 아니었다. 엘리는 눈을 질끈 감았다.

"미안해, 미안해. 그러니까, 내 동생 핀은 이제 없잖아. 날 찾아온 핀이 있을 뿐. 비록 핀이 악마라고 하더라도 나는 이 핀밖에 기억이 안 나."

"어떻게 그런 말을 해?"

안나의 입술이 하얗게 질렸다.

"그게 사실이야."

안나가 뒤로 주춤하며 엘리에게서 돌아섰다.

세스는 작업장을 서성이고 있었다. 왼쪽으로 갔다가 오른쪽으로 갔다가 다시 왼쪽으로 부산하게 움직였다. 엘리는 세스에게 버럭 소리를 지르고 싶었다. 그러면서도 혹시 핀에게서 사악한 기운이 옮겨온 건 아닌지 자신이 걱정스러웠다.

"우리 이 도시를 떠나자. 지금 당장, 배를 타고."

세스가 안나와 엘리에게 다가와 큰소리로 외쳤다.

"재판관들이 우릴 쫓아올 거야. 고래잡이들의 배를 타고 바다를 가로질러 우리를 잡으러 올 거야."

엘리가 말했다.

"재판관들이 우릴 볼 수 없다면 얘기가 다르겠지. 우리에겐 잠수함이 있잖아."

안나는 더 큰소리로 말했다.

"고장났잖아."

"고치면 되지."

세스가 말했다.

엘리는 쓴웃음을 지었다.

"난 이제 한심한 저 게 발들도 못 고치는걸."

엘리가 옆에 있는 굴 따기 기계를 발로 툭 찼다. 그러고는 기침을 했다. 점점 심하게 기침을 하고 또 했다. 등을 둥글게 만 채로 얼굴을 두 손으로 감쌌다.

"경작 섬으로 가자."

안나가 엘리의 등을 토닥이며 말했다.

"섬의 농부들이 우릴 신고할 거야. 그런데 어제 본 지도에 의하면…."

세스가 말했다.

"무슨 지도?"

안나가 끼어들었다.

"어제 화신의 유품을 보관해둔 방에서 이상한 지도를 봤어. 도시와 경작 섬 말고 다른 섬들이 또 있었어. 도시에서 남쪽으로 멀리 멀리 떨어진 곳에. 섬들 가운데 하나는 굉장히 컸어. 심지어 이 도시보다 더."

"이 도시가 가장 큰 섬이야."

안나가 얼굴을 찌푸렸다.

"그 지도상으로는 그렇지 않았어."

세스가 말했다.

"하지만 다른 섬이 있다면 왜 재판관들이 비밀로 한 거지?"

안나가 말했다.

"우리가 밝혀보자. 밤에 몰래 배를 타고 아무도 모르게 떠나자. 바다를 항해하는 거야."

세스는 눈빛을 반짝이며 입맛을 다셨다.

"우리 셋이 달랑 탈 만한 작은 배로 바다를 건널 순 없어."

엘리가 고개를 저었다.

"내가 있는 한 할 수 있어."

세스가 단호하게 말했다.

"핀이 우릴 따라올 거야. 도시를 떠난다고 해도 나는 여전히 화신이야."

"널 잡으려는 재판관은 없잖아. 위험할 일이 없으니 넌 악마에게 아무 부탁도 하지 않아도 돼."

세스의 목소리가 간절했다.

엘리는 세스의 단단한 눈빛에서 위안을 얻었다. 새로운 섬에 도착한 세 사람을 상상했다. 섬사람들은 얼굴이 온화하고 '악마'라는 말은 입에 올리지도 않을 것이다. 하지만 포학한 사람들의 섬이라고 해도, 땅이 온통 재로 뒤덮였다 해도 이 도시에서 맞을 운명보다 비참하진 않을 것이다.

"좋아, 한번 해 보자."

마침내 엘리가 말했다.

세스의 눈이 환희로 가득 찼다. 엘리는 안나에게 어깨를 기댔다. 결정을 내리는 일만으로도 기운이 다 빠졌다. 안나가 눈을 반짝이며 작업장을 둘러보았다.

"좋아. 일단 배부터 찾자. 그리고 비상식량이랑 물, 지도가 필요해. 소총도 챙겨야지."

안나의 말에 세스의 눈이 커졌다.

"음, 그러니까… 곰을 만날 경우를 대비해서."

엘리가 자기도 모르게 웃었다. 안나와 세스에게 고마운 마음을 표현하고 싶었지만 어떻게 말을 꺼내야 할지 알 수 없었다. 대신 고개를 숙인 채 헤스터메이어의 일기장을 펼쳐 손으로 쓸었다. 주위를 서성이던 세스가 엘리에게 다가왔다.

"거기 뭐가 있어?"

"이날 일기를 보면…."

엘리가 왼쪽 페이지를 가리켰다.

"헤스터메이어가 갑자기 악마를 피터인 것처럼 말하기 시작해. 둘이 동일인물인 것처럼. 진심으로 혼동을 느낀 것 같아."

엘리는 손톱을 물어뜯으며 얼굴을 찌푸렸다.

"악마는 헤스터메이어에게 가장 아끼는 친구로 나타났어. 나에게는 동생으로 나타났지. 이게 그의 방식인가?"

엘리가 말을 이었다.

"그 아니고 그것이라고 하자."

안나가 엘리의 말을 고쳐주었다.

"엘리, 악마가 화신을 선택하는 거라고 생각하니? 그러니까 내 말은 아무나 복불복으로 화신이 되는 게 아니냐는 거야."

세스가 말했다.

엘리는 턱을 쓸었다. 엘리 앞에 몸을 대자로 뻗고 누운 안나가 헤스터메이어의 일기를 천천히 넘겨보았다.

"악마는 기생충이다. 다른 곤충의 몸에 알을 낳는 기생 말벌 같은 존재다."

안나가 일기를 소리 내어 읽었다. 그러고는 고개를 들어 선반에 진열된 동물 사체를 보관해둔 유리병을 보았다.

"여기 기생 말벌은 없어? 한번 보고 싶은데."

안나가 물었다. 세스는 안나 옆에 앉아 어깨 너머로 일기를 같이 읽었다.

"기생충."

엘리가 주머니에서 진주를 꺼내 손바닥에 굴리며 말했다.

세스와 안나가 고개를 들었다.

"뭐라고?"

세스가 물었다.

"그는 기생충이야."

엘리가 말했다.

"그가 아니라 그것."

안나가 또 다시 고쳐주었다.

"그래, 그것은 기생충이야. 기생충은 숙주의 양분을 빼앗아먹으며 강해져. 충분히 강해지면 숙주를 파괴하지. 하지만 악마는 육체가 없어. 먹을 수도 없지. 그렇다면 악마를 강하게 하는 먹이는 뭘까?"

엘리가 몸을 휘청였다. 안나가 벌떡 일어나 엘리를 부축했다.

"고마워."

엘리는 벽에 붙은 수천 장의 그림들 쪽으로 쓰러질 듯 비틀거리다 기생 말벌의 그림을 떼어냈다.

"그게 아마 나를 선택한 이유일 거야. 내 안에 먹이로 삼을 만한 게 있었던 거지. 너에게는 없는 무언가."

엘리가 세스를 보았다.

"너에게도."

안나를 보았다.

"아니, 어느 누구에게도 없는 것."

엘리는 말벌 그림을 조금 더 유심히 보았다. 하지만 이미 진이 다 빠진 엘리는 이내 또다시 기침을 했다. 안나가 서둘러 물을 가져왔다.

"피터 램버스는 어떻게 죽었어?"

여전히 일기를 읽던 세스가 물었다.

엘리는 물을 홀짝이며 세스에게 절뚝절뚝 다가갔다.

"나도 몰라. 헤스터메이어는 그것에 대해서는 전혀 쓰지 않았어."

"어쩌면 그게 사라진 페이지에 쓰인 내용 아닐까? 피터의 죽음이 네 동생의 상황과 비슷한 건 아닐까? 헤스터메이어는 피터의 죽음에 죄책감을 가졌다고 했잖아. 네가 네 동생의 죽음에 대해…."

"그만해!"

엘리가 세스를 향해 마시던 물 컵을 던졌다. 손이 덜덜 떨리고 있었다. 컵은 엘리와 세스 사이 책 더미에 떨어졌다 튕겨 나갔다. 세 사람은 컵이 바닥에서 작은 원을 그리며 빙그르르 도는 것을 지켜보았다.

"미안해. 내가 왜 그랬는지 모르겠어."

엘리의 눈이 커졌다. 분노가 가슴에서 사그라들고 수치심이 그 자리

307

를 채웠다. 엘리가 무릎을 꿇으며 쓰러졌다.

"정말 미안해, 세스."

"괜찮아, 괜찮아. 정말이야."

세스가 나직이 말했다.

"내가 왜 이럴까."

안나가 엘리의 등을 가만히 쓰다듬었다.

"너무 피곤해. 왜 이렇게 힘들지? 핀이 내 소원을 들어주지도 않았는데!"

엘리는 갑자기 눈물이 터질 것 같았다.

"멈출 방법을 찾아보자. 널 고칠 방법이 있을 거야."

세스가 말했다.

엘리는 손을 보며 인상을 찡그렸다. 핏기 없는 앙상한 손은 거의 생선의 살과 색깔이 비슷했다. 옅은 갈색의 주근깨가 있어 그나마 다행이었다. 엘리는 동생의 손에도 주근깨가 있었는지 궁금했다.

엘리는 안나와 세스를 향해 창백한 안색으로 웃었다. 안나와 세스도 웃었다. 아이들은 여행 준비에 관해 다시 재잘거리기 시작했다.

엘리가 우둘투둘한 손톱을 내려다보았다. 누군가 손톱을 물어뜯지 말라고 핀잔을 주던 기억이 희미하게 떠올랐다. 누군지는 도통 생각나지 않았다. 동생이었던가? 눈을 꼭 감고 과거의 기억을 되짚어 보았다. 동생을 기억하기 위해서. 진짜 동생을 기억하고 싶어서. 하지만 그럴 때마다 온몸이 얼어붙을 듯 가슴속으로 한기가 스몄다. 눈앞에 떠오르는 건 동생의 빈 침대뿐이었다.

아이들이 어떻게 엘리를 고칠 수 있을까? 엘리에게 필요한 유일한 힌트는 사라졌다.

핀

그날의 남은 시간은 도시를 탈출할 계획을 짜면서 보냈다. 안나는 프라이와 이브넷을 데리고 부두로 가서 '잠시 빌릴' 배를 물색했다. 엘리가 모아둔 돈으로 바다에서 한 달을 버틸 말린 과일과 훈제 생선을 샀다. 그동안 엘리가 할 수 있는 일이라곤 작업장에서 기진맥진하여 누워있는 일뿐이었다. 어떨 때는 몸이 돌덩이 같고 어떨 때는 텅 빈 것 같았다.

그날 밤, 엘리는 목이 타서 괴로워하며 잠에서 깼다. 높은 언덕을 달려 올라간 것처럼 심장이 뛰었다. 낮에는 정신을 못 차릴 정도로 쓰러져 있었으면서 한밤중에 잠에서 깨다니 짜증이 치밀었다. 담요를 어깨에 두르고 비틀거리며 작업장으로 나갔다.

"누나, 안녕?"

핀이 문 부근 박제 개복치 아래에서 맨발로 다리를 꼰 채 앉아 있었다. 흰 셔츠에 흰 바지, 머리카락이 달빛을 받아 은백색으로 빛났다. 영락없는 날개 잃은 천사였다.

엘리는 핀을 무시한 채 발을 절뚝이며 싱크대로 향했다. 수도꼭지 앞에 서서 손을 오므려 물을 먹고는 머리카락에 손을 톡톡 닦았다.

손가락 사이에 긴 머리카락 한 가닥이 붙어 나왔다. 하얗게 센 머리카락이었다.

엘리는 놀라서 눈이 동그래졌다. 거울 앞으로 달려갔다. 두려움이 가슴을 콕콕 쑤셨다. 머리카락은 눈에 띄게 가늘어졌고, 두피마저도 창백해진 것 같았다.

"어떻게 된 거야?"

엘리가 목소리를 낮췄다.

핀이 엘리에게 네 발로 기어갔다. 핀에게서 갓 세탁한 옷에서 나는 은은한 비누 냄새가 났다. 둘은 거울 앞에 나란히 섰다. 핀은 장밋빛 뺨에 젖살이 통통하게 오르고 곱슬머리는 은백색으로 빛이 났다. 엘리는 창백한 얼굴에 비쩍 마르고 여기저기 긁힌 몸에 이마에는 식은땀이 배어 있었다. 핀이 씩 웃었다.

"오, 엘리. 몸이 많이 안 좋은가봐. 내가 도와줄 거라도?"

"닥쳐."

엘리가 중얼거렸다. 큰소리를 내서 세스를 깨우고 싶지 않았다.

"닥쳐."

핀이 노래하듯 음을 붙여 엘리를 따라했다.

"엘리, 너 요즘 할 수 있는 말이 '닥쳐'밖에 없냐? 너도 이제 끝이 보이는구나. 좀 슬퍼지려 하네."

엘리가 머리카락을 피해 이마를 짚었다. 무엇을 놓친 걸까? 하그레스를 구하라는 부탁을 거절한 핀은 왜 더욱 생기가 넘칠까?

"조금만 더 날 다정하게 대하면 말해줄게."

핀이 시무룩하게 발을 내려다보았다.

"그런 일은 없을 거야."

"오, 그래서 날 계속 무시하시겠다? 나한테는 그래도 되나봐? 나는 그렇게 죽어도 되나봐?"

엘리가 핀을 밀치고 방으로 향했다.

"하지만 그때, 내 말대로 네가 나와 함께 있었더라면 난 죽지 않았을 거야."

핀이 목걸이에 달린 열쇠 하나를 만지작거리며 말했다.

엘리가 돌아보았다. 핀은 말이 지나쳤나 궁금하다는 듯이 입술을 깨물었다.

"그날 있었던 일이야. 내가 나쁘게 말하는 게 아냐. 그날 난 정말 그랬어."

핀이 손을 내밀었다.

"그건 내 잘못이 아냐."

엘리가 단호하게 말했다.

"오, 엘리. 그렇지 않다는 걸 우리 둘 다 알잖아."

엘리는 주먹을 꽉 쥐고 숨을 깊이 들이마시며 방으로 걸어갔다.

"가지 마, 엘리. 너랑 이야기하고 싶어. 또다시 날 버려두지 마."

핀이 애원했다.

"가지 마."

이번에는 명령이었다. 엘리는 목덜미의 털이 쭈뼛 섰다.

"원하는 게 뭐야?"

엘리가 말했다.

"내가 너 때문에 죽었다는 걸 인정하는 것."

핀이 한 발을 내딛었다.

"그렇지 않아."

엘리는 마른침을 삼켰다.

핀이 목걸이를 짤랑거리며 작업장을 가로질러 펄쩍 뛰어왔다.

"기억 나? 파도가 잔잔하던 여름 어느 날, 우리 둘이 같이 배 타고 바다로 나갔던 것? 낚싯대와 그물, 망원경까지 챙겼지. 하루 종일 물고기 한 마리 못 잡았지만 그래도 좋았어. 우리가 얼마나 낚시에 소질이 없는지에 대해 떠들며 깔깔댔지. 살이 벌겋게 익는 것도 모르고 말이야. 우리가 직접 만든 보드게임을 하며 놀다 청상어를 보았지. 나는 너무 흥분해서 바다로 뛰어들었고 너도 바로 날 따라 들어왔어. 거의 물에 빠져 죽기 직전에 네가 날 구했어. 그러고선 날 끝까지 지켜주겠다고 약속했지. 기억나? 날 절대 다치지 않게 하겠다고 했던 약속?"

"핀, 원하는 게 뭐야?"

엘리가 나지막이 물었다.

"말했잖아. 네 잘못을 인정하라고."

"하지만 왜?"

"그래야 내가 널 용서할 수 있으니까! 그래야 너도 자책을 멈출 수 있을 테니까! 이제 지난 일은 뒤로하고 우리 그때로 돌아가자. 핀과 엘리, 바다에서 신나게 모험하던 그때로."

엘리가 핀을 물끄러미 보았다. 핀도 엘리를 눈도 깜빡하지 않고 보았다. 핀이 희미하게 웃었다.

"그래, 내가 동생 곁을 그렇게 오래 떠나지 않았어야 했어. 하지만 그 때문에 동생이 죽은 건 아니야."

엘리가 말했다.

"엘리, 넌 구제불능이야. 정말 마음이 아프다. 난 네가 필요했어. 네가 있어야 했어!"

"네 말 믿지 않을 거야."

핀의 얼굴이 일그러졌다.

"넌 동생을 믿지 않아?"

"아니, 널 믿지 않아."

"하지만 내가 네…."

"넌 내 동생이 아냐. 네 용서는 나에게 아무 의미 없어."

엘리의 눈빛이 단호했다.

"네 동생이 어떻게 생겼지? 눈동자는 무슨 색이었지?"

핀이 등을 돌리며 물었다.

엘리는 머릿속이 하얘졌다. 아무것도 기억나지 않았다. 어깨에 두른 담요를 꽉 움켜쥐었다.

"초록색…, 나도 초록색이니까."

엘리의 목소리가 흔들렸다.

"오, 엘리. 동생의 눈동자는 파란색이야."

핀이 발꿈치로 휙 돌더니 빛나는 파란 눈동자로 엘리에게 눈을 맞췄다.

"그만해."

"왜? 동생은 분명 이렇게 생겼어. 믿어도 좋아."

"아니야…."

"왼쪽 귀는 주름이 져서 쪼글쪼글했지. 기억나?"

핀이 귀 옆 곱슬머리를 걷어 주름진 귀를 보여주었다.

"아니, 그렇지 않았어."

"확실해?"

핀이 인상을 썼다.

"응."

엘리는 전혀 확신하지 못 했지만 단호히 대답했다.

핀이 콧소리를 내며 웃었다.

"그래도 웃을 땐 이렇게 웃었어. 그렇지?"

"나는…."

"그러니까, 엘리. 넌 나랑 있는 게 나아. 네가 그토록 사랑하는 핀이 바로 나야."

핀은 엘리에게 성큼 다가와 껴안으려고 했다.

"저리 가!"

엘리가 핀을 세게 밀쳤다.

목걸이 장신구의 짤랑 소리와 함께 핀이 뒤로 자빠졌다. 머리를 작업

315

대의 날카로운 모서리에 세게 부딪쳤다.

엘리는 숨이 턱 막혔다.

"핀! 나는… 나는….'

핀이 끙끙거리며 팔꿈치로 몸을 일으켰다. 눈을 감은 채 머리를 들지 못 했다. 정수리에 보라색 멍이 들었다. 곱슬거리는 앞머리에 매달렸던 핏방울이 작업대에 뚝뚝 떨어졌다.

"무슨 말 하려고 했어, 엘리? 혹시 미안하다고 말하려 했어?"

"아니."

엘리가 거짓말을 했다.

"그럼 이번에는 나 고쳐줄 수 있어? 안 아프게 해줄 수 있어?"

엘리가 무릎을 꿇으며 고개를 저었다. 핀의 아픔이 느껴지기라도 하듯 정수리가 따가웠다. 엘리는 머리를 매만졌다. 이번에는 더 많은 머리카락이 한 움큼 뽑혔다.

"널 살리려고 할 수 있는 건 뭐든지 다 했어."

"나에게 필요했던 건 누나와 같이 있는 것뿐이었어. 난 너무 추웠어. 너무 너무. 누나가 너무 보고 싶었어."

핀이 엘리에게 천천히 다가갔다.

"너는 몰라. 그 자리에 없었으니까."

엘리가 말했다.

"나는 어디에나 있어."

"핀을 살릴 수 있을 거라고 생각했어."

"엘리, 넌 엄마와 달라. 네가 애썼다는 건 알지만 그뿐이었지."

316

"널 살릴 수 있었더라면 하고 매일 생각해."

"살렸다면 네가 엄마만큼 뛰어난 사람인 걸 모두가 알게 됐겠지."

"아니, 난 그저 동생을 살리고 싶었을 뿐이야."

엘리의 입속으로 눈물이 흘러 들어갔다.

"그럼 왜 날 혼자 버려둔 거야? 날 지키겠다고 약속했잖아. 기억하지?"

핀이 엘리의 손을 잡았다. 엘리의 손가락에 피가 묻었다.

"아니… 아니."

엘리는 기억하지 못 했다. 아무것도 기억나지 않았다. 핀의 얼굴뿐 아니라 핀의 웃음도 작은 배를 타고 낚시하러 나갔던 날도 핀의 눈동자 색깔도. 엘리가 아는 것은 지금 앞에 앉은 이 소년뿐이었다.

"엘리, 내 말을 인정하고 사과하기만 하면 모든 걸 되돌릴 수 있어. 영원히 나와 함께 할 수 있어."

"아무것도 하지 않을 거야."

엘리가 속삭였다. 하지만 머릿속은 혼란스럽기만 했다. 가슴이 따끔거려 숨을 쉴 수 없었다. 뼈 속으로 냉기가 스몄다. 엘리는 고통이 지긋지긋했다. 모든 게 지겨웠다.

"엘리, 내가 도와줄게. 널 용서할게. 난 네 동생이야. 너도 용서를 간절히 바라고 있잖아."

엘리는 흐느끼기 시작했다.

"그래."

'그래'라고 말하는 것만으로 기분이 나아졌다.

핀이 엘리의 눈을 사랑스럽게 바라보았다. 엘리의 이마에 이마를 맞댔다. 엘리는 핀을 품에 안았다. 세상 누구보다 사랑하는 동생 핀.

"미안해, 핀."

말을 꺼내자마자 눈물이 쏟아졌다.

"너랑 같이 있어주지 못 해 미안해. 널 혼자 내버려둬서 미안해. 널 고칠 수 있을지 알았어. 내가 이기적이었어. 내 생각만 했어. 네 옆에서 널 지켜줬어야 하는데. 네 곁에 머물렀어야 하는데."

엘리는 몸을 떨고 있었다. 작업장으로 달빛이 환하게 비쳤다. 엘리가 핀의 얼굴에서 머리카락을 넘겨주었다. 핀의 장밋빛 뺨을 어루만지고 머리를 쓰다듬었다. 상처는 이미 나아 있었다.

엘리가 활짝 웃었다. 핀은 고개를 끄덕이며 엘리를 물끄러미 쳐다보았다. 엘리는 핀이 용서한다면 얼마나 행복할까 생각했다. 둘의 모습을 다시 상상했다. 그물과 망원경을 챙겨 조각배를 탄 엘리와 핀. 핀의 금발과 주름진 왼쪽 귀, 아름답게 빛나는 파란 눈동자.

"용서할게, 엘리."

핀이 말했다.

말로 표현 못 할 따스함이 엘리를 감쌌다. 이전의 어떤 기쁨과도 비교할 수 없었다. 엘리는 소리 내어 웃고 또 웃었다. 눈물이 뺨을 타고 흘렀다. 엘리는 핀을 껴안고 머리를 쓰다듬었다. 무엇에선가 풀려나 따뜻한 햇살을 향해 몸이 둥실 떠오르는 것 같았다.

"고마워."

엘리가 핀을 더 꽉 안았다.

하지만 그 순간 핀의 몸이 가볍게 느껴졌다. 엘리가 눈을 비볐다.

"피… 핀?"

엘리는 핀의 얼굴을 돌렸다. 얼굴은 아무런 움직임이 없이 굳어 있었다. 핀의 몸이 불타고 남은 재처럼 조각조각 떨어져 날아갔다. 손으로 잡으려고 했지만 손은 핀의 몸을 그대로 통과할 뿐이었다.

"핀? 핀!"

엘리가 핀을 잡으려고 애쓰며 소리쳤다. 하지만 잡히는 건 아무것도 없었다. 핀의 몸은 더 이상 실체가 아니었다. 한 줄기 연기가 머리 위를 맴돌았다.

그리고 핀은 완전히 사라졌다.

클로드 헤스터메이어의 일기에서

이제 거의 끝이 보인다.

내가 어리석었다. 악마에게 완전히 놀아났다.

요즘 몸 상태가 최악이다. 습자지보다 힘이 없고 쇠약하다. 가슴속에서 무언가 꿈틀대 곧 터질 것만 같다. 사실 이 펜도 간신히 쥐고 있다.

재판관들이 날 잡아가도록 할 생각이다. 부둣가 근처에 시계탑이 있는데 피터와 밤늦도록 이야기를 주고받으며 즐거운 시간을 보냈던 곳이다. 그곳으로 가서 피터를 회상하려고 애써본 후, 재판관들을 부를 것이다.

하지만 먼저 이 일기를 대학에 넘기려고 한다. 만약 누군가 이 기록을 읽어준다면 네 고통이 헛되지 않을 것이다. 특히 미래의 화신에게 도움을 줄 수만 있다면 더 바랄 것이 없겠다. 처음 악마를 만났을 때 알았으면 좋았을 것들을 가르쳐줄 것이다. 어쩌면 선을 위해 악마를 물리치는 데 도움이 될 지도 모르겠다.

일기를 쓸 때면 악마가 나를 조롱한다.

"일기를 넘길 테면 넘기라지. 찢어버리면 그만이야."

네 삶은 너무 짧고 어둠으로 가득했다. 하지만 피터라는 멋지고 다정한 벗을 만난 경이로운 시간은 큰 행운이었다. 그의 얼굴을 떠올리고 싶지만 네 머릿속에는 악마뿐이다.

하지만 어느 날, 이 사악한 신은 자신을 지나치게 믿은 나머지 나보다 더 강한 영혼의 소유자를 찾아갈 것이다. 사랑을 지키려고 방패를 만드는 자. 심지어 무기까지 마다 않는 자. 그리고 어느 날, 악마는 처참한 고통을 맛보게 될 것이다.

나의 뒤에 올 화신이여, 이 기록을 당신에게 전한다. 나는 당신을 믿는다.

안나 이야기

"엘리?"

엘리는 두 팔을 멍하니 바라보았다. 방금 전까지 동생이 안겨 있던 팔이다. 엘리가 자기 귀에도 들릴 만큼 거친 숨을 내쉬었다.

"어디? 어디… 갔어?"

엘리는 뒷걸음질 치다 작업대에 부딪혔다. 어깨는 거의 뒷목까지 단단히 뭉쳤고, 이를 너무 꽉 물어 턱이 아팠다.

"엘리, 무슨 일이야?"

안나가 서재에서 급히 달려왔다. 어제 입었던 옷을 그대로 입고 있었다. 자다 깨어 얼굴이 퉁퉁 부었다.

"네 목소리가 들리던데. 세스는 어디 있어?"

"세스랑 얘기한 거 아냐."

엘리가 고개를 저었다. 뼈 사이에 자갈이 낀 듯 목에서 으드득 소리가 났다.

"무슨 일이 벌어진 것 같아. 아무래도 내가 실수한 것 같아."

엘리의 가슴에 얼음물 한 줄기가 흘러내렸다.

"무슨 말이야, 엘리? 너 몸이 계속 떨려."

안나가 엘리의 맨 팔을 문질렀다.

"엘리, 몸이 얼음장이야. 잠깐, 밤에 악마가 찾아왔었니?"

엘리는 고개를 끄덕였다. 핀과 나눈 모든 대화가 머릿속에 재생되었다.

"핀이 진짜 내 동생 같았어. 너무 좋았어."

안나가 벌레를 씹은 표정을 지었다.

"왜 그랬어?"

"그러고 싶었어. 그리고 잠깐이지만 고통이 사라졌어."

엘리는 가슴을 문질렀다.

안나가 이맛살을 찌푸렸다.

엘리는 바닥에 펼쳐진 헤스터메이어의 일기를 흘깃 보았다.

"기생충은 숙주를 먹고 살아. 오직 숙주만이 줄 수 있는 것을 필요로 하지. 이게 기생충의 생존방식이야. 사라진 페이지에 그 내용이 있을 거야."

엘리는 일기장을 집어 들었다.

"들어봐. '내가 어리석었다. 악마에게 완전히 놀아났다.' 이 부분이 바로 사라진 페이지 다음 내용이야. 늘 헤스터메이어는 소원을 너무 많이 빌어서 약해졌다고 생각하는지 알았어. 하지만 마지막쯤에 진짜 실수는 악마를 피터로 착각하고 사랑을 준 것이란 걸 깨달은 것 같아. 악마에게 필요한 게 바로 그것이었던 거지. 피터에 대한 헤스터메이어의 사랑. 그리고 동생에 대한 나의 사랑. 그리고 어젯밤 악마에게 정확히 그것을 준 거야."

엘리는 심장이 목구멍에서 쿵쾅거리는 것 같았다.

안나가 엘리의 어깨에 담요를 걸쳐 주었다.

"잘 들어. 넌 아직 살아 있어. 그러니 아직 늦은 게 아냐."

"하지만 헤스터메이어는 그 뒤로 얼마 살지 못 했어. 마지막으로 남긴 일기에 그는 대학에 일기장을 넘긴 후 성 앙젤로스 시계탑으로 가겠다고 말하지. 그리고 거기서 최후를 맞이해. 나도 기껏해야 하루 정도가 남았을 거야."

안나가 희미하게 신음소리를 내며 엘리 옆에 앉았다.

"어쩌면 네가, 잘은 모르겠지만 네 사랑을 다시 거둘 수 있다면 상황이 달라질 지도 몰라."

"하지만 어떻게?"

"악마가 널 속여서 너의 사랑을 가로챘으니, 네 사랑의 위치를 바로잡으면 되지 않을까. 사랑의 원래 주인에게."

"하지만 핀이 기억나지 않는걸, 안나. 얼굴도 볼 수 없고 목소리도 들을 수 없어. 기억해보려 애쓸 때마다 가슴속에 끔찍한 한기가 느껴져. 악마가 핀을 기억나게 해줄 리도 없지. 악마는 늘 핀의 자리를 차지하고 싶어 하니까."

엘리는 목이 메었다.

"그럼 우리 같이 네 기억을 일깨워보자. 이건 어때?"

안나가 옆면에 고래가 새겨진 검정 피리를 가져왔다. 입을 대고 불자 반대편 끝으로 쏴 하는 소리가 났다.

"이거 핀 거야, 그렇지?"

"그런 것 같아. 핀이 부는 모습은 기억나지 않지만."

엘리가 고개를 갸웃거렸다.

"좋아. 그럼 핀의 그림은 어때?"

안나가 작업장 건너편을 쳐다보며 활짝 웃었다.

"이 상자에 그림을 보관하고 있잖아. 핀의 그림을 보면 틀림없이 핀이 기억날 거야."

안나는 어느새 엘리의 침실 문 옆으로 달려가 철제 상자를 가리켰다. 상자 뚜껑을 여는 안나의 눈이 반짝거렸다. 하지만 눈동자가 흔들리더니 이내 낯빛이 창백해졌다.

"이런."

안나는 상자에서 종이 한 뭉치를 꺼냈다. 한 덩어리로 뭉쳐진 그림들은 둥그렇게 말려 떼기도 어려웠다. 안나가 놀란 표정으로 엘리를 보았다.

"무슨 일이 있었던 거지?"

엘리의 얼굴이 어두워지며 바닥으로 눈을 떨궜다.

"악마가 고아원에서 그림을 되찾아 준 후에 그물에 엉킨 물개를 발견한 적 있어. 구해주고 싶었는데 손이 닿지 않는 바위 웅덩이였어. 물개는 물에서 허우적대며 죽어가고 있었지. 그래서 핀에게 물개를 살려달라고

324

부탁했어. 핀은 웅덩이에서 물을 몽땅 빼버렸지. 하지만 얼마 후 이 상자를 열었을 때, 바닷물이 가득 차 있었어."

안나가 얼굴을 찡그리며 엘리 옆으로 다가갔다.

"고아원 창고에는 핀의 그림이 분명 남아 있을 거야."

"정말?"

"응. 가끔 창고에 들어가서 보곤 했으니까."

안나의 뺨이 발그레해졌다.

"하지만 창고에는 오래된 그림이 수천 장 쌓여있을 테데. 거기서 핀의 그림을 찾으려면 수색 요원이라도 동원해야 할 거야."

엘리의 어깨가 축 처졌다.

"나에게는 정예 요원들이 있지. 동생들이 도와줄 거야. 날이 밝는 대로 당장 작업할게."

안나가 씩 웃었다.

"우린 반드시 방법을 찾아낼 거야."

안나는 엘리의 어깨를 두드렸다.

엘리가 손으로 머리를 쓸어 넘기려다가 그만뒀다. 머리카락이 또 얼마나 빠질지 두려웠다.

"악마는 내 동생과 너무 닮았어. 그를 만나면 또 사랑하게 될 것 같아. 어떻게 그를 이기지? 사랑하지 않을 수 없는데."

"엘리, 안 돼. 악마는 절대 핀이 아냐. 어떻게 헷갈릴 수 있어?"

"아니, 악마는 나에게 진짜 핀을 생각할 틈을 주지 않아. 이제 내 마음 속에는 다른 핀뿐인 것 같아."

엘리가 이를 꽉 물었다.

"엘리, 핀은 오직 하나야. 진짜 핀을 네 마음속 악마의 자리로 데려와야 해."

안나가 단호하게 말했다.

"그럴 수 없어. 핀은 이 세상에 없으니까."

"만약 네가 죽으면 너도 이 세상에 두 번 다시 존재하지 못 한다고 생각하니?"

안나가 눈을 흘겼다.

"당연하지."

"그래, 물론 죽어서 바다에 뿌려지면 물고기 밥이 되겠지. 하지만 넌 사라지지 않아. 난 여전히 널 기억할 거야. 고아원의 모든 동생들이 그럴 거야. 아이들은 네가 만든 발명품과 장난감을 갖고 놀 거야."

"하지만 난 거기 없잖아."

"아니. 넌 있어, 엘리."

엘리는 아무 말도 할 수 없었다.

"내일 네가 세스와 함께 이 도시를 떠난다 해도 난 너와 언제까지나 함께 할 거야."

안나의 눈에 눈물이 고였다.

"안나, 같이 가는 거 아니었어?"

엘리가 어리벙벙한 얼굴로 안나를 보았다.

"난 못 가. 꼬맹이들을 내버려두고 갈 수 없어. 너와 세스는 서로 잘 돌볼 수 있을 거야. 세스는 분명 잘 해낼 거야. 하지만 꼬맹이들에겐 내가 필요해."

안나는 가슴이 찢어지는 것 같았다.

"하지만… 만약 우리 다시 못 만나면 어떡해?"

엘리의 목소리가 떨렸다.

"그래도 난 널 볼 수 있을 거야. 아까 말했던 것처럼."

안나와 엘리는 말없이 서 있었다. 안나가 코를 훌쩍이는 소리만 작업장에 울렸다. 안나가 엘리의 손을 잡았다. 그리고 눈을 감았다.

"처음 고아원에 왔을 때, 난 늘 화가 나 있었어. 다른 아이들에게 시비만 걸었지. 대부분은 한심한 짓거리였어. 애거서 팀슨의 스프에 거미를 넣는다든가 하는."

안나는 자기도 모르게 웃었다.

"윌킨스 사감 선생님이 계시던 때였는데 내가 말썽을 일으킬 때마다 고아원 골목의 지하 석탄창고에 가뒀어. 풀어주는 시간은 선생님 마음이었지. 엘리 넌 한번도 갇혀 본 적 없지?"

엘리가 고개를 끄덕였다. 지하 창고의 냄새는 어렴풋이 기억 났다. 오래되어 무른 채소처럼 눅눅한 냄새.

"지하 창고는 너무 추웠어. 벽은 초록색 곰팡이로 덮였고 빛이라고는 문에 난 작은 구멍으로 들어오는 게 다였지. 선생님은 툭 하면 지하 창고에 날 가뒀지. 아무도 나에게 말을 걸지 않았어.

그때 너와 핀이 고아원에 들어온 거야. 공작실에서 널 처음 만난 날을 기억해. 작은 태엽 장치들 속에 파묻혀 있었지. 넌 머리에 항상 연필을 꽂고 다녔어. 솔직히 말하자면 난 네가 미친 애인 줄 알았어. 핀은 다정했지. 그림을 엄청 잘 그렸고 늘 주변에 아이들이 그득했어. 이야기도 어찌나 재밌게 했는지 몰라. 이상하게 나에게 늘 따뜻하게 대해주었어. 애거서 팀슨이 나랑 어울리지 말라고 충고까지 했는데도. 나와 눈이 마주치면 웃어주었어. 상어 이야기도 종종 나눴지. 나에게 그렇게 웃어준 건 핀이 처음이었어.

그러던 어느 날, 캘럼 트랜트가 복도에서 날 밀쳤어. 난 캘럼의 발목을 물었지. 난 또 지하 석탄창고로 쫓겨났어. 이틀이나 갇혔지. 시간을 보내야 했으니 무슨 이야기든 떠올리려 했는데 머리가 멍했어. 난 완전히 잊힌 것 같았어. 그런데 셋째 날 아침, 바깥에서 뎅그랑 거리는 소리가 들렸어. 막대기 하나가 빗장 사이로 쑥 들어왔지. 막대기 끝에는 쪽지가 끼워져 있더라.”

안나는 눈에 눈물이 고인 채로 활짝 웃었다.

“날 그린 그림이었어. 배 위에서 작살을 들고 상어를 사냥하는 내 모습. 나는 몇 시간이나 그 그림을 보고 또 보았어. 석탄 창고에 있다는 것도 잊을 만큼 빠져들었어.

그 이후로 석탄 창고에 갇힐 때마다 핀이 새로운 그림을 그려서 가지고 왔어. 처음에는 상어와 싸우는 나를 그렸지만 너와 친해지고 나서는 우리 셋이 주인공이었지. 우리가 같이 바다에서 모험을 펼치는 그림. 난 석탄 창고에 혼자 있었지만 혼자 있는 것 같지 않았어.”

안나가 고개를 숙였다. 눈물이 달빛에 반짝이며 주르륵 흘렀다.

“그러니까 엘리. 세스와 네가 떠나더라도, 또 만약 재판관이 네 발명품을 그 으스스한 창고에 다 집어넣어도 심지어 네 작업장을 불태워도

년 계속 여기에 있는 거야."

안나가 가슴에 손을 얹었다.

"바로 여기에."

엘리가 안나를 꽉 끌어안았다. 한동안 둘은 안고 있었다. 안나의 배에서 꼬르륵 소리가 날 때까지. 안나가 눈을 찡긋했다.

"엘리, 혹시 뭐 먹을 거 있어? 아니다. 이럴 때가 아니지. 가서 그림부터 찾아볼게. 프라이와 이브넷과 다른 동생들이 도와줄 거야. 그런데 엘리…."

안나가 주저하며 발을 꼼지락거렸다.

"왜 그래, 안나?"

"어제 네가 세스에게 유리컵을 던졌잖아. 혹시 세스가 핀의 죽음에 대한 이야기를 꺼내서 그런 거야?"

엘리가 고개를 끄덕였다.

"컵을 던진 건 악마가 아니라 너야. 어쩌면 핀을 기억 못 하게 하는 것도 악마가 아니라 너 자신일 수 있어."

안나가 잠시 숨을 고른 후 나지막이 말했다.

엘리는 고개를 떨궜다.

"넌 핀을 고칠 방법을 찾으려고 최선을 다했어. 네가 할 수 있는 모든 것을 했어."

안나가 부드럽게 말했다.

"핀의 곁을 지켰어야 했어."

엘리가 몸을 움츠렸다.

그때 누군가 다급하게 문을 두드렸다. 엘리와 안나는 걱정스러운 눈으로 마주보았다. 이렇게 늦은 시간에 도대체 누구지?

"엘리! 엘리, 안에 있니? 엘리, 당장 일어나야 해."

캐스티언의 목소리였다.

"아저씨?"

엘리가 서둘러 문으로 달려갔다. 문을 열자 고래잡이 어부 캐스티언이 엘리를 내려다보고 있었다. 표정이 굳어 있었다.

"무슨 일이에요?"

"네 잠수함이 발견됐어. 삼십 분 전에 식물 거리 근처로 떠내려 왔어."

"하지만… 잠수함은 내내 제 두 번째 작업장에 있었는걸요. 게다가 망가진 상태고요."

엘리가 캐스티언을 빤히 보았다.

"나도 어떻게 된 일인지는 모르겠구나. 아무튼 잠수함이 거기 있었어. 경비병이 발견해서 재판관에게 보고했지. 재판관들이 현장에 나타났어."

"뭐라고요? 왜요?"

엘리는 관자놀이가 망치질하듯 세게 뛰었다.

"수상하니까. 아무래도 네가 가서 사정을 설명하는 게 낫겠어."

안나가 셔츠와 바지와 코트를 가져다주었다. 엘리가 옷을 갈아입는 동안 캐스티언이 밖에서 기다렸다.

"폭풍우 때문일까?"

안나가 물었다.

"아니, 아무리 폭풍우가 거세도 그건 불가능해."

엘리가 고개를 저었다.

'도대체 무슨 짓을 한 거야, 핀?'

엘리는 마음속으로 중얼거렸다. 웃음소리가 마음속에서 메아리쳤다.

"아무것도! 내가 뭘 할 수 있겠어, 엘리? 네가 그랬잖아. 나에게는 남은 소원이 없다고. 재판관들을 살리라는 네 부탁을 거절했으니까. 네 말은 언제나 옳아. 안 그래? 말도 못 하게 영리하지."

목소리가 말했다.

"먼저 가. 곧 쫓아갈게."

엘리가 황급히 안나에게 말했다.

그러고는 지하실 문을 빼꼼 열고 목소리를 낮춰 외쳤다.

"세스!"

"으응? 엘리, 무슨 일 있어?"

세스가 비몽사몽간에 잠긴 목소리로 답했다.

"난 지금 나가봐야 해. 넌 여기 있어. 조심하고."

"괜찮은 거야?"

엘리가 코를 찡긋했다.

"모르겠어. 최대한 빨리 돌아올게."

엘리가 작업장을 나섰다. 캐스티언과 안나를 따라잡았다. 캐스티언은 인공 다리를 조정하고는 아이들과 함께 고아원 거리를 따라 걸었다.

밤바람이 매서웠다. 멀리서 개 짖는 소리만 들릴 뿐 도시는 곤히 잠들어 창밖으로 빛이 새어 나오는 집조차 없었다. 그들은 서둘러 부둣가를 향해 성 호레이스 거리의 대로로 들어섰다. 모퉁이를 돌자 눈앞에 바다가 나타났다. 수평선 너머로 은색 달빛이 부서졌다.

바다 앞으로 식물 거리가 펼쳐졌다. 도시에서 유일하게 식물을 볼 수 있어 대충 지어붙인 이름이었다. 먼지가 날리는 척박하고 좁은 땅에 빈약한 사과나무 열두 그루가 간신히 뿌리를 내렸다. 사과나무는 꼬부랑 노인처럼 등이 굽고 뒤틀렸다. 식물 거리 뒤로 바다 위로 솟은 넓은 지붕이 보였다. 지붕 위에 사람들이 있었다. 물속에 있는 것을 살펴보려는 듯 목을 길게 뻗고 있었다. 가까이 가면 갈수록 지붕 아래 바닷물 속에서 무언가가 텀벙거리며 흔들리는 게 보였다. 프로펠러에는 길게 늘어진 해초들이 걸렸다. 엘리의 잠수함이었다.

지붕 위 사람들은 재판관 세 명과 경비병 네 명이었다. 경비병 셋은 잠수함을 향해 석궁을 겨누었고, 나머지 하나는 말의 고삐를 잡았다. 고삐는 잠수함과 밧줄로 이어져 있었다.

캐스티언의 도움을 받아 안나와 엘리가 지붕으로 올라갔다. 캐스티언이 엘리의 굳은 얼굴을 알아차렸다.

"걱정하지 마. 분명 잘 해결될 거다."

재판관 중 한 사람이 엘리 앞으로 걸어왔다. 젊고 머리가 붉은 남자였다.

"엘리 랭커스터? 이 잠수함이 네 것이라고 들었다."

젊은 재판관은 날카롭게 말했다.

"네."

엘리의 목소리가 기어들어갔다.

"잠수함 문은 어떻게 열지?"

"밖에서는 열 수 없어요. 안에서만 열 수 있어요."

엘리가 주저하며 말했다.

"그럼 잠수함이 왜 여기에 있는 거지?"

재판관이 눈을 가늘게 떴다.

"저도… 저도 잘 모르겠어요. 마지막으로 보았을 때 잠수함은 분명 제 작업장에 있었어요. 그 이후로 손도 대지 않았고요."

엘리는 말을 더듬었다.

"누군가 훔친 게 분명해."

안나가 거들었다.

그때 말이 겁먹은 듯 앞발을 쳐들며 힝힝거렸다. 재판관과 경비병이 깜짝 놀라 말을 보고는 이내 잠수함으로 시선을 옮겼다.

잠수함 안에서 소리가 들렸다. 쾅쾅쾅.

누군가 안에서 잠수함 지붕을 세게 두드렸다.

"안에 누가 있습니다!"

경비병이 석궁을 어깨 위로 높이 들며 소리쳤다.

"엘리, 어떻게 된 일이냐."

캐스티언이 엘리에게 귓속말을 했다.

"산소 탱크에 산소가 거의 없어요. 잠수함 안에서는 숨을 쉴 수 없어요."

엘리가 압력계를 가리켰다.

'이런 흥미진진한 상황 이제 익숙할 법도 할 텐데? 망망대해를 떠돌던

조그만 쇳덩어리가 숨넘어가기 직전의 사람을 가두고 떠내려 왔다네.'

엘리의 머릿속에 핀의 목소리가 울렸다.

"그러니까 저 안에 탄 사람이 누구냐. 엘리, 말해!"

캐스티언이 다그쳤다.

기름칠이 안 된 문의 고정 장치가 돌아가며 끼익 소리가 났다. 잠수함 지붕의 둥근 문이 덜컹거리더니 활짝 열렸다.

떨리는 손이 문 밖으로 튀어나왔다.

'너 몸서리 좀 치겠다.'

핀이 낄낄거렸다.

한 남자가 간신히 문을 통과해 기어 올라왔다. 평소의 단정한 머리는 기름이 잔뜩 낀 채 헝클어지고 짙은 눈동자는 공포에 질려 있었다. 미친 듯이 숨을 헐떡였다. 남자의 눈이 엘리를 향했다. 창백한 얼굴이 증오로 뒤틀렸다.

"엘리."

남자가 입을 열었다.

엘리는 안나 옆으로 뒷걸음질쳤다. 캐스티언이 믿을 수 없다는 듯이 중얼거렸다.

"하그레스."

진정한 성인

경비병들이 석궁을 내리고 하그레스에게 다가가 손을 뻗었다.

"이거 놔!"

하그레스가 경비병들을 밀쳤다. 잠수함 문에서 기어 올라온 하그레스는 몸을 가누지 못 해 배에서 굴러 떨어졌다. 캐스티언이 그를 힘껏 들어올렸다.

"캐스티언, 자네가 나를 살렸군."

하그레스가 얼빠진 얼굴로 캐스티언을 보며 기침을 했다.

"이게 도대체 어떻게 된 일인가?"

캐스티언이 말했다.

"재판관에게서 물러서십시오. 재판소에서 알아서 할 일입니다."

붉은 머리 재판관이 말했다.

"자네가 헤엄치는 법이나 배울 때 나는 재판관으로 일했어. 젊은이,

난 두 눈으로 악마를 보았고 그것을 알리려고 살고 있어."

캐스티언이 잠수함을 다시 물속으로 집어넣을 수도 있다는 표정으로 눈을 부라렸다.

엘리와 안나는 뒤로 물러났다. 엘리는 눈앞이 깜깜했다 환해졌다를 반복했다. 마치 열병이라도 걸린 사람처럼 몸을 떨었다.

'이해가 안 돼. 넌 하그레스 재판관을 구하라는 내 부탁을 거절했잖아.'

엘리가 마음속으로 말했다.

핀의 웃음소리가 들렸다.

"아니, 내가 거절한 건 재판관 둘을 다 구하는 거였어. 하그레스와 또 다른 재판관."

엘리가 깊고 떨리는 숨을 들이쉬었다. 소원을 빌 때 정확히 어떻게 말했는지 돌이켜 생각해보았다.

'핀, 넌 나에게 진짜로 하그레스를 구하길 원하냐고 물었어.'

"그 전에 네가 한 말은?"

'그를 구해. 둘 다 구해.'

서늘한 통증이 등을 타고 올라와 뒷목을 짓눌렀다.

"정확해. 난 하그레스를 구하려고 네 잠수함을 고쳐서 폭풍우에서 그를 건져냈어. 네가 부탁한 대로."

핀이 큰소리로 웃었다. 엘리는 머리가 텅텅 울렸다.

캐스티언이 경비병의 물병을 가져와서 하그레스의 입에 부었다. 하그레스는 목이 불룩해지도록 게걸스럽게 물을 받아먹었다.

336

"난 하그레스의 목숨을 구했어. 그다음으로 내가 할 일은 바로 가장 좋은 타이밍에 하그레스를 도시로 데려오는 거였지. 이제 넌 붙잡힌 거나 다름없어. 그러니 나에게 널 구해달라고 애원해. 옛정을 생각해서라도 한번만 더 소원을 빌어."

핀이 계속 엘리의 머릿속에서 떠들었다.

하그레스는 마신 물의 절반을 기침을 하며 토해냈다.

캐스티언의 부축을 받고 일어섰지만 이내 비틀거리며 주저앉았다. 온몸을 들썩이며 떨었다.

"엘리, 괜찮아? 네 몸이 너무 떨려."

안나가 말했다.

"아니…."

엘리가 멍한 표정으로 중얼거렸다.

"그래도 나 잘 했지, 엘리? 잘 했지?"

핀이 말했다.

하그레스가 다시 벌떡 일어나 엘리를 가리켰다.

"저 아이는 화신이 어디에 있는지 알아. 저 애가 화신과 같이 있었어! 화신이 날 바다에 집어던졌어!"

하그레스는 고래고래 소리를 지르더니 그를 잡은 캐스티언의 손에 기대 흐느끼기 시작했다. 캐스티언이 영문을 모르는 얼굴로 하그레스의 등을 두드렸다.

"엘리, 이게 다 무슨 말이냐?"

엘리는 입을 열었지만 아무 말도 나오지 않았다. 머릿속이 하얘졌다.

캐스티언이 눈알을 사납게 굴리며 재판관들을 향해 말했다.

"지금 당장 도시에 비상경보를 내리시오. 재판관 전원은 고아원 거리에 있는 엘리 랭커스터의 작업장으로 즉시 출동하라고 전하시오. 그곳에… 그곳에 화신이 있을 거라고 알리시오."

붉은 머리 재판관이 발끈했다.

"당신의 명령을 받아들일 수 없습니다. 당신은…."

"당장 해. 그의 말대로 해."

하그레스가 가래를 뱉으며 으르렁거렸다.

"하그레스 재판관, 당신의 명령도 따를 수 없습니다. 당신은 제정신이 아니에요. 악마에게 완전히 짓밟힌 듯 보이는군요."

붉은 머리 재판관이 비아냥거렸다.

하그레스가 그의 멱살을 잡았다.

"네가 악마에 대해 뭘 알아."

젊은 재판관은 숨이 막혀 캑캑거렸다. 캐스티언이 하그레스의 팔을 잡았다.

"하그레스, 놓아주게. 이럴 시간이 없어."

하그레스는 젊은 재판관을 내동댕이쳤다. 그는 바닥에서 녹초가 되어 식식거렸다. 하그레스가 캐스티언을 물끄러미 보았다. 하그레스의 눈동자가 또다시 흔들렸다.

"캐스티언, 왜 그랬나. 왜 그 오랜 세월 내가 거짓말하는 걸 보고만 있었나."

"성인의 칭호는 나보다 자네에게 더 잘 어울렸어. 악마를 죽인 재판관으로 살 자신이 없었네. 그 일과는 조금도 엮이고 싶지 않았어."

캐스티언이 하그레스의 어깨를 두드렸다.

"우리는 인생을 바꿨어."

하그레스가 넋두리하듯 말했다. 캐스티언이 슬픈 미소를 지었다.

"우린 그때 실패했어, 하그레스. 클로드는 좋은 친구였어. 하지만 그의 고통은 헤아리지 못 했지. 같은 실수를 반복해선 안 돼. 화신인 소년도 지금쯤 고통 속을 헤맬 거야. 우리가 그 고통을 끝내주세. 소년을 위해서라도. 그때처럼 또다시 많은 사람이 희생되지 않도록 악마를 멈춰야 하네. 과거를 바로잡아야 해."

하그레스의 눈에 눈물이 고였다. 떡 벌어진 어깨를 들썩이며 고개를 끄덕였다.

"그 애는 화신이 아니에요."

엘리가 두 팔로 몸을 감싼 채 말했다. 엘리는 떨고 있었다.

캐스티언이 엘리를 낯선 사람 보듯 보며 재판관들에게 손짓했다.

"아이 가까이 서게."

캐스티언이 말했다.

"저 아이 옆에도."

안나를 가리켰다.

"이건 어떻게 할까요?"

경비병이 아직 물 위에서 덜덜거리는 잠수함을 쳐다보았다.

"그건 신경 쓰지 마."

캐스티언의 말에 경비병은 잠수함과 연결된 말의 고삐의 밧줄을 풀어

굴뚝에 묶었다.

붉은 머리 재판관이 엘리의 팔을 잡자 엘리가 비명을 질렀다. 팔이 온통 멍투성이였다.

"엘리한테서 손 떼요!"

안나가 소리쳤다. 그러자 재판관은 안나의 팔도 홱 붙잡아 등 뒤에서 비틀었다. 안나가 재판관을 발로 차며 꿈틀거렸다.

"너무 심하잖아요!"

엘리도 소리를 질렀다.

"곧장 엘리의 작업장으로 갈 거야. 하그레스, 걸을 수 있겠나?"

캐스티언이 말했다.

하그레스는 눈물을 훔치며 자리에서 간신히 일어섰다. 캐스티언이 엘리를 냉정한 눈빛으로 한번 보고는 엘리의 작업장을 향해 출발했다. 재판관 하나는 비상경보를 울리기 위해 앞서 달려가고 나머지는 조용히 이동했다. 얼마 지나지 않아 고아원 거리로 들어섰다.

일행은 드디어 작업장 문 앞에 다다랐다.

"아이의 외투 안에 열쇠가 있을 거야."

캐스티언이 말했다. 붉은 머리 재판관이 엘리의 주머니에 손을 넣어 마구 뒤적거렸다.

"아악!"

재판관이 비명을 지르며 황급히 손을 잡아 뺐다. 손가락에서 피가 흘렀다. 안나가 쿡 하고 웃었다.

"엘리, 문을 열어라."

캐스티언이 말했다.

엘리가 열쇠로 자물쇠를 돌리며 달가닥달가닥 크게 소리를 냈다. 지하에까지 소리가 들려야 했다.

"아야, 이 재판관이 슬쩍 내 팔을 꼬집었어요. 재판관이 어떻게 이렇게 치사할 수 있죠?"

안나가 소리를 빽 질렀다. 재판관의 손에서 팔을 꼼지락거리며 문을 발로 찼다.

엘리가 천천히 숨을 내 쉬고는 문을 열었다.

작업장은 어슴푸레한 달빛으로 간신히 바닥이 보일 뿐 반은 어둠에 잠겨 있었다. 일행은 안으로 들어갔다. 재판관 하나가 굴 따기 기계를 밟아 으드득 하는 소리가 났다. 재판관은 짧은 욕설을 내뱉었다. 엘리가 문 옆 선반에 놓인 램프와 성냥갑을 집어 들었다. 그 옆에 놓인 폭죽 한 다발도 몰래 주머니에 넣었다.

"화신은 어디에 있지?"

엘리가 램프에 불을 붙이자 캐스티언이 물었다.

"그 아이는 화신이 아니에요."

"엘리."

캐스티언이 엘리 앞에 무릎을 꿇고 두 손으로 엘리의 손을 감쌌다.

"넌 나의 가장 소중한 친구의 딸이야."

캐스티언의 눈이 빨갛게 충혈 되었다. 그는 지쳐보였다.

"저는 처형될 거예요."

"엘리, 널 도울 방법을 알아볼 거야. 네가 처한 상황과 나이와 이 도시

341

에 기여하는 바를 모두 고려해서 네 사건을 도우마."

"아무리 고려해도 교수형을 피하긴 어려울 겁니다. 어쩌면 더 무거운 형이거나."

붉은 머리 재판관이 거들먹거렸다.

"닥쳐!"

캐스티언이 고함쳤다. 재판관은 움찔하며 뒤로 물러섰다.

엘리와 캐스티언은 한참 서로를 마주보았다. 하그레스가 바닥에 퍼질러 앉아 미치광이처럼 중얼거리는 소리만 빼고 작업장에 정적이 흘렀다. 캐스티언은 엘리에게서 눈을 떼지 못 한 채 몸을 떨었다.

"엘리, 더 이상 그 아이를 보호할 방법은 없어. 이제 너는 네 자신을 지켜야 해."

"아니요. 그 아이는 죄가 없어요."

엘리는 깊은 숨을 들이쉬었다. 알 수 없는 평온함이 찾아왔다. 마치 아주 높은 곳에서 바다로 막 뛰어들려는 상황 같았다. 엘리가 두 발을 떼면 모두가 살게 될 것이다.

"내가 화신이에요."

숨소리도 놀라는 소리도 들리지 않았다. 오직 정적만이 감돌았다.

캐스티언이 가죽 의자를 삐그덕거리며 자세를 고쳐 앉았다.

"엘리, 거짓말로 그 아이를 구할 수 없어. 화신을 처단해야 도시를 구할 수 있어."

"세스가 처형당하기 직전에 악마에게 세스를 구해달라고 부탁했어요. 악마가 제 작업장으로 세스를 데려왔죠. 하그레스 재판관이 셀레스티나

342

의 희망 요새로 우릴 쫓아왔을 때도 악마에게 도움을 요청했어요. 악마가 재판관을 바다에 집어던졌고요."

엘리의 목소리가 작업장을 울렸다. 안나가 고개를 저었다.

"삼 년 동안 화신으로 살아왔어요."

묵묵히 듣던 캐스티언이 입을 열었다.

"거짓말이라면 심각한 범죄야."

"거짓말 아니에요."

"랭커스터 양!"

엘리의 가슴에 뜨거운 기운이 훅 끼쳐서 앞으로 고꾸라졌다. 이마에 찌르는 듯한 통증이 느껴졌다.

"거짓말 아니라고요!"

갑자기 캐스티언이 비틀거리며 뒤로 물러서서 작업대에 몸을 기댔다. 재판관들은 숨이 턱 막힌 채 몸이 굳었고, 경비병들은 두려움에 사로잡혀 소리를 지르며 석궁으로 엘리를 겨눴다. 안나가 엘리에게 다가가려고 했지만 재판관에게 붙들렸다.

"무슨 일이야? 왜 그래?"

엘리가 말했다.

"네 얼굴. 네 얼굴에 뭔가가…."

안나의 목소리가 떨렸다. 엘리의 얼굴에서 본 것을 차마 끝까지 말하지 못 했다.

"화신은 저 애로군. 저 여자애가 진짜 화신이야."

하그레스가 웃음과 울음의 중간쯤 되는 소리로 외쳤다.

캐스티언은 눈에 힘을 주고 엘리를 보았다. 손으로 입을 막으며 다가가다 이내 멈췄다. 악몽을 떨치려는 듯 눈을 질끈 감았다.

"안 돼. 안 돼. 제발."

캐스티언이 손가락에 낀 은색 반지를 만지며 말했다.

잠시 후 눈을 뜬 캐스티언은 재판관들에게 엘리에게서 떨어지라고 손짓했다.

"대재판관에게 화신을 발견했다고 보고해. 곧 악마가 모습을 드러낼 거라는 것도. 그리고… 화신은 그의 집에서 처형됐다고 전해."

"안 돼요!"

안나가 재판관의 손아귀에서 빠져나가 캐스티언에게 달려갔다. 경비병이 잽싸게 안나를 붙잡았다. 안나가 필사적으로 경비병의 팔을 뿌리치자 경비병은 안나를 잡으려고 어설프게 날뛰었다.

소란스러운 틈을 타 엘리는 주머니에서 굴 진주와 주머니칼을 찾아 소매 안에 숨겼다.

"절대 그렇게는 안 돼요! 안 돼. 안 돼! 엘리!"

안나가 죽기 살기로 몸부림쳤다.

"때가 되면 이해하게 될 거다, 안나."

캐스티언이 힘없이 말했다.

"엘리! 엘리, 도망쳐!"

안나는 계속 발버둥쳤다.

"괜찮아, 안나. 괜찮아."

엘리가 나직이 말했다.

"안 돼."

안나가 엘리를 향해 팔을 뻗으며 소리쳤다.

캐스티언이 엘리에게 한 걸음 다가갔다. 재판관 중 하나가 캐스티언에게 칼을 건넸다. 캐스티언의 뺨에서 눈물이 흘러내렸다.

"미안하다, 엘리. 악마가 다시 한번 이기도록 내버려둘 수 없구나."

캐스티언이 힘겹게 입을 열었다.

그는 길고 깊은 숨을 들이마셨다. 그러고는 칼자루를 잡았다. 다시 입을 떼었을 때 더 이상 캐스티언의 목소리는 떨리지 않았다.

"스물여섯 명의 성인과 그들의 가장 신성한 재판소의 이름으로 너를 화신으로 선언한다. 인류의 대적 악마를 품은 사악하고 더러운 숙주여, 우리는 오늘 너를… 너를 처형하기로 한다."

캐스티언이 칼집에서 칼을 뽑았다.

"제발, 제발."

안나가 울먹였다.

캐스티언이 칼끝을 수평으로 눕혔다. 칼날이 램프 불빛에 번득였다.

맥박이 한 번 뛰는 것보다도 짧은 찰나에 엘리는 칼이 목에 닿는 느낌을 상상했다.

이제 곧 모든 것이 끝날 것이다. 하지만 또 한 번의 맥박이 뛰는 순간, 악마는 되돌아올 것이고 또 다른 가엾은 영혼에 기생할 것이라는 마음속 외침이 들렸다.

엘리는 안나를 보았다. 둘은 눈이 마주쳤다. 안나의 얼굴은 완전히 고통에 사로잡혀 있었다. 이대로 포기할 수 없었다. 악마를 막을 방법이 있었다. 엘리는 손끝에 펄떡펄떡 뛰는 맥박을 느꼈다. 엘리의 머릿속이 정신을 차릴 수 없을 정도로 빠르게 돌아갔다. 세스를 처음 만난 성당 지붕과 한쪽 구석의 금간 괴물 석상과 잠수함이 떠올랐다. 칼자루를 쥔 캐스티언의 손이 하얗게 될 정도로 힘이 들어가는 순간, 엘리의 마음속에 계획 하나가 번쩍 떠올랐다.

"잠깐만요."

엘리가 한쪽으로 몸을 던지며 외쳤다. 재판관들이 일제히 칼을 뽑았다.

안나가 펄쩍 뛰며 경비병을 떨치고 캐스티언 앞으로 달려갔다. 엘리는 외투 소매에서 진주를 끄집어내 천장의 금속판에 던졌다.

천장에서 쉬익 소리가 나며 금이 가더니 폭발이 네 번 연달아 일어났다. 천장의 철제 파이프에서 뿜어져 나오는 시커먼 연기로 방은 한 치 앞을 분간할 수 없었다.

연기는 램프의 불빛마저 삼켰다. 모두가 기침을 하느라 정신을 못 차리는 사이 엘리가 안나의 손을 잡았다. 그러고는 작업장 한쪽 구석에 있는 밧줄을 잘랐다.

바닥에 숨겨진 널빤지가 튀어나왔다. 널빤지는 사람들을 어지럽게 꼬인 철사가 가득한 바닥으로 쓰러뜨렸다. 작업장은 혼돈의 도가니였다. 엘리가 안나를 이끌고 문 쪽으로 달렸다.

"여자애를 찾아!"

공포에 질려 울부짖는 소리와 금속이 쩔렁거리는 소리 속에서 하그레스가 날카롭게 외쳤다.

엘리는 문을 열었다.

둘은 거리로 나왔다.

악마

매서운 바람이 휘몰아쳤다. 부연 빛이 지붕 위로 군데군데 내려앉았고, 작업장의 입구에서 연기가 뿜어져 나왔다.

"달려!"

엘리가 외쳤다. 엘리와 안나는 고아원 거리를 따라 질주했다. 엘리는 심장이 너무 세게 뛰어 눈동자에서도 박동을 느낄 수 있을 정도였다. 엘리가 안나를 흘깃 쳐다보았다. 안나는 무언가를 손에 움켜쥐고 있었다. 하그레스의 화살총이었다.

"하그레스 주머니에 단추가 안 잠겨 있더라. 아무래도 이게 필요할 것 같아서. 이제 우리 어떻게 하지?"

안나가 숨 가쁘게 말했다.

엘리는 곰곰이 생각하고 또 생각했다.

"세스를 찾아줘. 그리고 고아원에서 핀의 그림 한 장만 얻어줘."

"알았어."

안나가 고개를 끄덕였다.

"세스를 처음 발견했던 그 성당 지붕으로 가져와줘. 거기서 기다릴게. 그럴 수 있을 거야."

뒤편에서 군홧발 소리가 들려왔다.

"아, 한 가지 더. 프라이와 이브넷을 보내서 잠수함을 찾으라고 해. 악마가 고쳐놨으니 이제 잘 작동할 거야. 성 코리건 천문대로 가라고 전해. 최대한 빨리. 그리고 조심히 잘 탈출하라고."

"걱정 마. 그런데… 널 두고 발이 안 떨어져."

안나의 뺨에 눈물이 흘렀다.

"내가 널 찾을 거야. 일이 잘 끝나면 두 번째 작업장에서 만나자. 이제 가! 재판관들 조심해!"

"엘리…."

"가!"

막다른 골목에서 안나는 잠시 멈춰 눈물을 닦은 다음 엘리와 다른 방향으로 달렸다.

"엘리! 엘리, 거기 서!"

멀리서 캐스티언의 목소리가 들렸다.

엘리는 어떻게든 계속 가겠다고 마음먹었다. 엘리의 몸은 이제 얇은 종이 같았다. 바람에 구겨지고 찢길 것만 같았다. 엘리는 힘껏 골목을 돌다가 골목의 차가운 벽에 세게 부딪쳤다.

"엘리, 이제 그만 포기해. 그럼 이런 고통 겪지 않아도 될 텐데."

마음속에서 핀의 목소리가 들렸다.

엘리가 벽에서 몸을 일으켰다.

"아니, 이번에는 네가 이기게 놔두지 않아."

"엘리, 넌 아주 잘 해왔어. 인정해. 하지만 네 몸 상태로 이 싸움을 계속 끌고 가는 건 불가능해. 내가 육체를 얻을 수 있게 해줘. 세스와 안나를 재판관으로부터 지키겠다고 약속할게."

핀의 목소리가 간절했다.

"악마가 육체를 얻었을 때 하는 일은 사람을 해치는 것뿐이었어."

엘리의 몸은 스스로를 덥힐 만한 힘이 없었다. 바람이 팔과 얼굴을 할퀴고 얼음 같은 냉기로 폐를 가득 채웠다. 북쪽을 향해 한 걸음씩 뗄 때마다 소금기 가득한 바다 냄새가 점점 진해졌다.

잠에서 깬 사나운 짐승이 포효하는 듯한 소리가 높은 곳에서 울려 퍼졌다.

재판소의 종소리였다.

"재판관들이 우릴 곧 쫓아올 거야, 엘리."

핀은 거의 울 듯한 목소리였다.

"내 머리에서 나가."

엘리가 으르렁거렸다.

"하지만 이제 우린 하나야. 서로 사랑하는 엘리와 핀. 네가 늘 원했던 거 아니야?"

엘리는 넓은 시장 거리로 들어섰다. 비린내가 진동했다. 갈매기에게 반쯤 먹히고 버려진 생선들이 돌바닥 여기저기 널렸다. 종소리를 듣고 잠에서 깬 사람들이 서성거렸다. 엘리는 생선 상자 뒤에 숨어 좁은 골목으로 이어지는 미끄러운 계단으로 향했다. 거친 숨소리에 귀가 아플 지경이었다.

"포기해, 엘리."

엘리는 종이 울리는 도시의 가장 높은 곳을 가리켰다.

"잘 들어. 네가 이 도시의 모든 비극의 원인이야."

그때 사람들이 웅성거리는 소리가 들렸다.

"그 여자애가 화신이래. 한나 랭커스터의 딸!"

이름 하나가 종소리보다 크고 날카롭게 울려 퍼졌다.

"엘리 랭커스터!"

"엘리 랭커스터가 화신이다!"

누군가 달려오는 소리가 들렸다. 엘리는 몸을 일으켰다. 걸음을 뗄 때마다 차갑게 굳어 감각이 없는 다리가 부러질 것처럼 휘청거렸다.

"엘리!"

캐스티언의 목소리였다.

"엘리, 나한테 맡겨. 우리가 같이 있지만 이건 내 게임이야. 난 이 게임을 수세기동안 해왔어. 나에게는 식은 죽 먹기야."

핀이 말했다.

엘리가 다른 골목으로 방향을 틀었다. 작은 집 앞에 세 사람이 모여 있었다. 엘리는 걸음을 멈췄다. 엄마 아빠와 아이 같았다. 입김이 공기 중으로 날렸다. 아이는 엄마 아빠 사이에 꼭 안겼다. 세 사람은 다시 안전하다는 징조를 기다리기라도 하는 듯 하늘을 바라보았다.

남자아이가 고개를 돌리다 엘리와 눈이 마주쳤다.

엘리는 아이의 얼굴을 알아보았다. 천사의 해안에서 처음 성당 지붕 위로 고래가 나타났을 때 만났던 아이였다. 아이는 목걸이 줄에 달린 성 셀레스티나 상을 움켜쥐고 소리를 질렀다.

"그 누나예요! 악마예요!"

아이가 울부짖었다. 아이의 엄마는 아이를 안고 현관문 쪽으로 뒷걸음질 쳤다. 아빠가 손을 앞으로 내밀어 물러나라는 듯 손짓했다.

"당장 꺼져."

아빠의 목소리가 갈라졌다. 아빠는 아이와 아내에게 돌아서서 말했다.

"집에 들어가 있어요. 둘 다요."

"저리 비켜요!"

엘리가 이를 꽉 물고 남자를 향해 돌진했다. 남자가 겁을 먹고 소리를 질렀다. 그는 주먹만한 돌을 집었다.

"꺼져!"

남자가 돌을 던졌다. 돌이 엘리의 어깨를 스쳤다.

"화신을 죽여요, 아빠! 죽여야 해요!"

아이가 소리쳤다.

엘리의 뒤에서 재판관 두 명이 좁은 골목을 포위해 다가오고 있었다.

"그 애를 찾았어! 화신이 여기 있다!"

"엘리, 제발! 붙잡히면 넌 죽어! 어서 나에게 살려달라고 빌어!"

핀이 소리쳤다.

엘리는 다리를 절뚝거리며 주머니에서 라이터와 폭죽을 꺼냈다. 곧바로 폭죽에 불을 붙였다.

"조심해!"

핀이 비명을 질렀다.

재판관 중 한 사람이 엘리에게 몸을 날렸다. 발을 걸어 넘어뜨리면서 엘리를 잡았다. 엘리는 다리가 부러질 것처럼 아팠다.

엘리의 귀에 재판관의 무거운 숨소리가 들렸다. 그는 소년티를 갓 벗은 앳된 재판관이었다. 눈에는 두려움이 잔뜩 서렸다. 재판관이 칼을 높이 들었다. 엘리가 그에게 폭죽을 던졌다.

엘리는 즉시 코트로 눈을 가렸다. 맹렬한 자줏빛 불이 사방에서 타올랐다. 불길은 벽을 맞고 튕겨나가며 구름 같은 붉은 연기로 재판관들을 뒤덮었다. 엘리가 비틀거리며 일어나 골목을 따라 내려갔다. 무릎의 통증이 심했다. 넘어질 때 오른쪽 다리가 부딪쳐서 체중이 실릴 때마다 악소리가 났다.

절뚝거리는 엘리 뒤로 또다시 둔중한 발걸음 소리가 들렸다. 엘리는 손에 다른 폭죽을 들었다. 폭죽에 불을 붙이기도 전에 재판관의 칼끝이 먼저 목 아래 드리웠다. 그는 엘리의 손아귀에서 폭죽을 홱 가로챘다.

재판관 뒤로 어두운 형체가 보였다.

펑 소리와 함께 순식간에 재판관이 그물에 싸여 팔다리가 엉킨 채 바닥에 납작하게 붙었다. 세스가 몸부림치는 재판관 위로 폴짝 뛰며 엘리의 그물포를 던졌다.

"가자."

세스가 엘리의 손을 잡았다. 그을음이 잔뜩 묻어 어둠속에서 얼굴이 잘 분간되지 않았다. 하지만 푸른 눈동자만은 강렬하게 빛났다. 엘리와 세스는 다시 골목을 따라 내려갔다. 엘리는 통증 때문에 얼마 못 가 멈춰야 했다.

"괜찮아?"

"다리를 다쳤어."

"어디 봐."

세스가 엘리를 부축했다. 통증은 여전했지만 그래도 걸을 수 있었다.

"어디로 가는 거야?"

세스가 물었다.

"우리가 처음 만났던 곳. 계획이 있어. 물론 네가 할 일도 있어."

달빛 아래 바다는 불안해 보였다. 엘리가 방파제를 유심히 보았다. 물 속에 잠긴 건물들 사이에 성 바르톨로뮤 성당이 있었다. 성당은 낮아서 밀물에는 거의 잠기다시피 했다. 성당 지붕은 고래가 올라온 이후로 여전히 꺼져 있었다. 지붕의 네 귀퉁이에는 괴물 석상이 있는데 엘리의 기억대로 고래 석상은 비스듬히 기울어졌다. 진짜 고래에게 깔리는 바람에 석상을 지지하는 아래쪽 받침이 갈라져 있었다.

엘리와 세스는 계단을 내려가다 버려진 밧줄 하나를 주웠다. 엘리가 밧줄을 어깨에 걸쳤다. 둘은 방파제 위에 섰다.

"배가 필요해."

엘리가 바다를 내려다보며 말했다. 세스를 고래 배 속에서 구했던 날, 배 세 척이 매여 있었던 게 기억났다. 하지만 지금은 배를 맸던 밧줄만

덩그러니 남았다.

"재판관들이 곧 쫓아올 거야, 엘리."

"알아. 조금만 기다려 봐."

"엘리, 뭘 기다리는…."

갑자기 엘리가 앞으로 고꾸라졌다. 몸 안에서 무언가가 갈비뼈를 찔렀다. 끔찍한 고통이었다. 엘리가 비명을 질렀다.

"엘리! 왜 그래? 무슨 일이야?"

세스가 엘라를 붙잡았다.

무엇인가 엘리의 몸속에 있었다. 숨을 쉴 때마다 가슴이 조금씩 부풀었다. 엘리의 몸을 뚫고 나가려는 것 같았다. 움직일 때마다 으드득거리는 소리가 났다.

"악마야. 그런데 세스, 너무 추워."

세스가 엘리를 안고 팔을 쓰다듬었다.

엘리가 고개를 저었다.

"몸속에서 느껴지는 추위야. 악마가 내뿜는 차가운 기운. 이제 때가 거의 다 된 것 같아."

세스가 엘리를 부축했다.

"엘리, 괜찮아? 그런데 네 계획은 뭐야?"

"일단 물에 뜰 만한 걸 찾아야 해."

세스가 주변을 둘러보았다.

"저런 건 어때?"

엘리는 세스가 가리키는 곳을 힐끗 보았다. 다 쓰러져가는 집이었다.

녹슨 경첩 하나에 덜렁거리는 썩은 문이 보였다. 엘리가 고개를 끄덕였다. 세스는 서둘러 문을 뜯었다.

엘리의 이름을 외치는 소리가 들렸다.

"이걸 들고 성당 지붕으로 가자."

둘은 방파제로 문을 들고 옮겼다. 세스가 성당 지붕에 문을 내려놓았다. 엘리가 절뚝거리며 지붕의 한쪽 구석에서 고래 석상을 유심히 관찰했다.

"엘리, 사람들이 오고 있어. 캐스티언과 재판관들. 네 몸을 어딘가에 묶어둬. 사람들이 다가오면 내가 파도로 덮칠 테니까."

"아니, 이것도 다 계획의 일부야."

엘리가 주머니칼로 고래 석상의 바스러진 받침을 파기 시작했다. 석상이 삐걱거렸다. 그러고는 밧줄의 한쪽 끝을 고리 모양으로 묶어 석상에 걸었다.

"여기 거는 건 어때? 이게 더 튼튼해 보이는데."

세스가 다른 구석의 독수리 석상을 가리켰다.

"튼튼한 게 필요한 게 아냐. 바다에 떨어질 수 있는 게 필요해. 나도 함께 떨어질 수 있게 해줄만한 것."

세스의 눈이 휘둥그레졌다.

"뭐라고? 그게 무슨 말이야?"

"재판관들이 내가 물에 빠져 익사했다고 생각하게끔 해야 하거든."

세스가 엘리의 손을 꽉 잡았다.

"엘리, 지금 몸 상태로는 위험해."

"진짜로 빠져 죽지는 않을 거야. 네가 바다를 움직여 날 구할 테니까. 네가 상어에게 했던 것처럼."

세스의 입술이 하얗게 질렸다.

"만약 내가 바다를 움직이지 못 하면?"

"넌 할 수 있어, 세스. 할 수 있다는 거 알아."

엘리가 코트를 벗어서 세스에게 맡겼다.

"여기서 동쪽으로 조금 떨어진 곳에 버려진 천문대가 있어. 날 그곳으로 데려다줄 수 있겠어? 데려다주고 나면 넌 재판관에게서 도망쳐야 해. 여전히 널 잡으려고 할지도 모르니까. 네가 화신이 아니라는 걸 알아도. 내 두 번째 작업장으로 가. 거기서 만나."

"하지만 악마는?"

엘리의 가슴이 다시 꿈틀댔다. 손으로 힘주어 가슴을 눌렀다.

"악마를 이길 수 있는 방법을 알 것 같아. 악마의 힘을 빼앗을 거야. 악마를 내 동생에게서 완전히 떼어낼 거야."

"엘리!"

캐스티언이 방파제 위에 서 있었다. 뒤로는 재판관 십여 명을 거느렸다. 하그레스도 비틀거리며 따라왔다. 엘리가 지붕 가장자리에 문을 놓고 밧줄의 다른 쪽 끝을 문고리에 묶었다. 끙끙거리며 바다로 문을 밀었다. 물 위에 문이 마치 뗏목처럼 둥둥 떴다.

"엘리!"

캐스티언이 방파제 아래 성당 지붕으로 뛰어내리며 다시 한번 외쳤다. 재판관 두 명이 캐스티언의 양 옆을 보좌했다. 엘리가 세스를 돌아보며 씩 웃었다.

그러고는 바다로 뛰어들었다.

물이 엘리를 부드럽게 감쌌다. 마치 엘리의 몸이 바닷물보다 더 차갑기라도 한 것처럼 물이 따뜻하게 느껴졌다. 엘리는 헤엄쳐서 썩은 문에 매달렸다. 캐스티언과 재판관들이 지붕의 끝 쪽으로 다가왔다. 세스는 지붕 구석의 제일 온전하게 남은 석상 뒤에 몸을 숨겼다.

"하그레스, 화살총을 주게."

캐스티언이 말했다. 하그레스는 주머니를 뒤적였으나 곧 탄식을 내뱉었다.

"화살총이… 사라진 것 같네."

캐스티언이 욕을 지껄이고는 석상과 연결된 밧줄을 잡았다. 엘리가 매달린 문을 끌어당기기 시작했다. 갑자기 바위가 갈라지는 듯한 소리가 나더니 파도가 노한 것처럼 성당 지붕을 덮쳤다. 캐스티언이 뒤로 황급히 물러났다.

"가까이 오지 마세요!"

엘리가 목이 아플 정도로 크게 소리쳤다. 그리고 바다를 움직이는 것처럼 보이려고 손을 들었다. 여전히 석상 뒤에 숨은 세스의 목덜미에 옅은 푸른색 소용돌이가 생겼다. 엘리는 문고리에 걸린 밧줄을 풀어 허리에 동여맸다.

수평선에 가느다란 햇살이 한 줄기 내려앉았다. 사람들이 겁에 질린 얼굴로 방파제를 따라 쭉 늘어섰다.

갑자기 정적이 흘렀다. 물결이 잔잔히 찰랑이는 소리만 들렸다.

"이런 식으로 끝을 보겠다면, 좋다. 하지만 지금 당장 끝내기 바란다. 악마가 튀어나오기 전에. 사람들이 위험에 빠지기 전에."

캐스티언이 외쳤다.

엘리가 물을 바라보았다. 깊은 숨을 들이쉬며 밧줄을 단단히 잡았다.

엘리의 몸속에서 무언가가 들썩였다. 엘리는 비명을 지르며 앞으로 고꾸라져 두 손으로 문 끝을 움켜쥐었다.

"죽은 척하게 내가 널 내버려 둘 것 같아? 넌 여기서 진짜 끝을 보게 될 거야."

핀의 목소리가 머릿속에서 울렸다. 핀이 내뱉는 말들이 못처럼 머릿속을 찌르며 휘젓고 다녔다.

손가락 끝에 타는 듯한 고통이 엄습했다. 피부 아래서 무언가가 꿈틀대며 튀어나오려고 했다.

손 안에 다른 손이 움직였다.

엘리가 비명을 지르며 고통과 분노로 흐느꼈다. 주먹을 쥐고 사정없이 문을 내리쳤다.

"캐스티언, 화신을 잡아와요! 당장 처형하라고요!"

군중 속에서 누군가 외쳤다.

캐스티언은 공포에 사로잡혀 엘리를 바라만 볼 뿐이었다.

"엘리, 넌 나와 싸울 수 없어. 넌 그럴 자격이 없어. 넌 날 버렸잖아. 넌 죽어야 해."

핀이 말했다. 엘리는 발작을 하듯 온몸을 들썩였다.

엘리는 눈을 감고 동생을 떠올리려고 애썼다. 동생의 푸른 눈과 황금색 머리카락 그리고….

"아니, 아니. 그건 핀이 아냐."

엘리가 신음을 내뱉었다.

"애쓰지 마, 엘리. 이제 곧 끝나."

핀이 말했다.

엘리는 동생과 함께 쓰던 방을 마음속으로 그려보았다. 핀이 색연필로 잔뜩 낙서를 해놓은 벽. 하지만 어린 소년의 고통스러운 외침이 귓가를 울렸다. 엘리는 더 이상 아무것도 생각할 수 없었다.

엘리의 가슴이 부풀어 터질 것 같았다. 엘리는 손을 가슴에 얹었다. 손바닥으로 또 다른 생명체의 심장박동이 전해졌다. 엘리의 심장은 점점 힘을 잃어가고 있었다.

"안 돼!"

엘리는 가슴을 쥐어짜는 통증에 소리를 질렀다. 차가운 숨이 뿜어져 나왔다. 왜인지는 모르겠지만 그다음에 올 고통은 엘리를 영원히 앗아 갈 것이라는 예감이 들었다. 힘겹게 고개를 들고 사람들을 보았다.

그때 누군가 엘리의 이름을 크게 외쳤다. 눈물이 고여 흐릿한 엘리의 눈에 푸른 스웨터와 희뿌연 빨간 머리가 보였다. 안나가 방파제에서 성당 지붕으로 뛰어내렸다.

"엘리!"

안나가 지붕 끄트머리로 달려오며 외쳤다. 안나는 주머니에서 금속으로 된 무엇인가를 꺼냈다. 엘리는 하그레스의 화살총이라는 것을 알아차렸다. 안나가 화살을 겨누고 쏘았다. 금속 화살이 번쩍이며 날아와 둔탁한 소리와 함께 문에 박혔다.

화살에 쪽지가 하나 붙어 있었다.

엘리는 손을 뻗었다. 모든 근육의 힘을 쥐어 짜 쪽지를 잡아 당겼다. 떨리는 손으로 쪽지를 펼쳤다.

바다 위에 작은 배가 떠 있는 그림이었다. 색연필로 재빨리 그린 듯하지만 능숙한 솜씨였다. 배에는 세 사람이 타고 있었다. 빨간 머리 여자아이, 금발 여자아이 그리고 초록 눈의 남자아이.

초록 눈동자.

그림은 생생하고 사랑스러웠다. 그림 속 아이들이 마치 살아 숨 쉬는 것 같았다. 금발의 여자아이와 남자아이는 쏙 빼닮았다. 주근깨투성이 얼굴에 부스스하게 헝클어진 곱슬머리, 한쪽으로 살짝 휜 작은 코까지 똑같았다. 둘은 꼭 붙어 앉아 바다를 내려다보며 웃었다. 여자아이는 남자아이의 어깨에 팔을 둘렀다.

엘리가 그림을 뚫어져라 보았다. 마음속에서 목소리 하나가 들렸다. 악마가 아니었다. 안나였다.

'난 석탄 창고에 혼자 있었지만 혼자 있는 것 같지 않았어.'

엘리의 입술이 떨렸다. 엘리는 한 단어를 내뱉으려고 애썼다.

"핀."

조각배를 탄 소년

엘리는 머리가 얼얼했다. 주위를 둘러싼 환한 빛에 눈이 부셨다. 엘리가 몸을 누인 썩은 문은 더 이상 문이 아니었다.

엘리가 몸을 일으켜 세웠다. 한낮이었다. 엘리는 나무 조각배를 타고 있었다. 배가 물결에 부드럽게 흔들렸다. 세스와 안나, 캐스티언과 하그레스를 찾았지만 아무도 보이지 않았다. 심지어 도시의 높이 솟은 건물조차도 안개 속으로 사라진 것 같았다.

엘리의 팔은 멍 자국 하나 없이 깨끗했다. 머리카락은 평소보다 많이 짧았다. 반바지에 초록색 카디건을 소매를 걷은 채 입고 있었다. 몸속의 차가운 기운도 마치 옛 기억처럼 아득했다. 햇살이 맨 팔 위로 따뜻하게 내려앉았다. 잠자리가 모기를 잡으려고 쏜살같이 날아왔다. 엘리는 손으로 뺨을 만져보았다. 한낮의 햇살에 뺨이 화끈거렸다. 배에 탄 다른 사람들이 보였다.

남자아이 하나가 등을 돌린 채 바다에 그물을 내렸다. 먼지투성이 검정색 바지와 회색 스웨터를 입고 있었다. 아이는 혼자 조용히 노래를 읊조렸다.

"핀?"

엘리가 조심스럽게 물었다.

아이가 고개를 돌렸다.

주근깨가 잔뜩 낀 하얀 얼굴에 초록 눈동자, 한쪽으로 살짝 휜 작은 코. 잔뜩 헝클어진 금발. 차림새는 누추하지만 씩씩해 보였다. 아이는 놀라울 정도로 엘리와 많이 닮았다.

"방금 청상어를 보았어."

핀이 말했다.

엘리가 입을 열었을 때 이상하게 이미 정해진 대답이 혀끝에 매달려 있었다.

"에이 설마."

핀이 눈을 가늘게 떴다. 다시 그물로 고개를 돌렸다.

"그렇게 크지는 않더라."

핀이 말했다.

"청상어는 별로 크지 않아."

엘리가 말했다. 말을 하면 할수록 마음이 편안해졌다. 조각배도 낯설지 않았다.

"엄마는 거의 삼 미터짜리 청상어도 봤대."

"네가 본 건 얼마만 했어?"

"거의 나만 했던 것 같아."

핀이 어깨를 으쓱했다.

"그런데 상어는 도시 가까이 오지 않아."

엘리가 아는 체하며 말했다. 엘리는 핀에게 똑똑한 척 하는 걸 좋아했다. 잘난 척이 핀을 얼마나 약오르게 하는지 잘 알았다.

"도시 가까이로 올수록 상어가 살기에는 바닷물이 너무 탁하거든."

"엄마한테 들었지?"

"아니, 내가 원래 알던 거거든?"

"지금 일부러 잘난 척하려는 거지? 누나는 그럴 때마다 나오는 목소리가 있어."

"아니거든!"

엘리가 핀의 팔을 살짝 쳤다.

"내가 청상어 봤다고 질투하는 거지?"

핀이 웃었다.

"청상어 아닐 수도 있어!"

"상어는 내가 더 잘 알아. 누나는 상어 무서워하잖아."

핀이 바다 속을 유심히 살폈다.

잠시 후 핀은 한숨을 쉬며 배 바닥에서 뭔가를 집어 올렸다. 옆에 고래가 새겨진 까만 피리였다.

"아직도 그거 안 버렸어?"

"멀쩡한데 왜 버려?"

핀이 입술을 적시고 피리에 입을 갖다 댔다. 처음에는 바람 빠지는 소

364

리만 났다. 엘리가 웃자 핀이 인상을 쓰며 다시 한번 피리를 불었다.

이번에는 깊고 청아한 소리가 났다. 엘리는 온몸에 전율이 흘렀다. 마치 아득히 멀고 먼 곳에서 들려오는 소리 같았다.

고래의 노래와 닮은 소리였다.

핀은 피리를 내려두고 기대에 찬 눈으로 바다를 보았다. 목걸이에 달린 열쇠와 조개껍데기와 장신구들을 만지작거렸다. 엘리도 덩달아 두근거리는 마음으로 바다를 바라보았다.

"반응이 없네."

얼마 후 엘리가 김 샌 목소리로 말했다.

핀은 피리를 망원경처럼 들고 바다를 보았다.

"혹시 누나가 이 피리를 잘못 만든 건 아닐까?"

"내 탓 하지 마!"

"제대로 만들었다면 분명 며칠 안에 고래가 답가를 부를 거야. 잠깐! 저기 좀 봐, 상어야!"

핀이 배의 난간에 몸을 걸친 채 소리를 질렀다.

"그러다 떨어져."

"그럴 일은 절대 없…."

배의 반대편에서 커다란 물보라가 일었다. 짠 바닷물이 사방에 튀었다. 물속에서 돌고 있는 어둡고 윤기 나는 꼬리가 보였다. 핀이 소리를 지르며 뒤로 자빠지면서 바다에 빠졌다.

"핀!"

엘리가 자리에서 일어섰다. 머릿속이 하얘졌다. 핀이 빠진 곳에는 거품만 일었다. 엘리는 더 생각할 것도 없이 바다로 뛰어들었다.

코로 물이 밀려들었다. 물속에서 핀의 이름을 불러보려 했지만 입에서 나오는 건 거품뿐이었다.

누군가 엘리의 어깨와 팔을 잡더니 배 위로 쑥 끌어올렸다. 어떻게 된 일인지 핀이 웃고 있었다.

"내가 봤는데 그건… 그건…."

핀은 얼굴이 벌겋게 상기된 채로 자리에 드러누웠다. 엘리가 핀의 종아리를 툭툭 찼다.

"웃지 마. 이런, 핀. 너 물속에서 목걸이 잃어버렸나봐. 고아원 열쇠도 달려 있는데!"

엘리가 핀의 목을 보며 말했다.

핀은 엘리의 말은 들은 척도 안 하고 여전히 싱글벙글이었다.

"웃을 일이 아냐, 핀. 넌 걱정도 안 돼?"

핀이 엘리를 보았다.

"뭐가? 왜?"

"넌 수영을 잘 못 하잖아."

"나 잘 해!"

"버둥대기만 하던데."

"네 살 때 얘기겠지! 그동안 얼마나 연습을 많이 했는데."

"언제?"

"누나가 나랑 하루 종일 같이 있는 거 아니잖아. 혹시 몰라서 하는 말인데 방금 바다에서 누나를 건져준 사람이 바로 나라고."

핀이 쏘아붙였다.

엘리는 할 말을 잃고 주저앉았다. 머리에서 물이 뚝뚝 떨어졌다. 핀이 인상을 쓰며 팔짱을 꼈다.

"누나는 내 걱정이 너무 지나쳐."

"누나잖아. 그게 내 할 일이야."

"아니, 누나가 조금만 덜 조바심을 내면 우린 훨씬 재미난 일들을 많이 할 수 있을 거라고."

"하지만 너에게 무슨 일이 생기면 내 자신을 용서할 수 없을 거야."

"휴, 그건 바보 같은 생각이야. 그렇게 걱정한다고 뭐가 달라져? 게다가 이제 내 몸은 내가 지킬 수 있어."

"너 방금 상어가 돌아다니는 바다에 빠졌거든."

핀의 입술이 움찔거리며 입꼬리가 올라갔다.

"왜? 뭐가 웃겨?"

"상어가 아니었어."

"그럼 뭐였어?"

핀이 눈을 피했다.

"핀?"

"참치."

핀이 멋쩍은 표정으로 답했다.

"그럴 줄 알았어."

엘리가 웃음을 터뜨렸다.

"그래도 엄청 컸다고!"

엘리는 벌떡 일어나 핀을 장난스레 꼬집었다.

"아이, 그만해!"

핀이 엘리를 밀며 소리쳤다. 둘은 엎치락뒤치락 뒹굴다 조각배 양쪽 끝에 벌러덩 드러누웠다. 엘리가 숨을 고르며 하늘을 멍하니 보았다. 새하얀 솜털 구름이 회색으로 바뀌며 하늘이 점점 어두워졌다. 조금 전까지만 해도 분명 아침이었다. 엘리의 가슴 속에 차가운 기운이 퍼졌다. 두 손을 내려다보고는 숨이 턱 막혔다. 손 안의 또 하나의 손이 피부를 뚫고 나오려고 했다.

"핀, 이게 꿈일까, 기억일까?"

하늘은 점점 소용돌이치며 몰려오는 시커먼 구름으로 뒤덮였다. 엘리의 팔다리는 얼음장처럼 차가워졌다. 엘리는 자신을 또다시 예전으로 끌고 가려는 무언가를 느꼈다. 엘리가 어디에 있든 앞으로 나아가지 못하게 막는 무언가가 있었다.

"안 돼. 제발 날 데려가지 마."

엘리가 말했다.

"엘리?"

엘리는 눈앞이 흐릿해졌다. 핀이 걱정스러운 얼굴로 내려다보는 게 어렴풋이 보였다.

"미안해, 핀."

"뭐가?"

먹구름이 해를 완전히 가렸지만 이상하게도 핀의 얼굴이 환하게 빛났다.

"늘 네 곁에서 널 돌볼 수 있으면 좋을 텐데. 네가 날 필요로 할 때 널 혼자 내버려두게 되더라도 날 용서해줘."

엘리가 뺨에 흐르는 눈물을 닦았다.

"난 절대 혼자가 아니야. 누나가 늘 나와 함께 있어. 비록 혼자 남겨지더라도 난 혼자가 아니야."

하늘이 갈라지는 것처럼 우지끈 소리가 났다. 엘리는 누군가 목구멍으로 얼음물을 들이붓는 듯이 온몸을 떨었다.

"난 가고 싶지 않아. 준비가 되지 않았어. 여기서 너와 함께 있고 싶어."

엘리가 흐느꼈다.

핀의 뺨이 장밋빛으로 물들었다. 고운 머리카락이 흠뻑 젖었다. 핀이 두 손으로 엘리의 손을 잡았다. 핀의 손은 따뜻했다. 엘리는 손가락으로 온기가 돌아오는 것을 느꼈다.

"누나는 이제 가야 해. 하지만 누나가 날 필요로 할 때 언제나 여기 있을게."

핀이 말했다.

하늘이 다시 어두워졌다.

엘리의 몸이 떨렸다. 머리카락은 다시 길고 가늘어졌다. 손과 발에 나무 부스러기가 묻어 있었다.

손가락만은 온기가 남아 있었다.

엘리가 조심스럽게 핀의 그림을 내려놓았다. 팔꿈치로 몸을 지탱해 일어서보려 했지만 관절이 죄다 녹슨 것 같았다. 도저히 몸을 가눌 수 없었지만 포기할 수 없었다.

엘리가 고개를 들었다. 캐스티언은 여전히 지붕 난간에서 엘리를 멍하게 쳐다보고 있었다. 불과 몇 초만이 흐른 것 같았다.

엘리가 절뚝거리며 겨우 자리에서 일어섰다. 발아래 썩은 문이 출렁거렸다. 엘리는 허리에 묶은 밧줄을 확인했다. 얼굴을 스치는 바람을 느끼며 길고 깊은 숨을 들이쉬었다. 눈으로 세스를 찾았다. 세스가 걱정스러운 눈길로 엘리를 바라보았다. 세스는 주먹을 꼭 쥐고 이를 꽉 물고 다시 물을 향해 온 신경을 집중했다.

엘리가 허리에 묶은 밧줄을 힘을 다해 세 번 잡아 당겼다. 고래 석상이 천천히 무너지며 바다로 떨어졌다.

"안 돼! 엘리, 안 돼!"

안나가 소리쳤다. 엘리는 썩은 문에서 바다로 한 걸음 내딛었다. 즉시 바다가 엘리를 삼켰다. 잠시 물 위로 떠오르며 허우적대던 엘리는 허리에 묶인 줄을 끌어당기는 거대한 힘에 다시 바다로 휩쓸려 들어갔다. 고래 석상이 물속으로 가파르게 하강했다.

물이 사방으로 치솟으며 엘리의 귓가에 천둥이 치는 듯 했다. 엘리는 눈을 떴다. 눈앞에 핀이 있었다. 핀이 엘리의 목을 졸랐다.

아니, 핀이 아니었다. 악마의 눈동자는 파랬다. 하지만 핀의 눈동자는 엘리처럼 초록색이었다. 악마의 뺨은 너무 동그랗고 코가 휘지도 않았다. 주근깨가 많지도 않았다. 고래 석상이 물속으로 깊이 더 깊이 내려앉았다. 악마는 두려워보였다.

엘리가 바지 주머니에서 주머니칼을 꺼내 밧줄에 갖다 대었다. 엘리의 손이 물속에서 힘겹게 움직였다. 마침내 밧줄이 끊겼다. 석상을 따라 끝없이 끌려 들어가던 엘리는 안도의 한숨을 내쉬었다.

악마가 증오 가득한 눈으로 엘리를 노려보았다. 동생과는 전혀 다른 얼굴이었다. 엘리는 눈을 감았다.

그리고 마음속으로 동생과 함께 쓰던 작은 방을 떠올렸다. 동생의 그림으로 가득한 벽. 상어와 배와 선원과 신화에 나오는 붉고 푸른 날개를 단 위풍당당한 새 그림. 하지만 대부분은 모험을 떠나는 남자아이와 여자아이 그림이었다.

핀은 침대에서 이불을 덮고 누워 있었다. 얼굴이 창백했고 온몸을 떨었다.

엘리가 방 안으로 들어갔다. 실제로는 그러지 못 했지만. 침대에 걸터앉아 손을 핀의 머리에 얹었다. 마른 지푸라기 색의 곱슬머리를 쓸어주었다. 핀을 꼭 안았다. 할 수 있는 한 힘껏. 여전히 핀은 떨었다. 몸이 얼음장 같았지만 씩 웃었다.

엘리도 웃었다. 숨을 쉬려고 허우적대기 시작한 그 순간에. 손가락에 감각이 없던 순간에. 눈앞이 흐려지기 시작한 바로 그 순간에. 마침내 엘리는 눈을 떴다.

엘리 앞의 악마는 동생과 조금도 닮지 않았다. 아니 어떤 인간과도 달랐다. 피부는 잿빛으로 변했고 눈은 깊이를 알 수 없는 시커먼 암흑 같았다. 입술은 없고 뾰족하고 작은 이빨이 가득한 작은 입만 있었다. 짜리몽땅하고 흐느적거리는 몸에 비해 머리가 지나치게 컸다. 등에는 미역 같은 머리털이 덩굴처럼 자라 있었다. 악마는 날카로운 손톱으로 엘리

를 할퀴려고 했지만 손톱이 얇게 갈라지며 조금씩 떨어져 나갔다.

악마는 입을 벌려 소리를 지르려 했지만 희미한 소리밖에 나오지 않았다. 엘리가 손을 악마의 머리에 대고 눌렀다. 악마는 물에 잠긴 건물들을 향해 가라앉으며 곧 시야에서 사라졌다.

해가 떠오르면서 강렬한 빛이 바닷물을 뚫고 엘리를 비췄다. 빛은 바다 아래 건물들까지 퍼져나갔다. 수백 수천 개의 건물이 바다 깊은 곳에 잠들어 있었다. 엘리는 가슴의 통증이 줄어든 것을 느꼈다. 머리도 가벼워졌다. 다시 천진하게 웃을 수 있었다. 다시 엘리 자신으로 존재하는 것이 낯설었다. 엄마와 동생을 떠올렸다. 안나와 세스를 생각했다.

그때 아침 햇살 사이로 아득히 먼 곳에서 들려오는 소리가 있었다. 고래 소리였다.

마치 고래들의 노랫소리 같았다.

바다 도시의 아이들

　세스는 하수도를 달렸다. 엘리의 코트를 꼭 쥐고 비좁은 터널을 간신히 이리저리 빠져나갔다. 마침내 엘리의 두 번째 작업장의 녹슨 문이 나타났다. 문을 열자 늘 그렇듯 아무데나 놓인 장비와 부서진 기구들이 세스를 맞았다. 발아래 물에서 반사된 빛이 천장에 점처럼 찍혔다.

　"엘리!"

　세스는 엘리가 작업대 뒤에서 튀어나오길 바라며 힘껏 이름을 불렀다. 엄청나게 무거운 엘리의 코트를 꼭 움켜쥐었다. 주머니가 꽉 차서 솔기가 열두 군데는 터진 것 같았다.

　"엘리는 살아 있어. 틀림없이 살아 있어."

　세스가 혼잣말을 중얼거렸다.

　세스는 두 번째 문으로 향했다. 하수도를 통해 다른 출구로 이어지는 문이었다. 하지만 문이 잠겨 있었다. 열쇠를 찾아 엘리의 코트 주머니를 뒤적이던 세스는 그만 신경질이 나 문을 쾅 내리쳤다.

"엘리!"

세스가 엘리의 코트를 꼭 쥐고 작업장을 서성였다. 엘리는 어디에 있는 걸까. 부서진 한쪽 바닥 끝으로 달려갔다. 어른 키 높이 아래에 파도가 넘실거렸다. 세스는 눈을 감고 물에 집중했다. 하지만 마음이 요동치고 생각이 사방으로 날아다녔다. 세스는 계속 눈을 감고 마음을 점점 더 멀리 천사의 해안 쪽으로 보냈다. 청어 떼가 물속에 가라앉은 건물의 뾰족한 첨탑을 지나며 일으키는 물살을 느꼈다.

마침내 세스는 찾던 것을 발견했다. 부서진 고래 석상이었다. 반은 바다의 흙바닥에 파묻혀 있었다. 석상에 매달린 밧줄은 끝이 칼날로 날렵하게 잘렸다. 엘리의 흔적은 보이지 않았다. 세스가 마음을 불러 들였다. 숨이 턱 막혔다.

세스는 엘리가 물에 뛰어내린 순간을 떠올렸다. 그러고는 바다로 마음을 던져 엘리를 쫓아가려 했다. 하지만 물결이 요동치는 바다에서 엘리는 어디에도 보이지 않았다. 세스는 마음으로 바다를 움켜쥐었다. 엘리의 말대로 해류를 동쪽으로 보냈다. 세스가 할 수 있는 일은 해류가 엘리를 동쪽 천문대로 데려다주길 바라는 것뿐이었다.

작업장 너머 통로를 따라 달려오는 발자국 소리가 들렸다. 세스는 가슴이 뛰었다.

"엘리?"

문을 활짝 열자 안나가 헉헉거리고 있었다. 세스를 본 안나는 실망한 기색이 역력했다.

"엘리는?"

둘이 동시에 물었다.

"엘리가 물에 빠진 건 아니겠지? 네가 구했지?"

안나가 쏘아붙이듯 말했다.

"노력 중이야. 그러니까 내 말은 바다를 움직여서 엘리를 동쪽으로 보내려고 해. 아까 성당 지붕에서는 재판관들이 구석까지 돌아다니는 바람에 물속으로 뛰어들어 숨는 수밖에 없었어."

"겁쟁이."

안나가 눈을 흘겼다.

"재판관이 열 명도 넘게 있었어! 그러는 넌 어디 있었니?"

"난 재판관에게 끌려갔다, 왜? 하그레스의 화살총을 훔친 죄로. 그리고 재판관을 꽉 물어버렸지."

"그런데 어떻게 도망친 거야?"

"캐스티언이 풀어주라고 했어. 아저씨는 화가 머리끝까지 난 상태여서 다른 재판관들은 입도 뻥긋 못 하고 순순히 날 풀어주었지."

안나가 어깨를 으쓱했다.

안나의 시선이 세스의 손에 들린 엘리의 코트로 향했다.

"어쨌든 엘리는 계획이 있었어. 난 엘리가 부탁한 대로 핀의 그림을 가져다 주었고."

안나가 마른침을 삼켰다.

"그런데 진짜로 여기 엘리 없어?"

세스와 안나는 불안한 표정으로 서로를 마주보았다.

"그냥 좀 늦는 거겠지?"

안나가 말했다

안나는 작업대 사이를 서성거렸다. 발에 걸리는 금속 조각을 툭툭 차며 바닥이 무너져 물에 잠긴 작업장 끝 쪽까지 갔다. 안나는 바닥에 걸터앉아 다리를 달랑거리며 바다를 보았다. 세스가 안나 옆에 앉았다. 엘리의 코트를 손으로 만지작거리다 한쪽 소매에 난 구멍에서 손을 멈췄다. 엘리가 걱정이 있을 때마다 엄지손가락으로 구멍을 매만지던 게 기억났다.

안나가 엘리의 코트로 무릎을 덮으며 손으로 쓰다듬었다.

"엘리가 나한테 오징어 내장 빼는 법 알려주기로 했는데."

안나가 말했다.

둘은 한동안 말없이 앉아 있었다. 갑자기 저 멀리서 웅웅거리는 소리가 들려왔다. 세스가 벌떡 일어섰다. 안나는 고개를 저었다.

"폭죽놀이야. 다들 화신이 죽은 줄 알거든."

세스는 가슴이 따끔거렸다.

"그래도 엘리가 수영을 아주 잘 해."

안나가 말했다. 목소리에 힘이 없었다.

그때 첨벙 하고 쏴 하는 소리가 들렸다. 물속에서 잠수함이 튀어나왔다.

"아이들이 찾았어!"

안나가 흥분하여 외쳤다.

"누구?"

"프라이와 이브넷. 내가 핀의 그림을 찾는 동안 프라이와 이브넷은 식물 거리 근처에 묶여 있던 잠수함을 타고 천문대로 갔어. 이게 엘리의 계획이야. 네가 엘리를 천문대로 보내면 잠수함을 타고 엘리가 이곳으로 오는 거지."

세스가 바다 쪽으로 난 넓은 돌계단을 뛰어 내려갔다. 단번에 잠수함 지붕으로 올라가 문을 열려고 힘을 주어 비틀었다.

"그 문은 밖에서는 못 열어. 열려면 문을 부숴야 할 거야."

안에서 문을 열 기미가 보이지 않았다. 안나가 작업장으로 올라가 금속관을 가지고 왔다. 잠수함 지붕의 금속판을 금속관으로 긁자 날카로운 소리가 났다. 세스가 뒤로 물러났다.

"안나, 내가 한 일은 해류를 동쪽으로 보낸 것뿐이야. 엘리를 내 눈으로 보거나 느끼지는 못 했어. 만약 잠수함 안에 탄 것이… 만약… 악마면 어떡하지?"

세스는 싸늘한 두려움에 몸서리쳤다.

둘은 마주보았다. 안나의 얼굴에 세스의 두려움이 고스란히 비쳤다.

잠수함의 지붕이 삐걱거리며 열렸다.

"뒤로 물러서!"

세스가 안나에게 소리쳤다. 엘리의 코트에서 드라이버를 꺼내 손에 꽉 쥐었다.

"너나 뒤로 물러서."

안나가 금속관을 들고 성큼성큼 걸어갔다. 둘은 나란히 서서 숨죽인 채 잠수함을 지켜보았다.

작고 야윈 손이 잠수함 지붕 밖으로 나왔다. 잡을 만한 것을 찾다가 여의치 않자 스르르 힘이 빠졌다. 다음 순간, 엘리의 얼굴이 나왔다. 주근깨투성이의 핼쑥하고 숨이 찬 얼굴이었다. 세스와 안나가 소리를 질렀다. 엘리는 옆으로 쓰러졌다. 호흡을 하지 못 했다.

세스가 드라이버를 던지고 잠수함 위로 달려가 두 손으로 엘리의 얼굴을 잡았다. 엘리의 입술에 입을 대고 인공호흡을 하려 했다.

"저리 비켜!"

엘리가 숨을 몰아쉬며 세스를 밀쳤다.

"아무래도 산소탱크에서 산소가 새는 것 같아."

엘리는 잠수함에서 힘겹게 뛰어내려 돌계단 위로 올라갔다. 맨발에 여전히 너덜너덜한 셔츠와 바지를 입고 있었다. 머리카락이 많이 빠져서 두피가 다 보였다. 숨을 고른 엘리는 멍하게 서 있는 세스와 안나를 보며 싱긋 웃었다.

"구해줘서 고마워."

엘리가 말했다.

"작전이 성공한 거지. 네 작전."

세스도 활짝 웃었다.

"작전이 성공할 때도 다 있네."

엘리가 어깨를 으쓱했다.

안나는 아무 말도 하지 못 한 채 가만히 서 있기만 했다. 금속관을 쥔 손이 떨렸다. 엘리가 절뚝거리며 다가가 안나를 꽉 껴안았다. 안나의 창백해진 얼굴에 눈물이 뺨을 타고 흘렀다. 천천히 금속관을 내려놓고 소

379

매로 코를 닦았다. 엘리가 웃으며 세스를 돌아보았다. 세스는 달라진 엘리를 느꼈다.

"이제 떠나간 거야?"

세스가 말했다.

엘리는 손을 가슴에 얹고 지그시 눌렀다.

"아니, 여전히 여기에 있어. 하지만 믿을 수 없을 정도로 약해졌지. 게다가 이제 핀의 모습으로 나타나지도 못 해. 핀이 날 지켜주고 있는 것 같아."

엘리가 웃었다.

엘리는 옷에 먼지를 떨어내고 조심조심 작업장으로 올라갔다. 안나와 세스가 눈을 마주치고는 엘리를 따라갔다.

"그게 무슨 뜻이야? 지금도 네가 악마에게 도움을 요청하면 악마가 들어줄 수 있다는 말이야?"

엘리가 작업대를 뒤적이는 동안 세스가 물었다.

"시험해볼 생각은 없지만 내 생각에⋯."

엘리가 다시 한번 손을 가슴에 얹었다.

"악마의 힘이 아주 많이 약해진 것 같아."

세스는 엘리에게 코트를 건넸다. 엘리가 주머니에서 스패너를 꺼내 손으로 돌렸다.

"잠수함을 다시 타고 나가기 전에 산소탱크를 손봐야겠어."

엘리가 잠수함을 내려다보았다.

"어쨌거나 프라이와 이브넷이 제 시간에 천문대에 잘 도착했구나?"

안나가 자랑스러워했다.

"그래. 비록 프라이와 이브넷 외에 의인이 한 명 더 있긴 하지만."

엘리는 스패너를 내려두고 애정이 가득한 눈으로 안나를 보았다.

"맞아. 세스도 조금은 힘을 보탰다고 생각해."

안나가 코를 찡긋했다.

"그 쪽지에는 뭐가 있었어?"

세스가 물었다.

"핀을 기억나게 해주는 것."

엘리가 말했다. 엘리의 뺨이 장밋빛으로 물들고 눈은 그 어느 때보다 반짝거렸다.

"그럼… 넌 여기 그대로 머물 수 있는 거지? 재판관들은 네가 죽은 지 알 테니까."

안나의 눈도 반짝거렸다.

엘리는 안나를 애틋한 표정으로 바라보며 고개를 저었다. 안나가 깊은 숨을 들이쉬었다.

"그럼 언제 다시 떠날 거야?"

안나는 최대한 명랑하게 물어보려 했지만 목소리가 떨렸다.

"곧 가야겠지. 넌 정말 같이 안 갈 거야?"

"난 여기 남아야 해. 얼마나 있다 갈 생각이야?"

"몇 시간 뒤?"

엘리가 말했다.

안나가 고개를 끄덕이며 코를 매만졌다.

"옷이 필요할 거야. 그때 사왔던 말린 음식들도. 작업장에 가서 가져올게. 어쩌면 낚싯대도 챙겨올 수 있을 거야. 너 가기 전에 오징어 낚시 한번 어때?"

"좋지."

안나가 급히 문으로 달려갔다. 갑자기 방향을 바꿔 돌아오더니 엘리를 꼭 안았다.

"나 아직 안 가."

하지만 안나는 한동안 엘리를 가만히 안고 있었다.

"다녀올게."

안나가 언제나처럼 구부정하게 걸으며 크게 외쳤다. 세스에게 손을 흔들며 문 밖으로 달려갔다.

세스가 엘리 쪽으로 고개를 돌렸다. 엘리는 이미 세스를 보고 있었다.

"네 여정에 여전히 내가 필요한 건 변함없니?"

세스가 물었다.

"그럼. 드넓은 바다를 탐험할 때 바다의 신과 함께 한다는 건 분명 멋진 일일 거야."

"바다의 신이 되기에는 너무 어설픈걸. 배를 타본 적도 없어."

세스가 머리를 긁적였다.

"기억하지 못 하는 것뿐일 거야."

"새로운 섬에서 우리는 무엇을 알게 될까?"

세스가 물었다.

엘리는 생각에 잠겨 수평선을 바라보았다.

"좀 떠오르는 게 있어?"

세스의 질문에 엘리는 고개를 저었다.

"새로운 것을 알게 되길 바라지만 실은 잘 모르겠어. 설렌다는 것밖에
는."

엘리가 활짝 웃었다.

옮긴이 허 진

중앙대학교 법학과를 졸업하고 기자로 일했습니다. 〈한겨레어린이청소년책 번역가그룹〉에서
공부했으며, 〈한겨레 아동문학 작가학교〉를 수료했습니다. 옮긴 책으로는 『에비와 동물 친구
들』『임파서블 보이』『바다 도시의 아이들 1, 2』『집으로 가는 길』이 있습니다. 어린 시절 만난
책 속 주인공과 어른이 된 후에도 종종 만납니다. 독자들이 평생 함께 할 만한 멋진 친구를 찾아
기획하고 번역하는 전문 번역가로 활동 중입니다.

바다 도시의 아이들

2021년 3월 15일 1판 1쇄 발행
2022년 3월 25일 1판 2쇄 발행

글쓴이 | 스트루언 머레이
그린이 | 마누엘 슘베라츠
옮긴이 | 허 진

발행인 | 지준섭
책임편집 | 구미진

출판등록 | 2018년 10월 25일 제25100-2018-000071호
주소 | 서울시 노원구 마들로5길 25, 102동 105호
전화 | 010-5342-4466 팩스 | 02-933-4456

ISBN 979-11-90618-16-8 43840